[韩天航文集] ⑪

苏州河畔

韩天航　著

新疆生产建设兵团出版社

图书在版编目（ＣＩＰ）数据

苏州河畔 / 韩天航著. -- 五家渠 ： 新疆生产建设
兵团出版社, 2020.12
ISBN 978-7-5574-1599-0

Ⅰ. ①苏⋯ Ⅱ. ①韩⋯ Ⅲ. ①长篇小说－中国－当代
Ⅳ. ①I247.5

中国版本图书馆 CIP 数据核字(2021)第 009667 号

责任编辑:昝卫江

苏州河畔

出版发行		新疆生产建设兵团出版社
地	址	新疆五家渠市迎宾路 619 号
邮	编	831300
电	话	0994—5677185
发	行	0994　5677048
传	真	0994—5677519
印	刷	北京一鑫印务有限责任公司
开	本	710mm*1000mm　　1/16
印	张	19
字	数	252 千字
版	次	2020 年 12 月第 1 版
印	次	2021 年 8 月第 1 次印刷
书	号	ISBN 978-7-5574-1599-0
定	价	57.00 元

目　录

第一章

　　浙江湖州府双林庄的人,没有一个不夸自己庄的风水好的。整个庄背靠着苍翠欲滴的连绵起伏的山峦,而且长年常青。庄子对面又是一马平川。阡陌纵横的碧绿的田野,蜘蛛网一样密布的小河,河面上闪出粼粼的光芒,庄子的四周永远是那样的静谧安宁,有时就是有人在地里劳作,或者喊上几声,似乎也破坏不了这儿的宁静。大片田野的中间,黑瓦白墙的房子淹没在浓密的树林之中。庄子的东面与西面还有两个像镜子一样的湖泊。东小西大,人称子母湖,西为母湖,东为子湖。虽说只是个庄,但这儿的人口与面积却比一个镇还要多和大。一条清水河蜿蜒从庄子中间穿过。庄子上只通水路不通陆路,所以穿过庄子的船只也是川流不息,穿着蓝布粗衣的船娘们,吱吱嘎嘎地摇着船,唱着江南情歌:"姑娘美来姑娘俏,俏美的姑娘永远想的是情郎……"那嘹亮的歌声总是不绝于耳。
　　双林庄对外只有靠水路,陆路是不通的,更不要说火车了,每天只有两班小火轮能通往外面,不坐小火轮就只能坐"摇啊摇,摇到外婆桥"的那种木船或者小舢板了。交通的不便使双林庄几乎处在一种与世隔绝的状态之中。

庄上一些大户人家的后门都紧挨着河。只要走出后门,走下台阶,那荡着碧波的河水就在脚下流淌。河水很清,甚至还带着点甜味,淘米、洗菜、洗衣服都用这河水。河的东西两头住着庄上两家最大的人家,一家姓林,一家姓陈。林家是书香门第,陈家是商贾之家。然而林家一直就看勿起陈家,陈家却很羡慕林家。林家虽是书香门第,但也广有田产。因为光靠读书与做学问,是来不了钱的,这点林家也很清楚,于是放下读书人的清高,自上海开埠以来,家里也有人到上海、湖州等地做生意了。而陈家先是在湖州、杭州做丝绸生意,后来生意也扩展到了上海,据说在上海还做起了房产生意,因为有了钱,陈家的后代甚至还进入了政界,做起官来,似乎已经有与林家平起平坐的势头了。

光绪八年,林家举人老爷林振泰的儿子林启立又考中了进士。虽说已经过去十几年了,那年的林启立进士及第上榜后的盛况,庄上的人依然记忆犹新。先是穿着马褂的探子飞马来报,说是少爷中了三甲二名进士。举人老爷林振泰听到此报,兴奋得差点晕了过去,给了首报的探子二十两银子,那探子得了这一大笔赏钱,也兴奋得差点昏了过去。那探子的后人至今还经常提起此事。因为这二十两银子,当时可以买十几亩田地,他们家也从此成了地主。那探子姓胡,叫胡德发,是个苦出身,爸妈都是佃户,从十六岁起就到县衙门打杂,总算也端上了饭碗,在京城也就做探子,收取一份报喜的银子,凡是中秀才、中举人、进士上榜,他都能钻营着去报喜。当探子,自然每次拿着的好处有时比在衙门里打杂干上一年都要多。

林启立考进士那一年,双林庄风调雨顺,蚕丝也产得特别好,所以那年家家都收益颇丰。林老太爷林举人那天摆宴席庆贺林启立考中进士。林家是个讲规矩的人家,每次家里人考中秀才、举人、进士,都会大摆筵席,不但请亲朋好友,而且把租他家田地的佃户们也都要请来。请虽然都请,但规矩也很讲究,佃户们的酒席设在右门外边的一个大院里,那叫外院。而亲朋好友或有身份的人都在有水池有花坛有亭子的内院里。虽然这样,佃户们也很开心，主人家的喜事也是他们的喜事，主人脸上有光，他们也跟着觉得脸上有光，就像大官们家的穷亲戚，一说起某某大官是自家的亲戚，讲起来也是眉飞色舞的，似乎当那大官的不是亲戚而是他自己似的。

佃户们也都提着老母鸡，掂着整筐的鸡蛋，背着糯米糕点前来到席庆贺，说是东家待人和善，积了德，才有一次又一次的辉煌。亲朋好友自然也都送有大礼，送钱票、送金元宝，甚至还有送地产、送房子的。唯一让举人老太爷感到不满的是林家的香火不旺，林启立只有大太太生了个儿子，叫林治中，已经十九岁，以后再也没能生育。于是举人老太爷不断让林启立娶姨太太，已经有五房姨太太了，但依然只有林治中这么根独苗。林启立进士及第时，湖州的一位叫方伯祥的大丝绸商还送了一套在上海苏州河边的洋房作为贺礼。

街西头的陈家也派人来贺喜了。天不打送礼人，林家虽然看不起陈家，但毕竟是一条街上的乡邻，送来的大礼也收了，席位也同样设在主桌上。不过陈家来祝贺的人只沾了沾席，敬了一杯酒，说了几句祝贺的话也就告辞了。林家的人也不强留，举人老太爷让儿子进士老爷亲自送到院门口，也就算给了面子了。中国是礼仪之邦，礼仪上的事是马虎不得的，不然会留下诟病，这就不好了。

一百多年来，林家因为祖上曾经是进士及第的书香之家，现在举人老爷的儿子又考上了进士，就更不把陈家放在眼里了。虽然陈家广有田产，城里的生意做得也很是兴旺，但据说陈家的祖先过去是所谓的"江洋大盗"，土匪起家。可陈家从来就不承认，而且对这一点很是忌讳。谁要是敢挖这个底线，重则大打出手，轻则几天几夜地骂个不停。而林家的人却时不时地会去挖这个底线，于是陈家与林家的怨恨便延续了上百年。这怨恨越积越深，像炸药一点就会爆。

读书人历来看不起生意人，更何况是土匪出道的人，更是瞧不上眼。但传说是土匪起家的生意人陈家，当土匪时懂得义气为重，做生意后更讲究和气生财，知道人脉关系的重要。所以无论人上人还是人下人都与陈家有生意上的关系，众人拾柴火焰高，这为人之道陈家是心知肚明的，所以在双林庄,陈家的人缘关系比林家的要好。

只是双林庄的人一提林家仍然是非常的崇敬,有人中过进士,当过翰林,做过知府,出过好几个举人,现在举人老爷的儿子又中了进士,乡里的眼神里充满了敬意。而说到陈家,就没有那份敬意了,生意人不过是有点钱罢了,那品位与社会地位是大不一样的。

虽然陈家与林家结怨有百年之久,但从内心却很羡慕林家不断有人中举甚至考上进士,也总想让自己的子女读书求学,家里出个秀才举人什么的。奇怪的是陈家人在做生意上很精明,但在求学问上却很愚钝,上学的人数也有二三十个,考了二十几年却连一个秀才也没考上。

陈家唯一的儿子叫陈怀海。陈家的那一代也怪!有几房姨太太生了八个子女,七个是女儿,只有一个男孩叫陈怀海。那一年,陈怀海好不容易考上了秀才,但他在的那考场竟发生了舞弊案,那位主考官被罢官投进了监狱。陈家人说舞弊案与考中秀才的陈怀海无关,他家孩子是凭真本事考上的。无论是真本事还是假本事,反正那舞弊案所在考场的考生的功名全都作废,等舞弊案彻查之后再说。

光绪三十一年,最后一届科举,三十八岁的陈怀海再一次进乡试,秀才都没考上。庄里人就说看来那年考中秀才是假的,什么真本事,明明是花钱买的假本事。科举在那一年废止了,陈家再也无望去争什么秀才举人,似乎与书生学问无缘了。

林家的求学历史,学问之气,人人羡慕。陈家虽广有家产,生意做得老大,湖州、苏州、杭州、无锡甚至上海,都有陈家的生意,也常请一些文化名人来做客以附庸风雅,但更被林家看不起,说:"用钱请名人来装点门面算什么!有本事自己家里也弄出几个名人来光耀光耀呀!"

此话传到陈怀海耳里,他气得差点昏了过去。

但陈家对"书香"的追求依然锲而不舍,虽然科举废了,但留学之风渐渐盛行开来。进士老爷林启立的儿子林治中就要出洋留学。

进士老爷也是个很务实的人,虽然熟读"四书五经",崇尚孔孟之道,但他认为,自洋务运动开始,大清的气数已尽,历史是需要改变的,不能走得太激进,像很多所谓的"有识之士",嘴上骂着老祖宗,做的却依然是老祖宗的那一套。这个熟读四书五经的学究似的人物,在康梁变法时竟也同情赞许变法,只是他仍然反对激烈的革命。在他看来,历史已经反复证明了一点,激烈的革命后面,会跟着又一次的激烈革命,而后又会有一次举旗造反。《资治通鉴》《二十四史》记载多次的朝代变更已经充分地证明了这一点。进士老爷只是心中这么想,但很少表露。与时俱进,进士老爷是很晓得的。那时举人老太爷刚去世不到一年,他就毅然送儿子林治中出洋去留学了。陈怀海一听说进士老爷送儿子去留洋了,于是也送自己的儿子陈嘉禄出洋去留学,说:"出去留学弄点学问回来,总比什么也没有强。"

双林庄是个大庄,庄上的一条街横穿东西两头,林家的大宅在东头,宅地占了小半条街;陈家的大宅在西头,也占了小半条街。大街的中间为一片空地。那年的大年三十,两家人都到空地上来放鞭炮,还有许多其他家的孩子,孩子们拥成一堆看着鞭炮齐鸣,大家拍手呼叫热闹非凡。

陈怀海在上海又娶了一房姨太太,是上海四马路上有名的桂馨里的,被称为"书寓"一级的妓女。听说被称为"书寓"一级的妓女是卖艺不卖身的,但世上哪有卖艺不卖身的妓女呢?只不过是"档次"高一点、价码高一点罢了。

这位叫杨芝秀的妓女被娶回来时只有十六岁,长得倒是天生丽质,还懂一些琴棋书画,不懂琴棋书画的是当不上"书寓"这一层妓女的。娶回家的第二年,杨芝秀为陈怀海生了一个女儿,过了两年又生了一个儿子,陈怀海为此感到很得意,心想:你林启立只有一个儿子,我现在有两个儿子、一个女儿,这一点就超过了你林家。女儿叫陈碧茵,与她母亲一样出落得十分漂亮。儿子叫陈嘉禾,那年十二岁了,也长得聪明伶俐,是陈怀海的希望。

林家有一个家丁叫阿鑫的,放鞭炮时是用手拿着放的。十二岁的陈嘉禾看到鞭炮嗖一下蹿到天空,然后在空中"呼""叭",连炸两声,感到十分有趣,也学着拿到手上放,陈家的家丁怎么也阻挡不了,结果陈嘉禾点燃爆竹后,在手中炸了,整个脸也被炸得血肉模糊,第二天一早就死了。"书寓"姨太哭死了过去,陈怀海坐在太师椅上,三天不肯吃饭,不肯站起来,大小便失禁,太师椅四周弥漫了屎臭味,他哭骂着说:"林启立,我们两家的事永远没个完!"有人说:"这跟林家无关。"陈怀海说:"是林家的人有意教唆嘉禾这么干的!"

　　毕竟是死了人了,进士老爷把那个放鞭炮的阿鑫叫来训了一顿。那阿鑫自然不服气,但又不敢在进士老爷跟前顶嘴。进士老爷的三姨太梁月琴是进士老爷最倚重的人,大太太大字不识一个,整天念经拜佛诸事不管。梁月琴本来也是书香门第,但因家道中落,后来嫁到林家做进士老爷的三姨太,成了林家实际上的管家。那阿鑫是梁姨太家带来的。自梁月琴当了进士老爷的三姨太后,家境竟也好了起来,现在梁家在上海也是家财万贯,很体面的人家,所以阿鑫根本不把陈家放在眼里。那阿鑫带着自家的女人坐上林家出门的船到陈宅后院骂:"我怎么教唆你们家少爷了?不作死不会死。"而他的女人更厉害,坐在船头也骂骂咧咧地说:"婊子生下的儿子,自己作死怎么赖上我们了?"然后骂那阿鑫说:"土匪加婊子,这样的人家臭到就不该去闻,你还去染。他们陈家那四姨太是从妓院出来的,陈家的祖上又是'江洋大盗',连个秀才都要用钱去买,这样的人家你不躲不逃还要去染,他们身上要多臭有多臭!"此话传到了陈怀海的耳朵里,这种话是最最让他感到揪心的,而且还出自一个家丁的女人之口,于是他拍着桌子骂:"我陈怀海这口气绝不能忍,君子报仇,十年不晚,让他们以后等着瞧!"

第二章

报仇的事是不能随便乱说的,因为世界上的事真的是千变万化,你是摸不透的。进士老爷的儿子林治中出洋留学几年后又回到了双林庄,西装革履。进士老爷虽有些不习惯,但也没有表示厌恶与反对。林治中说,他可能在家待不上多长时间,想去南方谋生路。其实林治中没有同进士老爷挑明,他想去广东投奔革命党,他几个留洋的同学和朋友已经在那儿等他了。

因为双林庄只通水路不通陆路,所以进出都是靠船只,小火轮、乌篷船、小舢板,林府屋后的河道上船只来回穿梭,十分繁忙。有一天,林治中从湖州坐船回来,船驶过庄子,从庄上通过那条最大的河,河两岸都是房子。船在经过陈家大宅的房子的后院时,他看到台阶上蹲着个十七岁的小姑娘,一看就知道,那是陈家大爷与四姨太生的陈碧茵。旁边还站着个姑娘,显然是小姐的贴身丫鬟,虽有些粗相,但脸面也蛮端庄,尤其那双眼睛也是火辣辣的。

林治中与陈碧茵两人一对上眼,都有了一种异样的感觉,两人的心都狂跳了起来。林治中被陈碧茵的美貌镇住了,而林治中的英俊与潇洒倜傥的气质让陈碧茵也傻了。船在往前划去,但两个人的双眼却都情不自禁地一直对视着,直到看不到对方为止。也就在那一瞬间,林治中被陈碧茵征服了,那美丽的面容,那婀娜的身姿,让林治中心醉。但他知道这是陈怀海的女儿,他要想娶这个小姑娘,显然是不可能的事,但他却很想得到她。

也就在那一天,林家与陈家又发生了一件事。林家与陈家在双林庄边上的扶桑村里都有土地,林家的土地与陈家的土地虽然都是分开的,但也有相互交错的地段。陈家以桑田为主,林家以农田为主,主要是种植稻米。林家有一个大佃户叫吴德全,因为家里人口众多,除了租林家的稻田外,也租了一大块桑田。女人采桑养蚕,男人插秧种稻。

林家是个讲究孔子"仁德"的人,所以租金也并不是很重,再加上吴德全一家又都是吃苦耐劳的人,所以虽是佃户,但生活也还过得很不错。吴家桑田的边上就是陈家佃户的桑田,陈家那佃户是陈家的本家,叫陈风林,两家承租的桑田只隔了一道田埂,而田埂也是弯进去弓出来,有点交叉在一起的。

那是个四月天,风和日丽的,吴家刚过门不到两个月的儿媳妇巧娣,长得漂漂亮亮,小小巧巧,走进桑田采桑叶,采满几大筐抬走后,她手上挎着的采桑叶的筐子里采的叶子不满,自己眼前树上的桑叶又采完了,就顺手到紧挨着的陈家的桑树上也采了几叶,装满了筐子走出桑田准备回家。吴家因为租的是林进士的土地,主人的身份,就是租地的佃户的身份,所以也不太看得起"江洋大盗"出身的陈家的佃户。于是陈家的佃户陈风林一家人也憋着一肚子气。

陈风林虽是个佃户,但与陈家太爷陈怀海还连着点亲缘关系,陈家在双林庄上也占了半条街了,虽说读书上不及他林家,但在财富上、官场上,并不在林家之下。由于两家的主子不和,所以吴德全与陈风林这两家人许多年来不但不往来,遇见时一个个都像乌鸡眼似的,充满了仇意。

刚进门两个月的吴家儿媳妇巧娣还不太知道自家与陈家的这种关系,

以为采上那么几片桑叶,第二天再到自家的桑田里采上还了就是了,也没什么了不起的。但她不知道她已闯下大祸了。有人说,北方人火暴性子,动不动就拔刀相斗,却不知道江南人说话轻轻柔柔的,性子暴起来不见得比北方人低上一头,尤其是长期仇恨相处的两家,干柴烈火,一小点火星子就会爆炸。

陈家的长嫂,五十岁了,名字很好听,叫阿娇,但腰粗得像个大水桶,脸胖得像水泡胖了似的,再加上那一对暴出的金鱼大眼睛,当地人都叫她金鱼大眼睛阿娇,她也正在自家的桑田里采柔。吴家儿媳巧娣采她家桑叶时,她在几十步远的地方看到了,也不吭声,等到巧娣采完走出桑田,往家走时,阿娇便大步走出桑田,拦在巧娣跟前,怒目而视,那一对大眼睛就快要飞出来了。接着她狠狠地甩了巧娣一巴掌,又夺过巧娣的挎篮,把里面的桑叶全倒在了地上,用大脚把桑叶踩得稀烂。巧娣去夺她的篮子,阿娇又给了她一巴掌。巧娣长得小巧娇嫩,她知道根本不是那五大三粗的阿娇的对手,于是大声地哭着要往回走,但突然阿娇飞过来的空篮子又砸在巧娣的后脑勺上,那委屈真正是受大了。巧娣也不去拾那个自家的空篮子,飞也似的奔回家里,脚脖子还在田坡上崴了一下。被打得红肿了的双颊,又瘸着个脚,满脸的泪水,她那狼狈的模样,让谁都看着可怜、心疼。

巧娣走进院门口时,五十岁的吴德全刚干完地里的活回来,坐在小竹椅上抽水烟,准备吃中午饭。一见巧娣那情景也吓了一跳,一问情况,全家二十几口子都愤怒了。尤其是巧娣刚结婚不久的男人吴六苗,正处在与巧娣新婚中那甜蜜劲正浓的时候,听到他的女人受到陈家这样的欺辱,说:"阿爸你可勿要拦我的事,我今天不跟他陈家拼出个你死我活,我就不是你的儿子,也不能姓吴!"

吴德全看到刚进门的儿媳妇被打成这样,也是火冒三丈,放下水烟罐说:"早就该教训教训陈家这帮子乌龟赤佬了,今天倒是他找上门来,敢欺负到我吴德全头上来了。"

吴德全老头还没把话说完,吴六苗已经双手紧握根扁担,直奔陈家而去。接着吴德全老头领着三个儿子与三个儿媳妇也跟了上来,手上也拿着锄头、镰刀、棍棒等家伙,直奔陈家而去。

养蚕人家里都有蚕房,蚕房要保持一定的湿度与温度,家里面也有人值班。那天在蚕房值班的是陈家的二媳妇王阿菊,王阿菊长得五官端正,做事儿也心细,因为那时节蚕已开始吐丝结茧,正像稻米固穗一样,面临着一次收成。

这时巧娣的男人吴六苗突然冲进蚕房,把一个个搁在木架上的直径有一米多的养着蚕的笯筐打翻在地,白花花的蚕被踩烂,体内溅出绿绿的水浆,包括那些正在结茧的蚕宝宝。王阿菊吓得冲出蚕房,大声地喊叫:"救命啊——"正在地里干活的陈家的儿子儿媳妇都急急地奔回来了,也有八九个人。这时吴家也聚集了十八九个人赶来了。巧娣看到了阿娇,就指着阿娇对吴六苗喊:"就是她!"阿娇还没缓过神来,吴六苗就一扁担砸了上去。阿娇的头盖崩裂,血与脑浆流了一地,横躺在了地上。毕竟吴家有十几个人,而陈家只有八九个人,根本不是对手。

陈风林老头一看势头不妙,便大喊一声:"都快逃。"陈家的三个儿子两个儿媳妇以及小孩都撒腿就跑,一会儿窜进桑田,不见人影了。大媳妇阿娇已断了气。这时吴德全看到陈家已是一片狼藉,人也逃走了。吴六苗建议把房子也烧了,吴德全却说:"我们吴家是正经人家,是进士老爷家的佃户,又不是强盗土匪,烧房杀人那是土匪强盗干的事,我们只是报仇。仇报了就行了,留下房子,给人一条生路,教训一下就行了,把事情做得太绝了,老天爷会有报应的。"于是吴家人浩浩荡荡地得意地回到了家里。

但吴德全是个聪明人,也是个多少知道点法理的人,知道打死人是怎么也要吃官司的。杀人偿命,你不管是故意也好,误杀也好,这牢狱之灾总是逃不掉的,只能在律法范围之内,把吴六苗的命保住就是万幸了,这是需要方方面面的努力的。他想怎么也得到东家林进士那儿去讨个主意,于是就带上吴六苗直奔双林庄林进士的府上去了。

陈风林老头带着全家也逃出了扶桑村,进了双林庄,来到了陈家大宅前,他们齐刷刷地都跪在了陈家后院的院门口。陈家的女佣杜大嫂认识陈风林,就说:"陈老头,怎么啦?"

陈风林说:"杜大嫂,我们想见陈老太爷。"

杜大嫂说:"出啥事体了?哭作无赖的。"

陈风林说:"死了人了,是被吴德全家的儿子吴六苗用锄头砸死的。"

杜大嫂是知道陈家家里情况的,说:"啥人被打死了?"

陈风林说:"大儿媳妇阿娇,她是我们家的顶梁柱啊!"说着痛哭流涕。当然,这既有真情的流露,也有作秀的成分,因为主要是想能见到陈老太爷。

陈怀海太爷穿着长袍马褂,还戴着一副金丝眼镜,手托水烟枪,一副文质彬彬的模样。虽然陈家没有像林家那样出进士举人,但从第二代起也考过秀才,就是屡试不中。科举废除后,考秀才中举人都已无望了,索性做起丝绸生意来了。发了财后,陈怀海的弟弟陈怀洋用钱捐了个官,做了杭州督办府的协办,也算是个风生水起的人物。

陈怀海太爷托着水烟枪,吹着卷烟纸,咕噜噜地抽了两口水烟,大胖子女佣杜大嫂就进来通报说:"陈风林全家老老少少八九口人跪在了后院门口,说是要见太爷。"

陈怀海一听是林家的佃户仗势欺人,打死了他家的佃户,就想起了自己心爱的儿子陈嘉禾的死,于是气与恨也猛地涌上了心头,说:"杀人偿命,报官了没有?"

陈风林:"还没有,先来请太爷的示下。"

陈怀海说:"先去报官,报了官再说。吴家死人了没有?"

"——没有。"

"没有那就好办了。陈风林,你与你儿子先去报官,其他的都回去吧,我这里管不了你们这么多人的饭。在打官司的这两天里,陈风林你们父子俩可以在我们家的下房里住,你们两个人的饭我还管得起。"

"谢谢太爷。"陈风林感激地说。

"陈祥,"陈老太爷叫他的家丁说,"拿上我的帖子,带着他爷俩到县衙门去,谁让陈风林是我们家的佃户呢,打狗也要看个主人,陈风林家里死人的事我们不管谁管呢。"

"是,老爷。"当家丁当惯了,跟主人说话时腰总是有点弯,不过他再次提醒陈怀海说,"老爷,吴德全可是林进士家的佃户。"

"是林家的佃户就可以无法无天了?一个读书人家的佃户都这么张狂,也不好好管教,书读到哪里去了?他们家的人更应该知书达理才对。"

"老爷说得是。"

陈祥带着陈风林去告官那阵子,吴德全也领着吴六苗来到林启立家。进士老爷听了吴德全那么一讲,闭着眼睛说:"你们有两个不是,一是不该去人家地里偷摘人家的桑叶;二是不该去人家家里打死人。打死人是要吃官司的,这点道理你们还不懂吗?"

"老爷,那是误伤。"

"死了人了,一命抵一命,这是自古以来的规矩,不知道吗?"

"治中。"他叫儿子林治中,说,"拿上我的帖子去县衙门,带着德全和他儿子六苗,一是去看看,二是讲清打死人的缘由,那是冲动,误伤了对方那个先动手打人的女人。请县老爷酌情处理吧。"

林治中说:"是。"

吴德全是摇着船来的,去县衙门也得摇着船去,陆路也可以走,但那要过好几座桥,就得绕好多弯路,还不如摇着船去得便捷。但从林家到县衙门得从陈家的后院过。林治中、吴德全坐在船头上,吴六苗在船后摇桨。

吴德全问林治中:"少爷,这样一来,六苗要活不成了?"

可船尾的吴六苗却像个没事人一样,嘎吱嘎吱地摇着桨。

林治中知道这船要经过陈宅的后院,心头突然又涌起那天见陈碧茵的情景,心想今天能再见一面就好了。现在林家与陈家的佃户们在闹事,也搭上了他林家与陈家过去的怨恨,但林治中根本就没把这事搁在心上,就是想能有幸再见一面陈怀海的女儿陈碧茵。留洋回来后,进士老爷又让他穿上了长袍马褂。现在是初夏,他穿着绸丝的对襟白色真丝衣服,那衣服在潮湿的微风中飘抖,他说:"现在是民国了,做什么事都得有个法律依据,你那是误伤杀人,与故意杀人不一样。命不一定丢,但牢是一定得坐的。"

吴德全顿时泪流满面,说:"他可是家里的一根柱子,他就是不死,也得坐一辈子的牢,家里没有他,这个家可就少了……唉,几片桑叶的事,却闹出了这么大的动静。"

林治中没想到的是船经过陈家后院时,陈碧茵又在河埠头的台阶上捶衣服,说是洗衣服,其实是在玩水。她好像知道今天林治中会路过这儿似的,早早地来到河埠头,看着林治中坐的船朝她这边驰来,她赶忙抬起头朝林治中一笑,眼盯着林治中不放。林治中心中荡起了激情,也朝她笑笑,笑得很媚。陈碧茵的脸顿时变得粉红,林治中的耳根也跟着发热。这时两个人的心中都有一团火在燃烧,恨不得马上能冲向对方,紧紧地拥抱在一起,黏着不放。但船一瞬间从陈宅的后院划过去了,过一座桥后,双方都看不见对方了,一种失落像铁锤一样地捶在了两个人的心上。林治中想,我一定要再见到她……

吴德全只想着自己的心思,没有看到林治中与陈小姐眼神相交凝聚的那一幕。吴六苗只是看着河水摇着桨,也没有注意那一情景。吴德全知道那是陈家宅子的后院,于是骂了一句:"土匪、强盗的种,杀千刀的,没有一个好东西。"

林治中心中倒有些不以为然,是你们吴家杀了人,他们陈家又没有动手,是你吴六苗的媳妇偷摘了别人家的桑叶,挨了陈家媳妇的打。你们吴家有错在先,现在又打死了人,父亲让他陪他们到县衙门,无非是能刀下救人,设法免个死刑罢了。但吴德全的那声骂,林治中也没法表态,只对船尾的吴六苗说了声:"快点划吧,晚了,衙门就要收班了,从双林庄到县上还有好长一段路呢。"

"好嘞!"吴六苗笑眯眯地起劲地划起来。他不知道自己打死了人,肯定要坐班牢的。林治中想,愚钝啊!愚钝的人就是这样,不知道他为啥要活在这世上,做了打死人的事要担责任的,他都一无所知。林治中感到了一种莫名的无奈。

天色暗下来,船摇到了进县衙门的那条街的河边的小码头上,他们来到县衙门,看到陈风林与他的大儿子陈登顺已经在县衙门了。

陈风林看到吴六苗,指着他对赵县长说:"他就是打死我儿媳妇的吴六苗!"赵县长说:"扣上!"

吴德全一下就吓蒙了,扑通跪在了地上,连磕着头说:"县太爷饶命,县太爷饶命……"

陈风林在一旁冷笑着说:"杀人偿命,自古如此,别仗着林进士的后台就敢杀人。"

林治中看了一眼,冷冷地在一边站着,什么话也不说。

吴六苗被用铁链子扣了起来,才知道事情有些不妙,看着林治中,不知说什么好。吴德全仍跪在地上,抬头乞求地看着林治中。这时陈风林与陈登顺也看到了林治中,知道是林进士的大少爷,本想很得意地扬长而去,这时也站住脚,不挪步了。这可是进士老爷家的少爷啊!

赵县长一看是林治中,两个忙都相互作揖。

赵县长说:"治中少爷,你怎么也来了?"

林治中说:"我家的佃户犯了法,家父特地让我把他送到县衙门来自首。"

赵县长说:"到底是进士老爷知书达理,佃户犯了法,还让他的儿子亲自带着前来自首。"他看到陈风林父子俩还站在门口,就说:"你们回吧,你们没看到吗?犯事的人我已经扣下了。"

陈风林父子这才挪着步子走出衙门,到了衙门口的台阶上还回头来看看。

赵县长看到吴德全还跪在地上,就说:"起来吧,儿子犯了事,再跪也跪不掉你儿子犯下的事呀。"

吴德全又磕了头说:"求大老爷饶命。"

赵县长说:"我会秉公执法的。"

这时吴六苗已被差役拉着带走了。

赵县长一摆手说:"林公子,里面坐。"

林治中跟着赵县长往里走时,吴德全也想跟着进,林治中说:"吴德全,你到船埠头等我吧,我同赵县长说上几句话就回到船上去。"

第三章

县衙门有个后院,院子很宽敞,青砖铺的地,潮潮的砖面上长满了青苔,倒也碧绿的一片。小道青砖上的青苔虽然被人用脚踩平了,却又从砖缝里拼命往外长。任何东西的生命力都是很顽强的。赵县长也曾中过举人,在民国后当的县长,听说是进士老爷举荐的。进士老爷当年就是个维新派,对革命竟也不怎么反对,袁世凯称帝时他既没有反对也没有拥护,一个大清帝国的最后一届的进士,有这样一个态度,已经很难得了。所以林进士的威望在整个县,就是在整个州府都是举足轻重的。民国成立后,在该县县长的选举上,因为进士老爷说了话,赵县长才有了今天的这个位子,所以赵县长叫进士老爷恩师。

赵县长在前面引路,走进县衙后院的一个客堂间。赵县长一个请字,林治中等赵县长坐下后,自己也在赵县长对面的太师椅上坐了下来,并递上了进士老爷的帖子。

赵县长接过帖子说:"治中老弟,恩师有何

吩咐?"

林治中说:"那吴德全是我们家最大的佃户之一,今天他儿子吴六苗犯下了法,理应受罚,所以家父让我带他来自首,也不为难县长大人再派人去抓捕。但家父说陈家的大儿媳妇阿娇是吴六苗打死的,可致死的原因恐怕有两种可能,一是故意杀人,二是可能误伤致死,这同样让人致死,但性质不全一样。当时吴六苗的媳妇又是新婚,被陈家的大媳妇阿娇打得鼻青脸肿的,一时的冲动……"

林治中还没说完,赵县长就一举手说:"我知道了。"

林治中说:"不过县长大人可以派人去详细探查一下,那样最好,也不要草菅人命。"

赵县长说:"我一定派人去详细探查,毕竟是人命关天的事。"

林治中说:"是这话。县长大人公务繁忙,在下就告辞了。"

县长说:"用了晚饭再走吧。"

林治中说:"恐怕不妥,我是为家里佃户犯了案的事来的,在贵府上用饭会留下话柄的,对县长大人也不利。"

虽然林治中一直摆手不让赵县长送,赵县长还是把林治中送到了衙门口。

林治中在街上的饭馆吃了一碗面,回到吴德全的船上,天都黑透了。晚上的风有些大,河面上起了波浪,船在水上一摇一沉地晃动。林治中上了船,问吴德全晚饭用了没有,吴德全说:"少东家,我现在哪里还吃得下啊。"林治中点了点头说:"那就连夜回吧。"

月亮很圆很亮,映在黑黢黢的河面上。于是天上有个月亮,河里也有个月亮,不过河里的那个月亮在水波中不时地变换着模样,或圆或扁,或合或裂,就像人生一样。林治中对吴德全说:"人活在这世上,做事不能太冲动,太感情用事。这件事一开始就是你们的不是,不该到别人的地里去摘桑叶。"

吴德全不服地说:"但他们也不该动手就打人呀,而且打得鼻青脸肿的,手脚也太重了,不就几片桑叶嘛。"

林治中说:"但也不该全家人都冲到别人家把人家的蚕房砸了,而且把人也打死了。几片桑叶的事,却酿出这样大的祸,还弄出了人命官司,你们说值不值得?"

吴德全摇着桨唉声叹气起来说:"六苗的命啊,有救吗?"

林治中说:"杀人偿命,这在中国是天经地义的事。但现在是民国了,也讲法律,也要讲个实际情况。在外国,置人于死地,那也得分是故意杀人还是误伤致人于死,量刑是不一样的。"

吴德全说:"六苗肯定不是故意杀人。"

林治中说:"赵县长会派衙门中的人去调查的,判不了杀头罪,但坐几十年牢那是不会少的。"

吴德全停止了摇桨,哽哽咽咽地哭了起来,说:"六苗是我家的强劳力,六苗媳妇又有喜了,这如何是好啊!"

林治中说:"摇船吧,哭也没用了,到家可能要到下半夜了。"

月亮把河水映照得明晃晃的,水波又把月影弄得发出粼粼的光波。船摇进了双林庄,正是春末夏初的时节,河两边竟还有乘凉喝茶的人。船摇到陈家后院时,林治中蓦地发觉有人提着一盏红灯笼在河边,等着什么人。他马上感到那提红灯笼的人会是陈碧茵。

船划了过去。果然是陈碧茵。在船划过去的那一瞬间,陈碧茵那双在黑暗中显得很明亮的眼睛看着他,似乎顿时迸出了闪光,林治中也情不自禁地卖力地一笑,心中的那团烈火又熊熊地燃烧了起来。

吴德全也看到了陈碧茵。他摇着桨似乎自说了一句:"强盗胚子,竟也会生出这么漂亮的小姐,这个世道不公平啊!"

林治中看了吴德全一眼,也不说话,其实他心里明白,陈碧茵的身影已经深深地刻在了他的心里。而陈碧茵也有意让丫鬟陪着,提着红灯笼,在河边乘凉,其实是等着他晚上能自此路过她家的后院,她也能再看上他一眼。世上最难研判的就是男女间的情感,一见钟情,然后难以忘怀,炽热似火,恨不得能为之而去死。

林治中回到家时,天都快亮了。他在床上和衣躺着眯了一会儿,天一亮，就去厅堂，回了进士老爷的话。进士老爷脾气就是这样，他吩咐下的事情让你去办，办的结果就要立马回话，如何办的，结果是什么，他最恨办事拖泥带水的。

进士老爷咕咕两口水烟，吐了两个烟圈，说："这样就可以了，虽说是我们家的佃户，但犯了事就该受罚，不能姑息的。俗话说，王子犯法与庶民同罪，以往的朝代都这样，何况现在呢。能活下一条命，那就是对他的恩典了。"

几个月后判下来了，二十年的刑期，并且已经下监了。陈风林听了不愿意了，一命抵一命，怎么是二十年的刑？陈风林又恼又气地急急赶往双林庄，对陈怀海老太爷说："吴六苗是林治中送到县衙门去自首的，赵县长还把林治中请到后院说了很长时间的话，所以吴六苗才没有被斩首，而是才判了二十年。杀了人起码也得判个无期呀！"陈怀海也很咽不下这口气，说："我也是递了帖子的，也给赵县长打了招呼，杀人抵命按律办事，如何会是这个结果？"

陈风林说："那我家的阿娇不是白死了？"

陈怀海说："白死了，那也不能这么说，在牢里待上二十年那也是不好受的。就这样吧，判都判了，也下监了，还能怎样？以后再说。"陈怀海嘴上虽这么说，心里更是积了一层怨恨，他的帖子不管用！

而林家听了这个结果后，也宽卜心来。进士老爷觉得，他的帖子还管用，一条人命算救了下来，但毕竟要坐二十年的牢，那也是一件很痛苦恼人的事，于是对林治中说："到乡下去一次吧，宽慰宽慰吴德全和吴六苗的媳妇，没定死罪就是不幸之大幸了。"

林治中一点头说："是。"父亲的话就像圣旨一样。

林家平时出门用的小船很精致，白色的船篷，桐油漆得黄黄的船身，摇船的是个五十多岁的船工，叫顾阿毛，从小就在林府上帮工的。顾阿毛个儿不高，有点瘦，但却很结实很有力气，属于筋骨好的那种人。他平时沉默寡言，闲着时叼着个烟袋，坐在船头，悠然地抽着烟，从来不主动去揽什么事，只有主人吩咐他什么事他才去做，但每次做得却很利索，也会让人感到很满意。林家平时很少派他做其他的活，只要把船摇好就行了。

顾阿毛五十几岁了，还没有婆娘，不结婚的主要原因是他认为有个婆娘在身边是个累赘，他还是喜好一个人过日子。他不是个不沾女人的人，据说在庄上，他有个相好，但只是偷偷地往来。林府的人只是听说，也从来没见过这个女人。两年前，他突然要请两天假，说有一件要事要办。问他是什么事，他也只说是他自己的事，具体什么事不肯说，只是说要到乡下去一下。后来有人告诉林府的人，说他那个相好死了，是他外借了只小舢板，把相好送到乡下，买了块坟地，很体面地给她下了葬。他不用林府的那只船，因为怕不吉利，说是怕坏了林府的气运。

进士老爷听说后说："顾阿毛是个懂事情守规矩的人啊。"所以进士老爷在吃晚饭时，看着桌上的菜，总会点上一盘说："这菜给顾阿毛送去吧。"顾阿毛也对主人家很是忠勤。他不多说话的原因是怕祸从口出，所以他认为尽量少说话是最妥的，尤其是像他这样当下人的人，林府上的事他也从来不往外面搬，于是林府的人对顾阿毛也就很放心。

九月天气还很热，林治中坐上顾阿毛的船摇到了乡下。乡下已有秋天的影子，树上已出现了泛黄的树叶。晚稻还没有插，但早稻已经割完，一块一块割好的稻田已连在一起，看上去金灿灿的一片，一条弯弯曲曲的小路，一直通往吴德全家的几间宽敞的茅草屋前。中间那栋最大的茅草房是吴德全老夫妇住，四周几间小茅草房是三房儿子大苗、二苗、三苗住着，大女儿一芳和女婿也是住着一间房，而二女儿二芳嫁出去了，最小的就是六苗了，六苗现在为了巧娣这个女人，打死了阿娇，成了阶下囚。

吴德全老夫妇住的大茅草房中间是间很大的客厅，里面还有一张八仙桌，六张太师椅。他虽说是个佃户，但日子还过得蛮小康。吴德全老远就看到穿着白丝绸褂子、白丝绸裤子的林治中从小路上在微风中飘荡着朝他们茅草房走来，于是，忙媚笑地迎了上来说："少东家，你怎么来了呢？"

林治中说："六苗判下来的事知道了？"

吴德全说："知道，知道，县衙门派人来叫我去听的判。"

林治中说："我啊，就多说上一句话吧，可以了。不是死罪，人是能活着出来的,判是判得重了点,二十年的监期也长了点,但打死了人啊,勿是闹着玩的事。"

吴德全说:"知道,知道,全靠进士老爷与少东家你们帮的忙,要不六苗的命也没得了。"

林治中说:"明白就好。"

吴德全喊:"一芳,杀鸡,留少东家吃饭。"

林治中说:"饭勿吃了,阿爸只是叫我来看看你们,怕你们想勿开,既然想开了那就好。"

这时六苗住的那间小茅草房里走出来两个年轻女人,一个是六苗媳妇,肚子已经腆得很圆,快要临盆了。而另一个姑娘,林治中一下就认出来了,陈碧茵的丫鬟,那双热辣辣的爽直的眼睛也让他印象深刻。这时林治中感到一阵惊喜。她见到林治中,也朝林治中一笑。林治中感到脸上一阵发热,心怦怦乱跳起来,仿佛看到她也像是看到了陈碧茵似的。

巧娣见到林治中脸红了,这个丫鬟的脸也微微起了点粉色。

吴德全说:"巧娣,快谢谢少爷家。没有进士老爷,没有少爷他们家周旋,你男人就要成刀下鬼了。"

巧娣忙拜了个万福说:"谢谢老爷少爷的救命之恩。"

林治中说:"救命之恩说不上,这位姑娘是?"

巧娣说:"我们是从小一起在吞南村长大的小姐妹,她叫月菊,姓苏,现在是陈碧茵小姐的贴身丫鬟。这也真是冤家路窄啊,偏偏我们两家惹上了官司。"

苏月菊说:"没事的,我和你从小的姐妹,再说陈小姐与你们的官司挨不上。"

林治中忙点头说:"苏姑娘这话说得是。"

苏月菊大方地说:"林少爷,您哪能叫我姑娘啊,我只是个丫鬟。"

林治中说:"你在陈家是个丫鬟,但在我眼里你还是姑娘。不过,"他转身看了吴德全一眼说,"这事还没完,所以你们还要防着点。好了,我告辞了。"

苏月菊说:"林家少爷,你现在是要回双林庄上去?"

林治中说:"是呀。"

苏月菊说:"有船哦?"

林治中说:"我就是坐我家的船来的,我可以送姑娘去庄前的河埠头。"

苏月菊道了一个万福说:"谢谢少爷,要勿我就得绕好多路了。"

林治中发觉苏月菊是个很爽朗而又大方的人。

林治中让苏月菊先上船。由于林治中留过两年洋,懂得洋人的绅士风度是女士优先。做惯了丫鬟的苏月菊真的是受宠若惊得不得了。她说:"少爷,应该是我服侍你上船才对,哪能让我先上船呢?"

林治中一笑说:"月菊姑娘,我可是有事求你呀。"

月菊是个聪明姑娘,笑着点点头,似乎知道林治中有什么事要求她了。她上船后先朝顾阿毛点了下头,表示打扰他了。阿毛竖起桨,朝林治中看了一眼,林治中抬手说:"回去。"

阿毛就吱嘎吱嘎地摇起桨来,摇得很有力量,小船迅速地在河面上前行,船头顶出一圈圈的波纹,发出潺潺的响声。

月菊侧身坐在船头,只坐半个屁股,两条腿紧并在一起,侧向一边,林治中看着月菊,那模样端庄,甚至可以说得上有些漂亮。阿毛在船尾划船,他们坐在船头,加上那潺潺的水声,他们俩说话就是声音大一点船尾也听不见,就是听见了阿毛恐怕也不会传话的。

林治中在船板上坐稳后对月菊说:"月菊姑娘,你能猜到我会求你什么事?"

"可是小姐的事?"月菊说。

"你能帮我捎封信给她吗?"

"可以的。"月菊说,"其实小姐也很想让人捎句话给你,可惜没这样的机会。谁想到我偷偷从陈家跑出来去看六苗媳妇,会遇见少爷你,看来,这也是缘分。"

林治中发觉月菊是个很聪明伶俐的人,就说:"你家小姐也想见我?"

月菊说:"她一直告诉我说,如果我有机会见到你,一定要让我传句话给你,她想见你一面,但她不说,她不会有这样的机会的。"

林治中说:"为啥?"

月菊说:"因为她听说你们林陈两家积了几辈子的怨了,尤其是她弟弟陈嘉禾被爆竹炸死后,这怨就更深了。谁见了对方家的人,眼睛就会瞪得像乌鸡眼似的,恨不得把对方灭了,怎么能说上话? 今天我与林少爷你见上了面,说上了话,这不是缘是啥?"

林治中迫不及待地说:"那就让小姐约个地点,定个时间,我同她见上一面,有些事见了面再说。"

月菊说:"你们也就是见上一面,后面的事是肯定不成的。"

林治中知道她说的后面的事是什么,他与她要想结夫妻的事,就像月菊说的那样,肯定成不了的,于是说:"见上一面也好,见上一面也就死心了,至于后面结不结夫妻,那就要看老天爷了。"

月菊说:"看老天爷也没用。"她嫣然一笑说,"能见上一面,那也就是烧高香了。"

林治中突然变得很激动,想了半天,从口袋里掏出一把银圆塞在月菊手里说:"月菊姑娘,全拜托你了。"突然又把手中的折扇给月菊说,"这个给小姐。"

天还没黑,但月亮却升了上来,映在河面上,闪出一片银光。进庄的第一个河埠头也到了,苏月菊跳上河埠头的台阶,朝林治中一笑说:"林少爷,我会给你办的,放心!"林治中挥手让顾阿毛继续划船,心里却充满了与陈碧茵小姐见面的期待。他又朝苏月菊上岸的河埠头看了一眼,苏月菊早已见不到人影了,因为整个双林庄已在月光下,已是夜色朦胧的了。

第四章

用苏月菊的话说，她在九岁的时候就被送到陈家大宅去当陈碧茵的贴身丫鬟了。她家祖上与陈家祖上一直是主仆的关系。陈家的祖上在做打家劫舍的行当时，苏月菊的祖上就是他手下喽啰。据说她祖上武艺高强，人又很忠义，所以很受陈老大的器重。这种情况一直延续了好几代，所以陈家对苏家也关照了好几代。苏月菊的父亲在她九岁时得疾病去世了，而比她小一岁的弟弟苏云龙从小跟着父亲习武，八岁时武艺就十分精湛了。父亲去世后，他又跟着父亲的一位师弟学，练的是童子功，十六岁时已是走步如燕，有了飞檐走壁的本事。他虽然身怀绝技，为人却很低调，从不吹嘘自己的武功。苏云龙觉得一身的武功不是用来吹嘘的，只不过为了防身而已。

陈家虽然有良田千亩，家财万贯，但因为祖上有一个"盗"字挂着，总不是件体面的事，让人诟病。为了彻底摘掉这个"盗"的帽子，陈家也是年年高薪请私塾教师，让家里的男男女女都要识字，读四书五经,科举废弃后就让子女出国留洋。陈家的人认为只要在这方面肯下本钱,持之以恒,总会有成效的。

陈怀海家的弟弟陈怀洋就去了日本留学,回来后,先是在杭州府做事,皇上退位,建立民国后,他又在杭州督办府谋了个协办的职位。虽然只是督府的协办,但也有职有权,因为是留日回来,也是个有学问的人了。督军对他很看重。

因为陈家家里有人在杭州做了个不小的官,陈家在庄上的名气也渐渐地有了改善。紧接着陈怀海的大儿子陈嘉禄也到西洋留学去了。那时陈碧茵小姐已经有十七岁了,本来十六岁就该谈婚论嫁了,但陈怀海老爷却不急,想找个书香门第的人家才行,当然不是在庄上,要在省城,或者起码也要在湖州府里找,所以又拖了一年,婚姻上的事也还没有着落。

陈碧茵从小也念书识字。那时已有了报纸之类的传媒,她也经常能看到报纸,以后常有些带有西方色彩的书籍,她也津津有味地看。陈碧茵聪明好学,本身又像她母亲一样天生丽质,再加上看书识字,又有了些学问,气质上也就很不一样了,正是这种美丽与气质深深地吸引了林治中。

从扶桑村回来后,苏月菊就告诉陈碧茵,林治中想与她见上一面,陈碧茵激动得几个晚上都没有睡好觉,用某些老家的话来说,青春期的女人比男人更骚情,她天天晚上都要问月菊,啥辰光才能与林治中见上一面,月菊说:"小姐勿要急,我会在河埠头去等他的消息。"那几天陈碧茵真正体会到度日如年的感觉,才三四天工夫,她似乎觉得有二三十年长了。

陈碧茵小姐每天都要到河埠头捶衣服,月菊就陪着她,那天,终于等来了林治中的船,船轻轻划过陈宅后院门前的河埠头,林治中用手朝庄外指了指,月菊点头一笑。陈碧茵衣服也不捶了,端起装衣服的木盆就走进后院,对月菊说:"去呀,快去快回哦。"

陈碧茵在自己的闺房里仿佛等了好长一个时辰,终于等到月菊回来了。

"哪天?"

"四天后我妈做五十大寿生日,你就说想跟我一起到乡下散散心,顺便给我妈拜拜寿,老爷也勿会怀疑什么的。"

"要四天以后啊?"小姐说。

"没有女人想男人想到这个份儿上的,还是大户人家的小姐呢,又勿是青楼上的女人……"月菊话到嘴边马上咽了回去,怕这话刺了小姐的心,小姐的母亲就是在青楼待过的女人。

陈碧茵同苏月菊一起到陈怀海那儿去说了,陈怀海一听,当然是满口地应允了,还让人备了一份寿礼,说:"我们陈家与苏家是世交,你就代我去拜一拜,问声好吧。"

陈碧茵没有想到真会有这么一天。秋色渐渐地浓了,但天气还有点热,天高云淡,河水碧波荡漾。那天是苏家雇的小船来接的,摇船的是个婆娘,穿着粗布的蓝裣子,皮肤很黑,但却有着一双乌黑发亮的眼睛,爱说爱笑,船一划向两岸长满庄稼的碧绿的田野时,船娘就亮起那嗓子唱起了江南民歌。陈碧茵突然觉得这世界变得好亮敞啊、好辽阔啊、好自由啊。

月菊家所在的吞南村与双林庄有十几里的水路,划船去也要有好几个时辰。天刚蒙蒙亮,陈碧茵就起来梳妆打扮,提上陈老太爷让人备好的寿礼,就同月菊一起上了船。船划出两里地后,就看到半里水路距离的河面上,林府那刷了桐油的黄灿灿的小船,悠悠地跟在了后面。陈碧茵顿时感到一阵激动,心中涌满了激情,这时候她甚至想到她可以为林治中少爷去死。

陈碧茵悄声问月菊:"哪儿能见?"

月菊说:"一切我都为你们安排好了,我会让你与他单独见上一面的,好哦啦?"

陈碧茵于是羞赧而幸福地点点头。

月菊真是个聪明的姑娘,她们在吞南村的河埠头下了船。来到苏月菊的家,苏月菊的家里一个人都没有。原来苏月菊母亲的祝寿活动在离吞南村几里的镇上办。月菊的家实在太小,这么个五十大寿,十几桌酒席实在摆不下。月菊家虽说只是个农民,也只是陈家的下人,但因跟陈家是世交,也就有了几分体面。家里有十六七亩上好的水田,是村上比较富裕的农民。家里有几间茅草房,虽然不大,但也算宽敞。为了面子,月菊的弟弟苏云龙坚持要在镇上的一家饭庄办。父亲不在了,苏云龙是家里唯一的男人,自然是由他做主,再加上过去苏家的合伙兄弟们该来的都来齐了,这么小小的一个苏家小院,如何拥得下这许多人?

陈碧茵到了苏家的小院子时,院子里已空无一人,只有几只鸡与一群鸭在咯咯咯地叫着,还有一只小猫咪在墙角蹭痒痒。月菊先领着陈碧茵去自己曾住过的小茅屋,现在也不知谁在那屋住,里面干干净净的。陈碧茵进了屋后发觉里面有两间屋,外面一间有几把竹椅、一张竹躺榻,而里屋才是卧房,一张床上铺着竹席,竹席擦得很是光亮,床上的纱帐放了一半挂了一半。

不一会儿,月菊引林治中走了进来,两人相互看了一眼,都不知该说些什么,只是感觉到对方的心在狂跳。

月菊说:"你们在吧,我要到镇上去一趟,我姆妈五十大寿,我勿去拜一拜勿好,只要两三个时辰我就转回来。"

林治中是在陈碧茵坐的小船靠岸之前一个河埠头下的船,沿着田埂子走来的,月菊挥着一方手帕为他引着路。

月菊一走,小院里只剩下林治中与陈碧茵两个人了。两人都不知道第一句该怎么开口,该说什么话,但有一件事,两人不说话也都会去做的。陈碧茵很主动,话没说就冲上去,一把抱住了林治中,而林治中也就顺势搂住了陈碧茵的腰,两个人的嘴就咬在了一起,两个倾慕已久、心中爱情似火的年轻人一旦相遇,渴望的就是相互融为一体。于是林治中锁上门,进了里屋,两人宽衣解带相拥在一起,很少说话,怕耽误相拥的时光。虽然只有短短的三个时辰,两人竟亲热了好几次,似乎仍不满足。窗口已含着了西斜的太阳了,陈碧茵哭了,说:"林少爷,我知道我们俩是做不成夫妻,但又不知道啥辰光能再见上一面。"

林治中也很沮丧但却说:"只要有缘,会有做夫妻的一天的。"他在宽慰她,其实自己心中也没有数,只是说,"见面的机会也要自己去寻觅的,我想不久就又会见面的。月菊是个好姑娘,你一定要好好待她。"

陈碧茵说:"虽然她是我的贴身丫鬟,但我们却是以姐妹相处的,她比我大好几个月呢。"

当时外面已有了脚步声,两人又相拥了一会儿,有人走到院门口了,林治中马上开门出来。进院的是月菊,手上提着一篮糕点、果品之类的东西。后面还站着个男青年,长着中等个儿,但脸却长得像姑娘一样秀气,白嫩白嫩的,身板也很直很健壮。月菊介绍说:"这是我弟弟苏云龙。这位是林治中,林少爷。"

林治中忙作了一个揖说:"幸会。"

苏云龙也作了一个揖,也说了个"幸会"。

月菊说:"小姐呢?"

林治中说:"还在屋里。"

月菊也没有同苏云龙说什么话,就向着屋里喊:"小姐,坐船回吧。"说完看了林治中一眼,林治中忙说:"你们这儿好景致啊,我一个人游玩了一个时辰,竟然在院门口遇见了陈小姐,真是幸甚幸甚啊!"苏月菊知道这话是说给苏云龙听的。

月菊说:"我们家小姐是怕见陌生人的。"

林治中说:"所以她一见我就躲进屋里了。"

苏云龙说:"林少爷是怎么来这儿的? 怎么认识我姐姐的?"

林治中说:"在吴六苗的媳妇巧娣家认识你姐姐的,是你姐姐约我今天来你府上拜访的,但一来你姐姐要到镇上去,我只好在外面独自赏景。"

月菊怕他们继续说话会说漏了嘴,就说:"林少爷是同我们坐船回还是自己回?"

林治中说:"我是坐我们家的船来的,船就在河埠头上。辛苦月菊姑娘了,那就告辞了。"

月菊说:"只怕怠慢了少爷。"

林治中说:"还望后会有期。"说着就出了院门。

苏云龙说:"这位林少爷是不是庄上进士老爷家的公子?"

月菊:"老爷们之间的事跟下人无关,我跟巧娣不从小就是姐妹嘛,可是她偏偏嫁给了林府家的佃户吴六苗,我与巧娣还不是好姐妹?"

苏云龙一笑说:"此话说得是,阿爸就说过天下一家人,四海之内皆兄弟也。"

陈碧茵收拾利索后出了屋,月菊又向他介绍苏云龙。苏云龙一鞠躬说:"给小姐请安。"然后在月菊耳边说:"陈小姐长得太漂亮了!"

太阳已经偏西,地平线上那也不高的群山在夕阳下闪着苍翠的绿色,但也有提早枯黄了的叶子镶嵌在这一片翠绿之中,在绿色中点缀着点点的黄色,看上去也很美。

林治中坐上小船,顾阿毛摇着船匆匆往庄上赶,但船摇到离庄上大约还有两里地,就看到庄上燃起了一片火光,顾阿毛忙说:"少爷,勿好,庄上走水了。"所谓走水就是着火了。林治中与顾阿毛都感到那火烧的地方好像就是他们家的宅子。于是,顾阿毛便飞也似的摇起桨来,小船也像一颗流星一样在河面上窜行着。林治中的心里又着急又沉重的,心想,坏事看来是做勿得的呀……

第五章

进士老爷家的宅子着火了,来救火的人还不少。庄子上可以说一半以上的人都来帮忙救火了,宅子就紧挨着河边,救火的人排成长排用水桶从河里舀水,一个接一个地往着火的地方浇。当林治中赶到时,将近有一半的房子都被烧毁了。谁也没想到,进士老爷又是惊吓又是生气,听说可能是陈家的佃户放的火,心脏一阵绞痛,到火扑灭时,进士老爷也一命呜呼了,享年五十八岁。

林家一直是单传,人丁很单薄。进士老爷虽有几房姨太太,但娶回家后都不曾生育。有人说,讲起来都是进士老爷的阳气不足,怪勿得姨太太们的,好在大房生有林治中这个儿子。

有人说这把火就是陈怀海家的佃户陈风林的家人烧的。因为气不过林府打通赵县长,吴六苗免了死刑,要报大媳妇阿娇之仇,所以点了把火。有人说,那天他看到陈家大儿子陈登顺挑了一担柴进了林家的后院。但也有人说,根本就没这回事,担柴走进林府后院的那个人,就是经常往林府送柴的砍柴人杨阿桂,而杨阿桂同陈凤林的大儿子陈登顺长得很像,所以有人就有了这样的怀疑,但都没有确凿的证据。虽然县上也派人调查了一番,也都没有结果。这么大的罪孽也不能随便往人的头上戴的,林治中这个留过洋的人自然知道这一点。

林治中早就想离开庄子,到南方去参加革命党。他留洋的几个同学都已在那儿了,不时地来信催他。因为进士老爷在家,他也不便立即就离家去南方。后来有了陈碧茵的事,现在进士老爷走了,陈碧茵也见了,所以做完进士老爷的百日后,林治中把府宅灾后重建以及家里的其他的事,都交给自己的母亲和林府的管家林祥义。他就路过上海,去了广东,那时广东的革命活动已闹得很活跃了。

林治中走后,只来过一封信给母亲,说是到了广东,一切都好,请母亲放心,也希望母亲保重。并说自己参加了革命党,是一个男子汉应该承担的社会责任,但他会很好地照顾保护自己的,请母亲不必担心。接到这封信后,大太太哭了好几个晚上。但儿子在外,她也无能为力。大太太信佛,于是只好每天烧香拜佛,祈求儿子平安。

过了四月,江南一带一直是阴雨绵绵。天上的阴云总是像一块没有拧干的抹布一样,挂在天幕上。有天夜里,满路泥泞,苏月菊抱着一个男婴,一步一滑地蹚着泥浆来到吴德全家,敲开了巧娣住的小茅屋的门。巧娣的女儿八个月了,却还在喂着奶,由于吴六苗为了给巧娣出气,打死了人而要坐二十年的牢,巧娣就格外地疼这个女儿,一有空她就让女儿叼着自己的奶头。

月菊一只手抱着婴儿,一只手收起湿淋淋的油纸伞。巧娣那快九个月的婴儿已经在怀里睡着了。巧娣看是月菊,忙说:"月菊姐,你怎么来了?"这时又响起了敲门声,吴德全也看到了苏月菊,他也跟了上来。巧娣说:"是我公公。"忙又说,"阿爸,你进来吧。"

吴德全看着苏月菊问:"怎么了,这孩子是谁的?"

苏月菊说:"这是你们林府上林治中少爷的儿子。"

吴德全说:"东家少爷还没结婚呢,哪来的孩子?"

月菊说:"老人家,详细的事你勿要问,你就是问了,我也不能说,但这是林家的儿子是千真万确的。现在进士老爷已不在人世了,林家少爷又出了远门,他也不知道在这世上有了他的一个儿子,我也不能抱着这个婴儿去林府。你们就做做好事,刚好巧娣正在给孩子喂奶,顺便也把这个孩子奶上吧,到时候我会再来把孩子抱走的。"

吴德全说:"真是林家少爷的孩子?"

苏月菊说:"我可以以生命担保!"

吴德全说:"那孩子的妈呢?"

苏月菊说:"我们峇南村陈家陈小姐。生下孩子后就跟着一个商人跑了,不知跑到什么地方去了。"苏月菊知道决不能说是陈碧茵的,说了巧娣不肯奶,吴德全也不会收,刚好他们峇南村确实有一个陈家姑娘,也私生了个孩子,然后跑了,月菊于是就换了个包。

吴德全说:"真是林少爷的?"

苏月菊说:"真是的!巧娣姐,帮我奶上半年吧,半年后我一定来抱回去。"吴德全叹口气说:"林少爷也真够风流的!唉,有钱人家的公子都这样。"巧娣说:"小人叫啥?"

苏月菊说:"叫林益文,相信是林少爷的小人了哦?"

林治中离开双林庄后,陈家也发生了一些变故,那就是陈家的小姐陈碧茵两个月前突然失踪了。问苏月菊,苏月菊只是一口一个不知道。她说:"她突然不见了,我也在到处找,第二天一早我马上又去报了老爷太太,你们不是跟上我,也找了几天没找着吗?"接着陈家又动用了以前的下人关系四处打听,始终没有线索。苏月菊后来也因为这件事辞了贴身丫鬟的这份工作,回到乡下去了,陈怀海老爷也没有挽留,而且气愤地一挥手说:"让她走吧。"

不久就有了许多传言,最可怕的传言就是陈碧茵偷了野男人,怀了孩子,从家里逃出去的。陈怀海老爷下令说:"见了这个贱坯子,打死了再来给我回话!"但陈家人再也没见过这个"贱坯子"。陈老太爷一气之下也病了,在杭州做事的儿子陈嘉禄听到这个消息,也赶回了双林庄。虽说陈家祖上有"江洋大盗"的恶名，后代也应该有点儿匪气，但奇怪的是到了陈嘉禄这一代，却也是书生气十足，大约是连续两代的文化的熏陶，人也潜移默化，变得有文化气了。

陈嘉禄也学着林家去留洋，而且跟林治中一样去了西洋，但不到一年就回来了，说是西洋人的生活过勿惯，牛排用刀切出许多血丝就往嘴巴里塞，而且吧唧吧唧地还嚼得很香，太野蛮了，他是怎么也吃不下去的。他在西洋唯一的收获是入了基督教，待人接物都变得特别儒雅，西洋绅士的那一套也学得勿错。他对父亲说："父亲大人好好养病吧，阿妹飞不到天上去，总会找到的。"然后长长地叹了口气，什么也不说，只是摇摇头。陈老太爷似乎明白了他摇头的意思：不该娶个妓女当姨太，漂亮是漂亮，但骨子里就有那种不守妇道的"风流"因子。

世上没有不透风的墙，陈小姐失踪后，传言自然多了起来，还把林治中也牵连上了。这些传言自然也传到了林府，但那时进士老爷早已归天了，要是不归天，他听到这个消息也会气死的。这完全是在败坏他们林家的门风。

陈嘉禄把听到的这些传言告诉陈怀海，陈怀海老爷听到这些话后，也不得其解。虽然是住在一条街上，我们在西头林府在东头，从不往来。他们林家少爷与我家小姐如何能勾搭成奸而且还生了个孩子，据说还是个男孩，陈怀海认为肯定是林家的佃户吴德全造的谣。但陈嘉禄却说："谣言不会是林家的佃户说的，他这一说，不仅仅是败坏了我们的名声，同时也是败坏了他们东家林府的名声。"陈怀海说："那这些个谣传是怎么来的？"陈嘉禄说："阿爸，我怎么能知道呢？"

陈怀海说："嘉禄，你给我暗暗地查访，要是找到碧茵这臭丫头，你们就立即打死后再回来报我，我也不想再见到这个臭丫头，听到没有？"陈嘉禄说："是，阿爸，我也是这么想的。"

陈嘉禄嘴上这么应允陈怀海，但那心里却不这么想，陈碧茵做的这事虽辱没家门，但也不该死罪。所以后来他两次听到下人的报告，却又让自己的跟班阿福去通风报信，让他这个阿妹赶快逃走。他后来也知道那个苏月菊是一直跟着他阿妹的。

　　几年过去了,陈碧茵这个死丫头已经毫无音讯了。陈怀海也不可能见到陈碧茵这个死丫头的人或是死尸,而他自己却在郁闷中驾鹤西去了。于是陈嘉禄又回了杭州,继续帮着他的叔父陈怀洋去做他的丝绸生意了。陈家的丝绸生意当时做得很大,在上海大马路上开了一爿很大的大祥丝绸行。

　　陈怀海死后,这事也不了了之了。虽然陈碧茵的母亲也在偷偷地托人打听,但也一直打听不到陈碧茵一丁点儿的消息,陈碧茵似乎从此在人间消失了。

　　但陈怀海在临终前却对陈嘉禄说了一句让陈嘉禄感到意想不到的话:"嘉禄,找到碧茵!把那个男孩子带回陈家吧,他是我外孙,他身上也流着我陈怀海的血脉。给我们陈家留下一个读书人的种吧,但找回来后得姓陈!"陈嘉禄点头说:"知道了。"

　　其实陈嘉禄也是这么想的。陈怀海临终前说这话是有原因的,因为陈嘉禄不能生育。在西洋留学时陈嘉禄做过身体的全面检查,医生告诉他,他的精子不是死精就是畸形,不会生育的。他回来后,偷偷地告诉了陈怀海,陈怀海长叹口气,两点眼泪挂在眼角边说:"家门不幸啊!嘉禾又死了!"这也是造成了陈怀海一直闷闷不乐、郁闷早亡的原因。陈家得有后啊,所以他临死前才对嘉禄说这样的话。

第六章

十八年一晃就过去了。林益文的大娘舅章立祥在杭州开了一爿立祥号油纸店，店门面对西湖，中间只隔了一条宽宽的马路，马路边上与湖岸之间是两排茂密的柳树，一到春天，柳条在微风中飘曳，像一个个在春风中仙舞着的少女。透过树隙，就可以看到碧波荡漾的湖水，如遇到下雨天，雨雾蒙蒙，满湖的荷花也在雨幕中绽放，水珠像一粒粒珍珠似的在绿叶上滚动。还有那飘荡在湖中的小船，那撑伞的游客，就仿佛在仙境中一般……

这样的景色林益文欣赏了整整四年了，林益文在十四岁那年到立祥油纸店当学徒。这四年的学徒生涯，对林益文来说是十分重要的。从表面看上去，他似乎是个性格有点懦弱的人，但其实他内心十分刚毅。知道自己该怎么为人，他懂得待人要热情而落落大方，处事要谨慎，但又不要瞻前顾后，既要思虑成熟又要果断。他年纪虽轻，却已成熟老练，大娘舅章立祥对他很满意。

立祥油纸店的后面有个较大的院子，是做油纸的作坊。五六个工人在韧纸上涂上桐油，于是作坊里弥漫着一股浓浓的刺鼻的桐油味。那时没有塑料纸，所以防水防潮大多都用油纸。乡下人有时挑着箩筐，一买就是一摞，一二十张，卷成一个大卷，挑回家去用。那时做伞也多为油纸，称作油纸伞。

立祥油纸店做出的油纸质量好，涂油均匀，油亮，半透明，而且又很耐折，做出来的竹篾油纸伞特别雅气，江南雨水多，来买油纸雨伞的人就很多，所以生意很是兴隆。尤其遇到赶集的日子，或者节假日，真可谓是顾客盈门，络绎不绝。林益文一个人在柜台前就招呼不过来了，这时账房张先生、大娘舅章立祥也会到柜台上来张罗。然而在平时，还是悠闲的时候多。

大娘舅章立祥虽然是个生意人，却酷爱书画，爱与文人学士打交道，从而练得一手好字。少年时因为练字太刻苦，他右手的手指练得都有些变形了。由于他喜爱书画，让林益文也练书法，说你在我这店里也不可能站一辈子的柜台，总有一天要到外面再找一个谋生的地方，字写得好也是一种技艺，说不定有一天会管用的，趁着年轻的时候多学一点东西，艺多不压身啊。你以后会知道我这话有多管用！

就因为有大娘舅的这一劝告，店门一关，林益文就在柜台后面摆上张铺，大娘舅全家睡在店的二楼上，店堂也就成了他一个人的空间，他就可以看书写字求学问了。

林益文不但学写诗，学写散文，甚至还学起英语来。账房的张先生年轻时学过英语，与洋人对话对得很流利。张先生也是个善良热心的人，看到林益文学英语学得很认真也很快，就教他，一年多后，两人就可以用英语对话了。章立祥看到林益文写的字，就说写得这样一手好字，给老板记个账老板也会喜欢的。

两年后，林益文为了证实一下自己学到的本领，从一本英文诗集上翻译了几首英语诗，寄到当时的《钱塘时报》，竟发表了。于是林益文就越发用功了，练字、学英语、翻译、写诗，还写散文，经常拿到《钱塘时报》去发表。由于有了学问，人的气质与风度也就变得有点勿一样了。

林益文本来就是个心气蛮高的人。有一次，他从一家商店门前路过，从镜子里照照自己，穿着长袍马褂，一表人才，相貌堂堂，想到自己这样一个人才竟是油纸店里的一个站柜台的学徒，心里想想，真的有点挖煞。但现在是民国，早已废了科举，像他这样的人如何能够开出一条上进之路呢？一直在大娘舅的店里这么混也不是个事呀，他都过了十九岁快到二十岁了，他开始为自己的前程发起愁来。人的眼界一旦打开，欲望就会越来越大越来越多。人的欲望真的是无止境。但人又很现实，终还要端牢现在的饭碗，要不然连现在都没有饭吃，哪里还有将来呢？所以林益文每天还得继续规规矩矩地开店门，站柜台，点头哈腰地笑迎顾客。

那是一个阴历的四月天，就像民国才女林徽因所说的"最美人间四月天"。但有时这四月天也总是阴雨绵绵，尤其在杭州。天空中云层相叠，飘下来的细细的雨丝就像一层络纱似的雨幕，朦朦胧胧的。有一天早上，林益文看着马路对面雨幕笼罩下的柳烟与湖水，湖上还有几只小舢板在水面上漂浮着，还有那些撑着伞的稀稀疏疏的行人。快到中午时分，有一辆黑色的轿车停在西湖的路边上，在雨水的冲刷下黑亮黑亮的，还可以看见雨滴落在车顶上溅出了无数的水花。后座的车窗摇下了一半，似乎有一双眼睛朝他们的立祥油纸店足足看了有两三分钟，然后车窗又摇了上去，那辆黑色小轿车慢慢地开走了。

第二天，雨依然在不紧不慢地下着。到中午时分，那辆黑色的小轿车又在湖旁边垂柳下停了下来。一位穿黑色短袖大裤腿衣服的很壮实、身材很匀称的男子下了车，一看就知道是高官与官人家的跟班或保镖。他下车后，撑起伞，然后再去开后车门，车上下来一位亭亭玉立的小姐。她剪着短发，穿着一件无袖的天蓝色的旗袍，旗袍的下摆绣着几朵小花，看上去很典雅。那小姐有十七岁左右的样子，跟班或保镖为她撑着伞。

林益文看到她款款地径直朝立祥油纸店走来，感到很奇怪，因为油纸店可以说基本上没有接待过这样的客人的，来店里买油纸或者买伞，除了乡下的农民外，最多是那些做做小生意的小商贩，或者是底层的市民，再有就是那些上中学的学生们。像她这样坐着轿车来到他们店里的人，林益文当学徒以来还是第一次遇到，他顿时感到有点紧张。但好在他们不会是来杀他的,也用不着太紧张。坐在高高的账房台后面的账房张先生,把已落在鼻尖上的老花镜抬起来,他也看到了,于是也从太师椅上挪下屁股,朝林益文的身边走来,这样的客人无论买不买东西或者买什么东西,都是不能怠慢的。

那小姐穿过马路,上了人行道的台阶,接过黑衣男人的伞说:"阿福,你用不着过来。"那声音极其清脆悦耳。黑衣人一点头,把伞递给小姐,自己又从腋下抽出一把油纸伞撑开,就在离小姐两三步远的人行道上等着。

雨丝飘洒着。

小姐打扮时髦,长得也漂亮,大眼睛,小嘴唇,鼻梁高高的,显得文静而秀气。

林益文首先开口:"请问阿有啥可以为小姐效劳的?"

小姐说:"我要买把伞。"

林益文看看小姐已撑着的伞,那伞是用精微的细帆布做的,当时属于很高档的伞了,他们店卖得再好的油纸伞也没法同她撑着的伞相比呀。

"什么伞?"林益文因为小姐的美貌,有些紧张,说话几乎也有些语无伦次了。

"你们这儿不就只有油纸伞吗?"

"是,但有好几种颜色,不知小姐要哪种颜色?"

"你帮我挑一种哦。"

"谁用?"

"我自己用呀!"

"你用?"

"怎么? 我不能用油纸伞啊?"小姐一笑说。

"不不不。"林益文说,"我是觉得像你这样高贵的小姐,怎么会用油纸伞呢? 那油纸上的桐油味很熏人的。"

"高贵的小姐? 我看上去高贵?"

"当然。"

"你这位先生很会说话呀。我可谈不上高贵,只不过穿着上讲究一点罢了。请问先生贵姓?"

"免贵姓林。"

"请教大名。"

"林益文。"

"祖上做什么的？"

"祖上做什么，没人跟我讲过。我生下来父母都不在了，我是在养父养母家长大的，养父养母去世后，就到我大娘舅的油纸店来当学徒了。"

"这位是……"小姐看看张先生说。

"我是这个店的账房先生，有什么能为小姐效劳的？你问林益文家的情况，勿晓得啊有啥事体？"

"我只是随便问问，不过林益文这名字听上去倒挺文气咯，读过书哦？"

"读过三年私塾，认得几个字。"

"帮我挑把伞吧。"

林益文哗哗哗地连撑开六七把伞，从中挑出一把绛红色的说："这把伞好些。"

"阿福，"小姐朝那跟班说，"过来付钞票。"

她自己也不看了，完全信任林益文为她挑的这把伞。似乎她并不是来买伞的，买伞只是个借口而已。阿福赶忙走上来，他从口袋里掏一枚大洋拍在柜台上，然后拿起伞一抖，把伞打开，小姐一点头，意思要走。

林益文忙说："小姐，慢，还有找头。"

小姐看了阿福一眼，阿福说："不用找了，你留下吧。"

林益文说："这不可以的。"

阿福说："让你们多赚些勿好吗？"

林益文说："实货实价，我们店只赚清白钱。"他急忙到账房张先生那儿拿了零头，喊："小姐请留步，给你找头。"

小姐已站在路边，雨下得很密，她从阿福手中接过伞说："阿福，去拿吧。"阿福为小姐撑起那把油亮的绛红色的伞，他们穿过马路朝小轿车走去。小姐扭着那细软的腰，身材显得特别匀称与优美，走在蒙蒙的雨幕之中，就像一幅画儿似的，给林益文留下了难以磨灭的印象。

第七章

那位小姐确实让林益文有些难以忘怀了。他真的很想再次见到这位气质极好,又有修养,又漂亮的小姐。然而他知道,这种机会恐怕不会再有了,就是见到又能怎样呢?这是让人感到有些茫然的事。可是他就是想再见一见,就是有再想见一见的这种欲望。

也怪!三天后,那辆黑色的小轿车又在湖边的马路上停住了,林益文突然莫名地感到很兴奋。穿着黑色短袖的阿福走下车来,去到后面打开车门,小姐走了下来。

天有些阴,含着湿气的风拂到小姐身上,那旗袍被风吹得紧紧地裹在小姐身上,完整地勾画出了小姐那匀称而优美的身材。

她又朝油纸店走来,阿福紧跟在她身后。

林益文在想,她又来干什么,不会还要买伞吧?

小姐离柜台还有两三步时,笑眯眯地对林益文说:"林先生,再给我挑把伞吧,这次要蓝色的。"

油纸伞都是用焦黄色的油纸做的,但因为竹篾上漆的油漆不一样,伞的颜色也就不一样了。

林益文恭敬地说:"请你勿要叫我林先生,我只是店里的一个伙计。小姐,你们前两天买的伞怎么……"

小姐说:"就想再买一把,不行吗?"

林益文说:"勿是咯,如果没用两天就用坏了,证明伞的质量勿好。如果是质量上的事,拿来是可以换的。"

小姐说:"那把伞很好,没有坏,我就是想再买一把。"

林益文抖出几把蓝色的伞,拿出一把说:"小姐,这一把可以。"

小姐接过伞对阿福说:"阿福,付钞票。"

阿福又在柜台上拍一块大洋,那天账房张先生不在,林益文只好自己走到账房的柜子跟前,从抽屉拿出几个零钱找给阿福。

小姐笑眯眯地说:"林先生,你真的叫林益文?"

林益文说:"请不要叫我林先生,就叫我名字好了,是咯,我是叫林益文。"

小姐从身上抽出一份报纸,指着说:"报纸上的这个林益文就是你?"

林益文看着《钱塘时报》,点点头,有些不好意思地说:"正是鄙人。"小姐说:"你还会写诗文?"

林益文说:"是翻译的英文诗,诗不是鄙人写的。"

小姐说:"你会英语?"

林益文说:"会一点。"

小姐说:"你阿能写几个字给我看看?"

林益文说:"写英文?"

小姐说:"勿,写汉字。"

林益文说:"这……"

阿福在边上说:"叫你写你就写。"

林益文说:"那只好在小姐跟前献丑了。"

林益文拿出放在柜台里平时练字用的文房四宝,问小姐:"写什么?"

小姐说:"写'钱塘初晓'这四个字吧。我喜欢钱塘江上初升的太阳。那很好看。"

于是林益文在宣纸上写了"钱塘初晓"四个字,落上款,盖上印,对小姐说:"献丑了。"

小姐看了看,抿着嘴笑了笑,说:"那这幅字,我就收下了。"然后回头对阿福说:"把润笔费给林先生。"

小姐把那幅字收了起来递给阿福,阿福从口袋里掏出一筒用牛皮纸卷着的洋钱,往柜台上一放。林益文估计那筒钱起码有二十大洋,林益文推开钱忙说:"小姐看得起我这么个站柜台的小伙计,我已经是受宠若惊,字就算我送给小姐的,不成敬意了。这钱是万万不能收的,谢谢小姐了。"

小姐笑眯眯地说:"是我让你写的,你不收润笔费,这字我也不能收了。"小姐看着林益文,林益文感到小姐那明亮的眼睛似乎流出一汪深情,心中突然一热,又一惊。

阿福用不容商量的口气说:"小姐让你收下你就收下吧。"

林益文忙一鞠躬,说:"那就谢谢小姐的犒劳了。"

天空中不知什么时候又飘下了雨丝,两人一前一后又朝那辆黑色的轿车走去。林益文猛地感到他们好像根本不是来买伞的,因为阿福打开轿车的后厢盖,把那把蓝色的伞往后厢里扔时,林益文看到了三天前买的那把红伞,还躺在那车厢里。绵绵的雨丝变得越来越密。林益文在想,他们这样来同他搭讪,到底是为了什么呢?

晚上,林益文把这事告诉了大娘舅章立祥与张先生,张先生推了推眼镜,捻着山羊胡子说:"她难道看上你了?"

林益文说:"不可能!我只是个油纸店站柜台的伙计,人家一看就是大户人家的小姐。"

大娘舅低着头说:"这事倒有点蹊跷了,不过也不用瞎猜了,静观其变吧,也许人家就是来买伞的。"

林益文说:"他们先前买的伞就没用嘛,买两把油纸伞做啥?"

大娘舅一笑说:"你问我,我怎么知道呢?"

林益文说:"那把这二十大洋放在账房里吧。"

大娘舅说:"她给你的你就收下,又不是店里买卖的进账,这钱连账都没法做。"

张先生说:"你大娘舅说得是。"

大娘舅章立祥从小不但在商界混,在书画圈里也混得如鱼得水,是个城府很深的人,他对不知的事从来不轻易表态,他是尊崇孔老夫子"知之为知之,不知为不知,是知也"这一理念的。对不知之事,如何叙之? 最后他又说:"静观其变吧,总还是事出有因的。"

想勿到事情来得这么快,第二天一早,大娘舅就被人叫去了。回来脸上挂着笑说:"益文,人有点本事还是有用啊! 你来好运了。"

张先生说:"什么好运?"

大娘舅是个商人,却是一身文人的打扮,穿着一身白色的纺绸衣裤,手中摇着一把折扇,很是潇洒。他说:"那小姐果然是大户人家的小姐,是大祥丝绸行董事长陈嘉禄家的千金,他们在上海的生意也做得很大。由于人手有些不够,尤其希望找一个相貌长得好的,脑子活络,字写得好,还精通英语的账房先生,他们就物色到了你。他们今天叫我去就是为这件事情。陈嘉禄老爷同我相会过几次,在书画的交流上见过面,人家是留过洋的人。他很客气,很热情,还留我在他那儿蹭了一顿饭。"

林益文听了也很高兴,说:"大娘舅,他们想让我到上海去做账房?"

章立祥点头说:"是,你去哦?"

"我听娘舅的。"

大娘舅说:"那就去吧,我这个小店没多大的前途,只能混碗饭吃。上海现在是个国际大都会,而且陈嘉禄的店面就在大马路上,你到他那儿去,怎么也比待在我这个小店里强啊!"

账房张先生说:"很好! 年轻人该到上海去闯闯,像吾辈老朽了,就在章先生店里混碗饭吃吧。"

林益文忙开了句玩笑说:"看来那位小姐可并不像张先生说的那样,是爱慕上我的,而是物色他们的账房先生的噢。"

张先生说:"两者可以同时并存,并不相反啊!"

大娘舅说："那二十大洋就作为你去上海的盘缠吧。如不够,我再给你点。"

林益文说："大娘舅,这二十大洋到上海是够了,他们让我什么时候去?"

大娘舅说："明天一早,我同你一起去他府上,陈老爷也要见你一面。"

第二天早上,章立祥领着林益文去了陈府。府第很大也很气派,他们在大客厅里坐了半个多小时,陈嘉禄才从内院出来作揖道："啊呀章老板,失敬失敬,让你们久等了,耽误了你们的生意。"

章立祥连忙起身,林益文也跟着站了起来,章立祥也还礼说："陈董事长事务繁忙,能拜访贵府真是荣幸得很。"

双方客套了一番后就都坐下。

陈嘉禄说："我的女儿陈舒媛说,你这位外甥郎,会英语会写诗写文章,也会算账,聪明伶俐得很。"

章立祥忙说："粗懂点文字罢了,什么写诗写文章,瞎弄弄的,英语也是跟着店里的账房张先生学了那么几句,也是上海人说的洋泾浜。"

陈嘉禄又说："你外甥郎长得也很英俊啊。"然后面向林益文问："你是叫林益文吗?"

林益文忙站起来说："是。"

陈嘉禄又问："你的父亲大人是做什么的?"

章立祥忙替林益文说："在峦南镇乌林村有二十几亩水田的一个小户人家。他父亲叫林祖文,几年前去世了,家妹就把林益文托付给我,让他到我油纸店当个学徒,好弄碗饭养活自己,可惜家妹也在两年前去世了。"

陈嘉禄又说："是你家妹亲生的?"

章立祥说："家妹不曾生育,是托人找了个男孩子收养的。"

陈嘉禄问林益文说："你知道这事?"

林益文点点头。

陈嘉禄又问："那你的亲生父母是什么人你知道吗?"

林益文摇摇头。

陈嘉禄对林益文说："林益文你回避一下好吗? 我还有些话想问你娘

舅。阿福,领林公子到花园去转转。"家人于是领林益文出了厅堂。

陈嘉禄看看章立祥,章立祥就说:"我也不太清楚,连家妹也不太清楚。据送的人说他父母都是大府人家,但具体是谁家,送的人怎么也不肯说。陈董事长,你也知道,如果……不是……啊……"

陈嘉禄忙说:"明白了,那个送他们孩子的是那个什么人,你们也不知道?"

章立祥说:"是个女的,但叫什么也不说,只是说你们要我就送来,不要我就送别人,反正是个大户人家的公子,只因为没有正式婚姻,才送人的。如果有合法婚姻,像这样的大户人家,谁能把这么个儿子送人呀。关键是这两家的老太爷也都不知道,要知道了恐怕也不肯放手的。那女人还说,就连孩子的父亲也不知道他有这么个儿子。"

陈嘉禄叹了口气说:"虽说这事有点伤风败俗,但这孩子倒也真有些大户人家出身的气质。这样吧,我们家在上海有爿丝绸店,正缺一个懂英语的账房,想请你家外甥去。如果章老板能忍痛割爱,在下就感激得很了。"

章立祥忙说:"承蒙厚爱,这再好不过了,他在我这个小小的油纸店当学徒,又能有多大出息呢。"

陈嘉禄说:"那明天我把推荐信送到府上,就这几天动身去上海吧。去上海的船票也随信送上,到上海的十六铺码头,我们在大马路上开的大祥丝绸行的领班詹先生会去接他的,只是路上他得自己照顾好自己了。"

章立祥知道陈嘉禄做丝绸生意有很多年了,苏嘉杭地区都有他们的分店,而上海那爿大祥丝绸行在大马路上的门面也很大。章立祥因为生意上的往来也多次去过上海,在大马路上见到大祥丝绸行,门面很气派,生意也很兴旺的。除了小家碧玉、普通市民人家外,还有不少外国人的夫人们进进出出。

章立祥领着林益文回家时想,陈嘉禄一直在询问有关林益文的出生情况,所以这次让林益文去丝绸行当账房,恐怕醉翁之意不在酒,会不会还有什么缘由?但章立祥对林益文的身世也不全了解,况且林益文的养父已逝,自己的妹妹又在前年去世了,他也不好意思进一步去询问陈嘉禄,为何如此关心林益文的出生。

第二天一早,穿着白短褂大裤腿的阿福就把信与船票送来了,船票是三天后的,意思是好让林益文轻轻松松地准备上几天。

那天早上天阴阴地,下着毛毛细雨。章立祥把林益文送到码头上,林益文上船时,他说:"益文,要照顾好自己。陈家是个大户人家,又做官又经商,他们的老爷与小姐这么关照你,你一定要好好做,会有前途的。"

林益文到陈府时,却没有见到陈舒媛小姐。那两天,她借着买雨伞的名义来看他,而这几天却一下子不见了她的身影,不知是何缘故。

船开了,章立祥才同他挥手告别,喊:"当心自己噢。"林益文鼻子一酸,很有些依依不舍的。娘舅待他真的很不错,他与娘舅没有血缘关系,娘舅却依旧这样待他,真是个好心肠的娘舅!

第八章

苏州河原先叫吴淞江,江面开阔,在蒙蒙细雨时,也是烟波浩渺,船只川流不息,很是繁忙。英国人在河岸边圈地盖房,后来法国、德国一些西欧国家的人也盖,于是在中国的地盘上就呈现着一派西洋建筑的风味。上海的繁荣与苏州河也就息息相关,苏州河的河水越来越污浊,而上海却越来越繁荣了。

小火轮一路划开河水向前,船舱里挤满了人,乡下人身上总是发出一股刺鼻的味道,是常年不洗澡的缘故还是身上本来就有这股特定的体味?林益文身背挎包,提着一只小藤箱。在船舱里,他感到捂得有点受不了了,便爬出船舱,到前甲板上去坐下了。有位老农的边上空着一个人坐的位子,而老农的另一边是一个里面装着两只白鹅的竹篓子,鹅的两对眼睛滴溜滴溜地转。林益文往那老农身边空位上一坐,把藤箱放在脚前,那两只鹅就伸长脖子,朝林益文啄过来。林益文吓得赶忙转身,有一位姑娘很甜美地说:"不碍事。"她往那鹅头上打了两下,那两只鹅便缩回脖子,但那两对眼睛依然怒视着林益文,似乎很不友好。林益文看看那姑娘,姑娘长得很漂亮,大眼睛瓜子脸,年龄与他差不多,她很友善地朝林益文笑笑,林益文于是也朝她笑笑表示感谢。

"去上海?"

林益文点点头,说:"你们也去上海?"

姑娘也点点头。姑娘坐在老农的后面,林益文不知道,那老农就是林府家的佃户吴德全,那姑娘就是他的奶娘周巧娣的女儿吴灵芝。林益文半岁断奶后,又被苏月菊抱走了。吴德全与吴灵芝自然不会认得他,或者早就把他忘记了。世上有许多的巧事,苏月菊把半岁的林益文抱给了乌林村一家不会生育、家境还不错的夫妇收养,那户人家也姓林,不知道这是苏月菊的有意为之还是纯粹只是一种巧合。

吴灵芝说:"对,去上海,你去上海作甚?"

林益文说:"去一家丝绸店当学徒,你们呢?"

吴灵芝:"去给主人家帮佣。"

由于进士老爷在世时比较宠爱三姨太,又叫梁月琴的弟弟去上海当管家,所以三姨太在家中的地位不比大太太差。进士老爷在世时,大太太从三从四德的道义上讲,为了家庭的和睦,讨进士老爷的欢心,有时也让着三姨太。但三姨太也不因为受宠而骄傲,表面上还是对大太太恭恭敬敬的,但在家中的地位,两人心里都明白,进士老爷一过世,两人表面上还很和睦。

林家在上海有好几处房产,由三姨太梁月琴的亲弟弟梁立群在看管。进士老爷中进士时,湖州大乡绅丝绸商方伯祥就送了一栋上海的房产,这栋房产是进士老爷在上海的房产中最大最好的,紧挨着苏州河,进士老爷曾下令不许出租,作为以后他想到上海去住一段时间的住处。

这栋房子一直空着,里面虽然装修得很雅致很考究,但十多年来,除管家梁立群住在一楼的一间厢房里,其他房间就再也没有人居住过。林治中改姓换名去广州投了革命党,三姨太很清楚,投了革命党,那是会丢性命的事。一旦林治中招祸,她三姨太在家中的地位会大大地低于大太太了。她不愿吃这眼前亏,就对大太太提出,想到上海去住,而上海的几处房产也总归是林家的财产。大太太一听说梁月琴要去上海，喜出望外，眼不见为净。在进士老爷的四房姨太太中，就梁月琴能与她抗衡，而其他三房都出身低微，是无力与她抗衡的，既然三姨太自己提出要去上海，真是求之不得，忙说："也好，能守着上海那几处房产，治中回来也好有个交代。"

梁月琴去上海之前，提出除了现在的丫头芸香，最好还能有个能干粗活，做饭洗衣的丫头，他们就选了佃户吴德全的孙女、巧娣的女儿吴灵芝。而巧娣的男人因为误杀人命还待在牢里呢，吴德全和巧娣一听说要让灵芝去上海给梁月琴当丫鬟，自然也是求之不得。但是灵芝没有想到，与她同船去上海，与她坐在一起的竟是同时吃过她母亲的奶的奶弟。

双林庄离上海不是很远，但坐小火轮从中午坐起，这一段的水路，要到第二天的中午才能到上海。小火轮的船头冲开了水面，泛起一缕缕的波涛。吴德全已经六十好几了，当然不会认识半岁时离开自己家的林益文，而吴灵芝更不认识这个吃过自己母亲奶水的小兄弟。双方再也无话可说，林益文看着船头冲开河面的水波。

江南的平原一望无际，碧绿碧绿的田地一块接着一块，地平线上那轮红红的太阳渐渐地淹没在田野之中，船也开始在夜色中破浪而行。黑漆漆的两岸不时有着灯光在闪烁，河面上，还能看到一盏盏在眨着眼睛的渔火。

这时船头的风很大，坐在前甲板的人纷纷躲回船舱里，因此小小的船舱顿时挤满了人。林益文刚好与吴灵芝挤坐在一起，虽然是夜晚，但毕竟是初夏，船舱的两边的窗开着，凉风一阵阵吹进来，挤满人的船舱依然让人感到闷热。衣服单薄而身上又冒着汗，让人觉得肉与肉都黏在了一起，林益文感到有些不自在，吴灵芝也一时有些脸红，但两人这么贴着又感到很舒服。吴德全看在眼里，虽然感到一对年轻男女这么紧贴在一起坐着似乎有些不雅，但船舱里实在太挤，吴灵芝不是与这个小年轻贴在一起，就会跟另外一个人贴在一起。何况坐在船舱里的大多数都是男性。不过那个小年轻文质彬彬的模样，看上去蛮老实的，估计也不会做出什么不轨的动作。

"贵姓?"吴灵芝抿了一下嘴问道，倒是乡下姑娘显得大方点。

"免贵姓林。"林益文有些局促地答。

"啊哟,我们的东家也姓林,老东家还是个进士老爷呢,可惜死了,双林庄的进士老爷应该听说过吧。我们这个县这几十年来,只有我们双林庄出过这么一个进士老爷。"吴灵芝很得意地说。

"听说过的。"林益文说,"可惜我虽然也姓林,只能说与进士老爷是本家,虽然五百年前可能是一家,但也早已出了五服了。"

"进士老爷过世后,进士老爷家的少爷,叫林治中,说是去广州投了革命党,到现在也不知道死活。唉,真可惜,好端端的一个进士老爷,怕像是要绝根了。"

"灵芝不许胡说。"吴德全在一边说,"进士老爷家,还有少爷家,对我们吴家是有恩的。我们吴家几十年都是租种进士老爷家的田,不加租不说,年份不好时还给我们减租。要不是进士老爷让少爷家拿着帖子去县太爷那儿说情,你阿爸早成了刀下鬼了。算算,你阿爸明后年就该出来了。唉,到时你就可以见到你阿爸了。"

第九章

这么说着,天就渐渐亮了。挤在船舱里的人也纷纷挤出船舱,坐到甲板上,迎着鲜红的太阳。河面上那鲜红的太阳的倒影成了一个破碎的圆球,在闪着红红的亮光。上了前甲板后,灵芝又同林益文坐在一起,两人又在说说笑笑的。吴德全看在眼里想在心里,在另一边坐着,守着竹篓里的那两只鹅。

小火轮"突突突"地走了一夜,早晨,乘客看到了烟雾缥缈的黄浦江,小火轮然后又穿过苏州河,苏州河岸边停靠的船只在水中上下浮动。到中午时分,小火轮才开到十六铺码头。让林益文没有想到的是,来码头接自己的除了大祥丝绸行的领班、四十几岁的詹昌旺先生外,陈舒媛小姐也来了。可能她前几天就在上海了,怪不得他同章立祥去陈府时没见到她。林益文感到有些受宠若惊。

陈小姐倒很大方地说:"林益文,知道你今天到,我是特地来码头接你的。詹先生与你没见过面,不认得你,我们已经很相熟了是吧?我就自告奋勇地来了。"

来码头上来接吴德全与吴灵芝的,是林府三姨太梁月琴的弟弟梁立群,吴灵芝在走出码头时,回头朝林益文甜甜地一笑,林益文也微微朝她点点头。陈舒媛很敏感地问:"谁?"

林益文说:"一条船上来的。"

那时,那条上海叫大马路的地方已经很繁华了,先施公司、永安公司、新新公司几座大楼耸在那儿。马路上黄包车、三轮车、马车、汽车都在那用浸过柏油的木桩子直立着打进去的结实的大马路上经过。人流车流也都熙熙攘攘的了。林益文与詹先生、陈小姐各坐辆黄包车,从十六铺码头拐进大马路,直接到了大祥丝绸行的店门前下了车。詹先生付了车费,领着林益文走进店里。詹先生虽然穿着长衫,但嘴上却一直叼着根雪茄,詹先生与店员们都点头打了招呼,就把林益文引到店堂的后面店铺。陈小姐也跟在后面。后面有几间房是库房,房里堆满着丝绸布匹。从后门出去就是一条弄堂,弄堂两边是一排排的石库门房。

陈舒媛小姐热心地说:"詹先生,你就留步哦,我领林益文去他住的地方。"詹先生说:"那也好,辛苦小姐了。"

走过两个石库门房的门面,陈小姐打开上面钉着祥福里25号门牌的一栋石库门房的黑色大门。里面好像住着好几户人家,中间是楼梯,穿过楼梯是灶火间,天井两边有两间厢房,这东厢房是单独用木板隔开的,与这栋房子的住户是不能往来的,可能是单独属于丝绸行的。陈小姐推开东厢房的门,房间不到六平方米,但已经塞了两张单人床。对着房门边有一张木板空床,陈小姐一手指着那空床,带着歉意笑了笑说:"林益文,委屈你了,先住下吧,等以后再给你调整。工作上的事,晚上詹先生会给你安排的,我走了。"

林益文就说:"谢谢陈小姐。"

陈舒媛扭着柔柔的腰走了。她似乎不愿意待在这种地方,好像有点失她的身份,她只是在尽她的一份什么责任,才把林益文领到这个地方来的。陈小姐一走,林益文突然感到一种沉重的失落,在码头上接他时,很让他风光。董事长的千金亲自上码头接他,但一接来,就把他很冷落地甩在了这儿。林益文铺好床,发觉自己睡的床还不如在舅舅家的棕绷床,他有种冰火两重天的感觉。

林益文呆呆地坐在床沿上,他突然有了一种空前的孤独感。他看看那两张床,一张床铺盖得似乎讲究些,整齐些,而另一张床的铺盖却是用乡下的粗布做的。估计这两人也是从乡下来的伙计。既然陈小姐说要到晚上詹先生才来安排他今后的生活,那他就等着吧。太阳西斜,又快要沉入楼房的屋顶。他就这么坐着,这时有一个人敲门喊:"请问25号丝绸行有位林益文先生,是住在这里吗?"林益文开始没有明白过来,但很快就反应过来,是找他的,他忙从床沿上站起来说:"有。"

那人拎着只用竹篓编的食品盒说:"林先生,丝绸行的陈小姐让我给你送点心来了。"林益文一看就知道是饭店或小吃店的伙计,于是忙把这位围着蓝围兜的送点心的伙计让进厢房。伙计打开食品盒,端出一盆生煎馒头、一碗小馄饨说:"请林先生慢用,碗筷我等一歇来拿。"

伙计拎着食品盒走了,林益文看看那六只热腾腾的生煎馒头与那碗喷着芝麻油香味的馄饨,那被冷落的心又突然感到了一阵温暖。一路上来,他除了在半夜里吃了一碗船上供应的粉丝油豆腐汤外,再也没有吃过东西,上码头时已经是过了吃中饭的辰光了。他真的是饿了,刚才不觉得饿一是因为到上海的兴奋,二是实在也饿过头了。那生煎馒头与小馄饨汤都特别的好吃。后来他知道,离丝绸行不远处,有爿叫杨三生煎馒头店,在上海滩还有点名气,包括那店里的小馄饨。后来林益文也时不时地去那里吃上一碗。

吃完点心,不一会儿那位伙计来收碗筷,林益文想称赞两句,但话还没说出口,伙计就说:"林先生以后要用餐,让人来吩咐一声就可以了,我们会送过来的。"还笑眯眯地直点头。上海滩是个生意人云集的地方,各色生意人都知道和气生财这个理。笑迎四方人,躬引回头客。娘舅章立祥就再三关照和气生财这道理。

林益文虽然住在这栋石库房的东厢房,但整栋房子好像住了不少人,人来人往的,嘈杂的脚步声似乎一直没有断过,还时不时地传出骂人、吵架,还有打麻将的声响,也不时清晰响亮地传到东厢房里。

天黑了,詹先生来了,说:"益文,来,帮忙打烊哦。"

林益文跟着詹先生出了弄堂,来到店门前。店门前有两个年纪与他相仿的伙计在抬门板打烊,那门板质地肯定很好,很沉很结实,上面漆着一层厚厚的桐油。林益文一闻到这味道,就想起了他大娘舅的那爿油纸店,因为这桐油味道他太熟悉了。

打完烊,詹先生说:"益文,今晚小姐要请你吃饭,算是给你接风吧。今后你要做的事,吃完饭再同你议吧。你先回去休息,等一歇我来找你。"

原来店员们一下班,詹先生还要把整个店堂查看一遍。他查看得很仔细,角角落落都要仔细检查一遍,发觉没啥大问题,这才下班。林益文后来做了账房先生,也养成了这个习惯,这个习惯是詹先生带出来的。

回到祥福里25号的东厢房,林益文看到那两个小伙计也在里面。互相介绍后,知道那个年纪大两岁、个子也高一点、身材很强壮的叫张佑福,而那个个子小的叫张佑荃,是堂兄弟,他俩似乎同陈家沾了点什么亲戚关系,当然是穷亲戚,才到丝绸行来当学徒的,他们觉得,能到上海这么大的丝绸行来当学徒,已是很受关照了。他俩的堂兄弟关系也是隔了好几代的那种远房的堂兄弟关系。

林益文是个懂规矩的人,主人们吃饭,仆人是不能上桌的。主子为仆人摆桌接风,也是不合规矩的事,似乎有失主子的身份。所以陈舒媛小姐在德丰楼摆桌为他林益文接风,并让詹先生作陪,又让林益文有种受宠若惊的感觉。德丰楼虽然不大,但档次相当高,进进出出的几乎都是些有钱人。在一个雅座小包厢里,三人坐下。林益文忙对陈小姐说:"如此厚待,林益文真是不敢当。"

陈舒媛小姐说:"让你来上海,我阿爸是发了话的。虽说你是我们商行的雇员,但千万不要怠慢了你。你林益文在我阿爸眼里是有点分量的人。"

林益文说:"我们家只是农村的一个小户人家,我大娘舅也只是一个油纸店老板,小本生意。能受到你们这样的款待,我也不想问其中的原因,只能千恩万谢了。"

伙计上了几样菜后,詹先生手一伸说:"请用餐。"

都是江南口味,上的酒水是绍兴的花雕。詹先生像个老学究,每每动了一筷子菜后,必把筷子在筷架上放一放,轻轻讲了几句话再拿起筷子夹菜。

用餐时,陈舒媛小姐总是笑眯眯地看着林益文,那眼神有点痴情,弄得林益文很不好意思。用她的话说,是她阿爸陈嘉禄让她找到林益文的。林益文是不是真是她阿爸想要找的那个人,她也不知道。但她反正找到他了,就向她阿爸交了差。然后她阿爸又让她来上海接他,安排他到陈家的这爿丝绸行来当雇员,再请他林益文吃上一顿接风的酒席。她陈舒媛也就完成了阿爸交给她的这份差事。

"明天我就要回杭州去,你就在这儿听詹先生的安排吧,我也就不陪你了。"陈舒媛小姐一笑说。

詹先生夹了块赤烧放到嘴里,然后放下筷子说:"既然小姐把该说的话都说了,那我就告诉你,陈嘉禄老爷对你是有安排的,先让你跟张佑福与张佑荃两个做学徒,至于什么时候让你接账房,或者当领班,那是以后的事。是勿是一定让你往上做,讲不定的。"

林益文一听,还要从学徒做起,心一下就凉了,再听到后面那句话,心就更凉了半截。但要提出再回到大娘舅的那爿油纸店去,他感到那也是很不妥的,于是就点点头说:"好。"但眼前那桌上很丰盛的菜肴,吃起来已是索然无味了。这时,陈舒媛小姐又肯定地说了句:"我阿爸就是这样安排的。"肯定了这样安排是陈嘉禄的意思,林益文突然感到自己好像被人出卖了一样而难过。

第十章

　　天气变得越来越热了。弄堂里已经有了许多摇着蒲扇乘凉的人,有的靠坐在竹椅上,有的躺在竹躺椅上,有的坐在小竹椅小板凳上,有的索性把铺板搭在两条长凳上躺在了上面,因此整条弄堂显得很拥挤。林益文从那些坐在小竹椅小板凳的人的夹缝中挤到祥福里25号的门口,推门走进了东厢房。这时刚好张佑福领着一位十七八岁的姑娘出来。姑娘长得十分漂亮,眼睛鼻子嘴巴都搭配得很到位很完美。姑娘看到林益文也不说话,只是侧过身子,让出空当让林益文可以走进厢房里,隔出的空当刚好让人互不相碰。

　　那姑娘对张佑福说:"阿福,我明朝到辰光再过来,你勿用送了。"

　　张佑福说:"阿珠,生意上要当心点。"

　　阿珠说:"我晓得的。"然后一笑,笑得很甜很美。

　　窗户虽然全打开了,但由于天井中间隔了一层板子,风很难吹进来,所以房子里就很闷热。林益文从枕头下抽出一把折扇扇起来。那折扇是他大娘舅章立祥在他来上海时给他的，也算是一个纪念品。上面有着当时在江南一带已有些名气的一位书画家的画，这书画家据说是任伯年的弟子。张佑福、张佑荃都扇着大蒲扇。张佑福方脸，不但长得高大结实，也长得很英俊。而张佑荃显得有些瘦小点，张佑福看上去有些憨厚，而张佑荃却是蛮机灵，一双眼睛很懂得见风使舵似的。

张佑荃说："少爷，自我介绍一下，阿好？"

林益文说："我不是少爷，我同你们一样，是来当学徒的。"这话当然是对詹先生说的，当然更是对陈嘉禄这种安排的不满。似乎陈嘉禄骗了他，他当然也知道"小不忍则乱大谋"这个道理，但心里不高兴是真的，张佑福与张佑荃自然听勿出来。

张佑福说："你不像学徒，像少爷。"

林益文说："来上海之前，我在杭州的一家油纸店当学徒，不过那爿油纸店的老板是我大娘舅。"

张佑荃说："那就是少爷了，你这样文质彬彬的样子，来这当学徒可惜了，你知书识字吧？"

林益文说："认识几个。"

张佑荃说："你在杭州娘舅店里当学徒，不是蛮好嘛，干吗要到这儿来当学徒？这儿的活蛮重的。"

"天不早了，困觉困觉。"张佑福说，用蒲扇拍拍大腿说。

林益文躺下后，心里感到烦，是呀，在杭州油纸店干得好好的，跑到上海这个地方人生地不熟的，况且又并不像陈嘉禄老爷说的那样来当账房。于是他长长地叹了口气，从杭州到上海坐船一路奔波，他倒也真困了，眼皮沉重地耷拉下来，可似乎刚睡着，他就被摇醒了，张佑荃说："快，要出货了。"

天还没有亮，但东方已微微有些发白。现在是初夏，天亮得要早点，估摸是凌晨四点多钟，因为外滩的自鸣钟刚好敲过四下。

出货，就是把小库房的绸缎布匹按照柜台上的缺货补齐。想勿到詹先生也已到了店里。后来林益文知道，詹先生不但是大祥商行的账房领班，而且行里也有他的股份,所以他也是老板之一。行里生意越好,赚得越多,他在分红上也越有油水。

詹先生在闪着银光的日光灯照得很敞亮的店里转了一圈,立马就能知道哪个柜台缺什么货。有的小库房里没有了,就得赶紧坐上三轮车去丝绸厂的大库房里提货补充。六点半后,店员们也都提前或准时来上班,绝对没有迟到的人。迟到三次就要被辞退的。大家都很看重这个饭碗。店铺生意兴旺,店员们的收入也蛮不错,到了年底还有分红。不像有些报纸上传单上说的那样,做店员的做工人的怎么怎么苦。其实只要有份工作,自己好好做,就像林益文看到的那些纺织厂女工,过年过节外出前都打扮得洋气时髦的,手上还戴着金戒指。但做工的确很累,那是不允许偷懒耍滑的,那时偷懒耍滑的人也很少,基本上饭碗保牢,生活就有保障。除特殊情况外,上海一般市民的日脚还是蛮好过的,所以不断有人从乡下往上海这块地方挤,弄得上海人满为患。谁不想过好日脚呀。

每个店员都有自己负责的柜台,于是他们就忙着把柜台的货按自己的习惯整理好。店里已经由他们三个学徒打扫干净,但店员们还要把自己负责的柜台再清扫一遍。詹先生掏出怀表看看,又用眼光把全店堂检查了一遍,这才朝张佑福点了一下头,他们三个学徒就去拆门板,开张营业。那时外滩的自鸣钟刚好敲了八下。

生意在十点钟以后才慢慢地兴旺起来,到那时他们三个才去吃早点。早点是自己去吃,店里不负责,但每个月有一笔餐费补贴,补贴早餐与晚餐。为了保证店员们的营业时间,午饭是由店里供给的。

在店里的后堂有个灶房间,一个厨师,一个帮佣做饭给大家吃,一般厨师都是受过一定训练的男人,而帮佣的都是三四十岁的中年女子。所以店一开始营业,张佑福就要跟着厨师宋师傅,或帮佣的李阿嫂,骑着黄包车去小菜场买小菜,以便给大家做中午饭吃。

林益文与张佑荃也闲不着。因为店里还有送货的任务,有些太太、小姐、先生、老爷买的货量比较大,就要求送货上门。要求送货的帖子往账房手上一交,付完钱后就可以走人了。有的还可以打下欠条,等货送上门后把钱付清，还有不少把买的货让学徒双手托着送出店门送上车的。林益文发觉自己从早上四点钟起，一直忙到打烊吃过夜饭后才有松口气的辰光，这比在大娘舅的油纸店里做要辛苦多了。

张佑荃与账房詹先生有点亲戚关系，十六岁时在绍兴乡下不想干农活，想到上海来谋条生路。上海这个地方很奇怪，都是同乡靠同乡，同乡帮同乡，干的又都是基本相同的职业。比如宁波帮，虽然来上海时也是一把雨伞背着一个包袱，但都是钻到生意口，五金生意、土特产生意等，做大了就会开店成了一方商贾。又比如苏北一带的人，大多是做理发的，拉黄包车的，打短工的，当然也会有例外，但绝大多数是做出苦力的生活的。而湖州、苏州、无锡一带的人从事丝绸业、纺织业的就比较多。所以一般进上海谋生活，总要投靠一个人或者有一个引荐人。张佑荃就是来投靠詹先生的。

有一年过年时，张佑福同他父亲到张佑荃家拜年，听说张佑荃要来上海，就想一起来上海，虽然张佑福家在绍兴乡下也算得上是一个小康之家了，可是大上海这个花花世界对一个乡下人来说真是太有吸引力了，张佑福非吵着要跟来。于是张佑荃就领着张佑福一起来上海找到了詹先生。詹先生看了张佑福长得人高马大的，看上去又很憨厚，店里刚好又缺强劳力，尤其缺守夜的人，就连同张佑荃一同留在丝绸行里当学徒了。

这两个乡下青年人倒也本分能干，干活肯卖力气。一年试用期后，每人每月伙食补助外又有三块大洋的工钿。那时上海一个月一块半大洋可以养活一家人呢。三块大洋意味着什么？这让张佑福与张佑荃十分满意，觉得上海真是个好挣钱的地方。那个时候全国也是个比较安定的时期，上海本来就是个通埠之地，商贸很兴旺。那个时候也是工厂建得最多的时期，还有公司、商行、作坊，天天可以听到鞭炮声在祝贺着新的民营企业的开张。许多国内的名牌产品，大多也是那个时候慢慢响亮起来的。

开始时林益文对让他当学徒、出苦力、干杂活，心里感到很委屈。但干了几天活后，他也慢慢地习惯了。店里打烊吃过晚饭后，还有不少空余的时间。林益文就学学英语看看书，看看报纸，有时还看英语报纸，翻译翻译英语诗文。

有空时，还钻进书店买几本书回来看。

大字不识几个的张佑福、张佑荃兄弟看着还很羡慕，越发觉得这个林益文不该跟他们一样当这么个学徒。林益文心里委屈，但表面上一点儿也不显山显水，干活同张佑福、张佑荃一样卖力，也跟着一起轮班，在店堂里守夜上夜班。那几年在大娘舅章立祥油纸店的历练，使他能从容地面对现在的处境。

夏天过去了，接着下了几天的绵绵细雨。马路边上的法国梧桐树上的叶子开始变黄了，风也飕飕地裹着冷气。林益文掐指一算，到上海已经有四个月了，店里对自己的工作一点儿都没有变动的蛛丝马迹。可他也很沉得住气，不问也不闻，一门心思当他的学徒。

章立祥对他说过，一个人活在这世上，勿管做啥生活，开始做生意也好，给人做工也好，乡下种地也好，人往往很难选择到自己想做的事情，能有个饭碗，能养活自己就不错了。以后再慢慢找机会，看看能不能找个自己比较满意的生活做。有时只能一辈子只端一个样式的饭碗，一直做到老吃到死的人也大有人在。老天有时就是这样安排你的一生的，那也是没办法的事。而求知识求学问都是自己的事，艺多不压身，迟早有一天会用上。出去做生活开始时不要挑三拣四，慢慢做着看吧。

林益文牢记住了这些话，于是就与张佑福、张佑荃一起卖力地认认真真地做生活。詹先生也很留意，但也是不露声色，只是看在眼里记在心中。詹先生是一个有点阴阳怪气的人。

林益文刚到这栋石库门房子时，遇见的那位漂亮的姑娘叫露珠，是张佑福的相好，经常来找张佑福。林益文在店堂里上夜班守店时，张佑荃会在店堂后面搭个铺，让张佑福同那姑娘单独在一起，但只待一阵子，从勿一起过夜。林益文要进屋拿什么东西时会被张佑荃堵在门外说："等一歇，等一歇你再进去好哦？"

林益文猜出张佑福与那姑娘在干什么事，这太伤风化了！林益文对这事很是反感。但想想张佑福年轻力壮，有这方面的需要也很正常，他林益文也不是没有。不过每个人对这种事的想法是勿一样的。他的想法是只有到适当的时候,男婚女嫁,明媒正娶同一个女人结婚了,才可以有这种事,因为这是这个社会的道德规范所要求的,而张佑福却越出这个规范,这是他林益文感到颇为不满的。后来他知道那个姑娘就是个上海人说的"拉三"。林益文听说过上海把有些有点艺技的妓女叫"长三"的,但"拉三"是不是"长三"的俗称他不知道,可不管叫啥,是个妓女是无疑的,这是张佑荃暗中给他透露的。

他俩每次都是相聚两三个时辰,姑娘就走了,张佑福一直把她送到弄堂口。林益文不大看得起这个叫露珠的姑娘,每次她只要一来,林益文就赶忙走开。所以几个月来,他从未同她说过一句话。不过那姑娘长得实在是太漂亮了,身价大约不会低,张佑福怎么会同她勾搭上呢?张佑福付得起这笔嫖资吗?

有一天晚上,露珠又来同张佑福约会了。林益文值夜班守店堂,天气凉了,从黄浦江吹过来的夜风又潮又冷,张佑荃也只好到店堂里同林益文一起守夜,说等露珠走了后再回去睡。

林益文是个会享福的人,他在杭州油纸店时,就经常跟着娘舅章立祥与账房张先生一起学会了喝茶。泡壶茶在店堂坐着,慢慢地品茶,扯扯山海经倒也很享受。

林益文就同张佑荃一起喝茶,聊闲话打发夜里的时间,于是就讲到了张佑福与露珠是怎样认识,后来又有了这么一层关系的。用张佑荃的话说,事情很简单,有一天张佑福去送货,回来时天下着大雨,在一家公馆的门口停着一辆"福特"牌小轿车。张佑荃说:"就是福特牌的,没错,而且是崭新崭新的。"而在小车边上,有一位穿着讲究的少爷在扇一个姑娘的耳光,啪嗒啪嗒,右一记左一记,左一记右一记,姑娘躲都躲不及,脸也被大雨淋得湿湿的,那扇上去的声音就更响了。张佑福打着伞,先是好奇地看了一会儿,后来看不下去了,就把姑娘一下拉到他身后,发现那少女身上散发着一股子酒气,准是喝醉了。少爷又冲上去要打姑娘,张佑福用力把那少爷推倒在路上,拉着姑娘就跑,跑出几条马路后,问姑娘:"那是啥人?做啥要打你?"

姑娘只是看着张佑福,不说话,眼泪混着雨水一起流。张佑福发现姑娘的脸虽被打得红肿红肿的,但却还是那样的漂亮。张佑荃说:"我阿福哥一下就喜欢上了这个姑娘,这个姑娘就是露珠。"

后来他们是怎么好上的呢?张佑荃讲:"我阿福哥勿肯告诉我说,反正是好上了,后来就经常带回来了,但露珠还继续在做她的那个生意。"

张佑荃的家比较穷,是个小地主的佃户。那个小地主只有十几亩水田,是个老太婆。老太婆的儿子到南洋去闯荡了,不回家,老太婆一个人同一个老用人在家,她的侄子帮着管理田产。那侄子很精明但也很贪婪,总要从中捞一点油水。张佑荃家交完租子后,只能维持个生存状态。因此张佑荃就一定要出来做,勿肯像他父母那样过穷日脚。

张佑荃很机敏,头脑也活络,很会看眼色。张佑福恰恰相反,虽然家里也有几亩地,属于比较富裕的农民,但人却很憨厚老实,长得壮实,方脸庞,大眼睛,蛮英俊的,对女人自然也是忠心耿耿。有一天,林益文问张佑福:"佑福,你阿是要娶露珠姑娘?"

张佑福憨憨地一笑说:"勿可能咯呀,人家露珠姑娘哪能嫁给我?那些在她屁股后面追她的公子富贾有一大群呢,有勿少人要用铜钿赎她出来从良做姨太太呢。"

林益文说:"那你同她这样也勿是长久之计呀。"

张佑福一笑说:"我同她做的就是这种露水夫妻,过一天算一天。"然后他又大方地说,"我和她睡觉她不要我的钱,她说她愿意同我睡。"说后得意地一笑。

林益文想,真是老实人。

世上有些事有时真的很诡异。

第十一章

黄河路上有一爿裁缝店,那儿有个姓黄的师傅带着两个徒弟,专为太太们缝制丝绸衣裳。那时正是旗袍盛行的时候,女士们都以穿旗袍为时尚,而黄师傅剪裁缝制的旗袍不但式样好,穿在身上线条美,而且样式也各不相同,有些太太小姐在店里看好了料子,就让店里的伙计直接送到黄师傅的裁缝店。张佑福就是去那儿送料子,回来时遇见露珠的。

有一天张佑福送货还没回来,詹先生就让林益文往黄河路走一趟。那时伙计送货上门,路程较远点的是有车费补贴的,都会按路程给点。那天送货又下起了雨,而且越下越大。林益文忘了带伞,只得要了一辆三轮车回店里。从黄河路那儿回来,要路过一条较僻静的马路,马路上行人很稀少。林益文看到一个有钱人的公馆门口停着一辆福特牌小轿车,门一开,下来一个姑娘,是露珠,准确无误。林益文吃了一惊,接着下来的是一位二十岁左右的公子哥儿,搂着露珠的腰,按了门铃。少爷好像又喝醉了,脚步有些凌乱。

那时雨下得很大,三轮车从露珠与公子的身边擦身而过,林益文听到露珠犹豫地说:"乔少爷,我勿进去了哦。"

乔少爷说:"我阿爸勿在,你怕啥!"

三轮车从他俩身边过去时,露珠看到了林益文。林益文朝她点了点头,三轮车往前面跑了十几米,他突然听到露珠在尖声大喊:"益文阿哥,等等我……"林益文探出脑袋一看,露珠姑娘和那个公子哥在前面逃,有两个人拿着棍子追,后面还有一个四十多岁的老爷在喊:"先把那婊子给我打死,再把那小子给我打断腿。"那个少爷先跳上车,露珠姑娘在后面追了两步,林益文把她拉上车,两个人都气喘吁吁的。

三轮车夫似乎是个明白人,或者是个好心人,上海滩上这种事他见得多了。他狂蹬着车子,连着拐弯穿过几条小马路,那追的人便无影无踪了。车从河南路穿到大马路时,公子哥从口袋里掏出一块银圆,喷着酒气,笑了笑说:"谢谢阿哥,请你代我谢谢这位车夫。"林益文明白公子哥这钱是酬谢三轮车夫的。公子哥说:"停车。"三轮车停下来,公子哥跳下来对露珠说:"下来吧。"

露珠摇摇头说:"我要跟这位阿哥去见我的佑福哥。乔少爷,以后你再也不要来找我了。车夫,走。"

林益文对车夫说:"走吧。"

乔少爷却在后面喊:"露珠,我一定要娶你……"

眼前的雨丝密密麻麻地下着,马路上积了一层水,车轮滚动,溅起了一片水花。

林益文看着露珠,那眼神在问她:"怎么回事?"

露珠说:"回去我再告诉你。益文哥,你是个好人。"

到了大祥丝绸行边上的祥福里弄堂口,林益文与露珠下了车,林益文把一枚银圆与两只角子钱交给车夫说:"这银圆是刚才那位公子哥给你的酬谢,这是车钱。"车夫一个劲儿地哈腰点头,说:"谢谢,谢谢!"

这一次营救,林益文与露珠变得亲近起来。张佑福那时也送货回来了,听了露珠说到刚才发生的事,说:"今天我请大家吃饭,谢谢益文阿哥,也给露珠压压惊。"

这条静谧的马路叫祁昌路,许多大户人家的高级公馆都在那条路上。公馆都有高高的围墙围着,相隔距离很远,又没有什么店面房子,行人很稀少,很安静。

露珠说乔少爷叫乔子良,父亲叫乔居正,现在是上海商会的副会长,曾经参加过革命党,曾是上海都督府里很重要的幕僚,后来离开了政界进入商界。他虽然不从政,但他是个政商都跨的人物,他那些政界朋友有的已身居高位,所以商会怎么也要他挂个商会副会长的衔。乔居正在西洋留过学,又与东洋人打过交道,自己又是丝绸商,所以同日本丝厂也有着千丝万缕的关系。

乔子良是乔居正的独养儿子,乔居正的夫人早逝,没有再续娶,这个儿子就成了乔居正在这世上的一个独根。乔老爷对少爷极溺爱,但又管教得极严。不过乔老爷人在商会脚又沾着政务,所以在商界与政界的应酬也多,因而对儿子也不怎么管得住。

乔子良虽不是个吃喝嫖赌无恶不作的公子哥儿,甚至还有点像知书达理的人,但人有善的一面,也有恶的一面,毕竟是有钱有势有地位的人家的公子,骄横气也很重。他在四马路荟芳里遇见了露珠姑娘,那时露珠才十六岁,刚开始接客。乔子良沾上了露珠,把露珠姑娘喜欢得勿得了,想把爱都给了她。他想把露珠赎出来,但老鸨的要价太高,乔老爷对儿子在花费上管得很严,虽说给儿子的零花钱很足裕,但大笔的款项乔子良很难弄到手。想把露珠赎出来的希望似乎没有,于是就这么黏糊下来了。

有一次,乔子良把露珠带到家里去,谁知道乔居正乔老爷刚好在家,被乔老爷发现了,乔老爷气得浑身发抖,但并没有拍板凳掀桌子地发火,他在大客厅里来回走了十几圈,然后镇静下来对露珠说:"姑娘,你以后再也不要同乔子良往来了,好吗?他正在读书呢。姑娘,我再说一句,你要是再同这个小赤佬在一起,我就打断他的腿,而你,我也不会轻饶!听到没有!"然后他就对他的贴身跟班宋茂昌说:"茂昌,给这位姑娘十块大洋,让姑娘走,你送她出门。"

宋茂昌长得又高又大,非常壮实,也很刁钻,他既是乔老爷的贴身跟班又是乔老爷的私人保镖。宋茂昌倒很客气,把露珠领出门,掏出十块大洋给了露珠,但大门一关,就从大厅传出一连串乔子良被打后的尖叫声,那叫声使露珠顿时鸡皮疙瘩都起来了。

乔子良这位公子哥却是对感情很专一的痴情人。半个月后,他又来找祝露珠了,露珠想不理他,但她吃的是这碗饭,做的是这种生意,而且乔子良出手很大方,就是同她困觉时也很文明,不像有些富商大贾,到妓院来同她们白相,玩她们时却如狼似虎,要这样的姿势,又要那样的花样,真是吃不消的。但为了钱,有时也只能忍着,断了生意,老鸨勿高兴,她们也只能喝西北风。

有一个下雨天,就是张佑福遇见露珠的那个下雨天,露珠陪着乔子良去喝酒,是乔子良的个人聚会,为了和他的几个小哥们儿逞能,又要炫耀自己姘上了这么个年轻漂亮的姑娘,他喝多了,坐了辆出租车硬要露珠陪他回家。到了乔公馆后,乔子良来兴了,又拉着露珠去他家,露珠怎么也不肯,怕又遇到乔老爷。于是喝多了的乔子良非要拉她进去,露珠挣脱了他,他就扇她耳光,雨下得那么大,恰恰张佑福路过,于是就有了张佑荃说的那一幕。说来也巧,过去那么些天了,林益文却也遇到了这么个情景,不但救了露珠,还救了那位乔子良。

当然,林益文不可能想到,也根本想不到这位乔居正老爷,正是自己的亲生父亲林治中,而乔子良是他的同父异母的弟弟。当年林治中同几位同窗好友去广州参加革命党时,就改姓换名了,改称乔居正。

参加革命党是要冒很大的风险的,父亲林启立虽然不在了,但也不能牵连到母亲与整个家族啊。乔居正也就是林治中,当然不会知道那次在苏月菊的撮合下,他与陈碧茵小姐的幽会,让他在世上也有了个儿子,所以他一直以为乔子良是他在世上的独苗。

乔居正觉得自家人丁不旺,从他曾祖父那辈起一直是单传。所以他对乔子良管教得虽然很严厉,但心里还是很宝贝的,只要不是太出格了,他还是给乔子良很多的自由。但嫖娼吸毒他是绝对不允许的,他父亲进士老爷林启立,就严禁他做这两件事。因为嫖娼会染病,吸毒也要伤身体。进士老爷最恼的就是绝后。年轻时伤了身体,如何延续香火啊!林治中自然也受了进士老爷的影响。

路旁的法国梧桐很粗壮,但那树叶也黄了,枯了,被初冬的寒风吹落下来,在马路上刺溜溜地翻滚。那次张佑福救了露珠,露珠是真心爱上了这个英俊而忠厚的小伙子。她心里很清楚,乔子良对自己说的无论有多么好听,许下的愿有多么庄重,但在他父亲跟前,这一切都会是一个外表很漂亮的肥皂泡。像他这样的公子哥儿,也只不过是白相白相自己,哪会真心娶自己?就是他有这个心,有他这个父亲在,他能娶她吗?张佑福却很忠厚,是真正靠得住的人。张佑福也知道她在做什么生意,但依然待她这么好,这么真心,她觉得这是个将来可以依靠的人。所以只要张佑福想同她睡,她很自愿地、无代价地同他睡,她心里储存的是对他的那份情谊。

林益文与张佑荃都曾问过张佑福,他与露珠这样会有结果吗?张佑福说:"我就是她的丈夫,她就是我的妻子,用不着办什么婚礼,阿拉两个心里头清楚就可以了。她做的那个生意跟阿拉两个人是夫妻没有关系!"

当时是民国时期,思想比较活跃,新旧两派斗得也很厉害,但又相互宽容,允许对方的存在。据说在北京大学,挂着辫子,赞赏缠脚纳妾的人,照样大模大样地当教授;而从美国留学回来的新派文人,拥护马列主义的人,也同样可以在那儿当教授。这是个各种思想不同的人生活习惯不同的人可以同存的社会。

同样,不赞同"男女授受不亲"的大有人在,但对嫖娼睁一只眼闭一只眼,或者自己也嫖娼的人也大有人在。张佑福与露珠的事在大祥丝绸行的雇员们中间也传开了,其中有坚守"男女授受不亲"的人就对詹先生说把张佑福辞了吧,一个大祥丝绸行的学徒竟然嫖娼,还带着个"拉三"过夜,这也太有失丝绸行的面子了。

大家都以为,詹先生这个老学究知道此事后,肯定会大发雷霆,阻止这件事,甚至会把张佑福扫地出门。但谁也没有想到,詹先生说:"店规上没有写不能嫖娼这一条,我用什么理由辞退他?年轻人不都是这么过来的吗?只要他没有犯店规。再说这个张佑福干活很能出力气,也很听话,人也老实。关照他一下,今后不许把那个女的带到店里来过夜。至于嫖娼,人是活的,谁也拦不住的。"他还说曾国藩当年收复秦淮西岸时,有人提出把秦淮西岸的妓院都关了,有伤风化。曾国藩说都有四百年了,关它作甚?詹先生似乎是很崇拜曾老头子的,说不定他年轻的时候也嫖过,此事在丝绸行也就这么睁一只眼闭一只眼地过去了。

但让人没想到的是,有一天乔子良却气势汹汹地打上门来了。男人之间为了女人争风吃醋,这是再自然不过的事了,单为妓女争风吃醋也时常会发生的,不过毕竟是少数。妓女又勿是你夫人妻子,做的就是那个皮肉的生意,谁出钱多谁就可以玩,有什么醋好吃的?除非你花钱把她赎出来做你的姨太太。只要她在妓院里待一天,人家出钱找她,你吃醋也白吃。这也是个"行规",爱嫖的人应该懂得的。

有一天晚上,干完店里的活,插板打烊后,露珠又找张佑福,张佑福就请林益文、张佑荃同露珠一起到大马路边二马路的一个小饭馆吃饭,听到露珠讲乔老爷勿许乔子良再找她的这件事后,张佑福就对露珠说:"既然乔少爷家是这咯样子,你就勿要再跟乔少爷往来了。那个乔老爷在上海滩上是有钱有权势的人,真要下手把你摆平了,我怎么办?我现在是不能没有你的。"说得大家都觉得怪心酸的,但露珠却有些不愿意了,说:"佑福哥,我们说好的,我们之间不说乔少爷的事。你要知道我吃的就是这碗饭,乔少爷这个人又蛮讲道理,蛮文雅的,只要我身体不舒服了或者不愿意,他从不会强来,而且每次他给的钱也比别人多。我就是靠做这种生意吃饭的,我不能为了你拒绝这样一个客人。我又勿会嫁给你,我和你只能这样。如果你不愿意,那我们就勿用再见面了。别的话我也勿多讲了,讲了伤你心。"

张佑福说:"好了,好了,露珠,就算我刚才的话没说。"

第十二章

初冬时节,上海阴兮兮冷飕飕的天气真让人难熬。张佑福请吃饭的第二天,店门打烊后,天色也已黑透了,由于天冷,林益文他们三个就在自己的屋里胡扯山海经,想勿到这时露珠竟带着乔子良来了,这让张佑福很吃惊。乔子良板着面孔问:"你们谁是张佑福?"

张佑福说:"我是。"

乔子良指着林益文说:"你这位老兄叫什么?"

林益文说:"林益文。"

乔子良作了个揖说:"谢谢你那天解了我和露珠姑娘的围,有礼了。"

林益文说:"勿敢当。"

乔子良说:"张佑福老兄,小弟有一事相求。"

张佑福说:"少爷,你请讲。"

乔子良说:"我知道你同露珠姑娘好,你们的事,露珠姑娘同我讲了。但我现在要正式地娶露珠姑娘,所以特地来同你讲一声,请你放手可以哦?"

张佑福看着露珠,用眼睛问:"怎么回事?"

露珠沉默不语。

乔子良说:"勿然露珠姑娘就会有生命危险。"

露珠哭了,用手绢不断地抹眼泪。

林益文说:"你阿爸会答应你娶露珠姑娘哦?我听讲露珠姑娘的赎银要相当大的一笔钱的。"

乔子良说:"所以我要同露珠姑娘私奔,逃到阿拉阿爸寻勿到我们的地方。"林益文相当理解说:"你们准备往哪里逃?逃出去后哪能生活?"

乔子良说:"这你就勿要管了,这是我同露珠姑娘的事。"

露珠姑娘抹了一把泪,突然说:"勿,我勿能嫁给你。益文阿哥讲得对,往哪儿逃,逃出去后哪生活,讨饭吗?我可不能同你一道讨饭过生活。乔少爷,算了,你再也勿要找我了,你做你的少爷,我做我的姑娘,井水勿犯河水,你阿爸就勿会派人追杀我了。"

乔子良急了,说:"露珠姑娘,阿拉勿是商量好了吗?哪能现在又变了呢?"

张佑福在边上说:"露珠姑娘你跟我哦,要嫁人就嫁给我,像乔少爷这样的人靠勿牢。"

乔子良火了,说:"出呐娘个逼啊。"这样的少爷也会骂粗话,这"出呐娘个逼"是上海人经常挂在嘴上的粗口,大人小人男人女人动勿动就"出呐娘个逼"。乔子良暴出眼睛说:"你这个小瘪三,有啥本事养得起露珠姑娘?你放老实点,勿然当心吃生活。"

张佑福咚地站起来拍着胸脯说:"哪能?想动手啊,你不要看你是少爷,我张佑福不怕你!露珠,你就嫁给我,我保证养得活你。"

露珠说:"我啥人也不嫁,你们都勿要来找我了。"

乔子良说:"那你的命就不保了,我阿爸已经在派人到处找你,说了见到就打死你!"

露珠说:"那我也不嫁给你!"说完就跑了。乔子良与张佑福就一起出去追,但也没有追回来。露珠跑出弄堂口,进入大马路的人群中,就见不到人影了。结果乔子良与张佑福在弄堂口打了起来,乔子良哪能是张佑福的对手？张佑福三下两下就把乔子良打得趴在了地上，但张佑福回来时也是鼻青脸肿的，估计乔子良多少也有两下子。

天气变得越来越寒冷了。有时夜里下了一阵细雨后，地面上会结成一层冰，到太阳出来才化掉。那几天张佑福心神不宁的，一直担心露珠会有不测。有一次他送货都送错了地方，又重新要回来再送。詹先生把他那个月的路贴与餐费补贴全扣了，说："再出错，你就回到你的乡下去！"吓得张佑福一个劲儿地向詹先生赔不是。

时间流逝得很快，林益文也习惯了自己的学徒生活，似乎不再去想做账房的事了。但快临近春节时，陈舒媛小姐突然又出现在他眼前。林益文看到陈舒媛小姐，也感到特别亲切。他没想到从那天起，自己的学徒生活也结束了，坐在了账房先生的柜台上，当收银员。那是亲信的人才能坐的位置。一开始，詹先生还特别严厉地监督着他，倒勿是怕他把钞票塞进自己的口袋，而是怕他收错钱找错钱。钞票上的事是一点也马虎勿得的，这直接关系到店里的信誉。

陈舒媛小姐来看他时，打扮得特别时尚，外面是一件咖啡色的裘皮大衣，双手套着与裘皮大衣毛色相同的暖手套袋，还戴着顶相同毛色的裘皮帽子，一看就是有钱人家的小姐。她还化着淡妆，不但漂亮而且气质也极佳。林益文感到他在她身边一站，自己纯粹像个穷乡巴佬。詹先生领着她来见林益文，林益文止好与张佑荃在核对库房里的绸缎匹，脸上沾满了尘埃，灰头土脸的。陈舒媛小姐看了一下手腕上的小金表，对詹先生说："詹先生，我要请我的益文哥哥去吃饭，让他提早一个小时下班可以哦？"

詹先生忙说："当然可以。既然小姐这么说了，那林益文，你现在就去收拾收拾吧。"

那时乍浦路上已经有不少新开的饭店，有的还蛮豪华，霓虹灯一闪一闪地吸引着路人。陈舒媛上次到十六铺码头接林益文时，是一人坐一辆黄包车，而这次没有让詹先生作陪，所以林益文与陈舒媛一起坐了一辆三轮车。林益文穿着一身灰色的长棉袍，土不拉几的，同陈舒媛那一身名贵的裘皮一对比，他似乎成了舒媛身边的男跟班。陈舒媛看着他，一笑说："益文哥，你在丝绸行里,做上一件绸缎的丝绵长袍才般配。"林益文说:"那是少爷们穿的,我林益文可不配。"陈舒媛说:"有啥配不配咯,只要人长得配就配,你只要穿上一身绸缎丝绵长袍,绝对勿比那些少爷逊色。"

陈舒媛领着林益文走进一家饭店,店虽不是很大,但都很考究,里面穿着制服的"BOY"一个个都站得笔挺笔挺的。看来包厢早预订好了,陈舒媛做了个手势,领班忙说:"陈舒媛小姐是哦,二楼6号包厢,请。"领班领着他俩进了6号包厢,一路上,林益文的心中一直在打鼓,心想陈舒媛怎么一下子叫他"益文哥"了,而且还是叫得十分亲切,把他当作像与她一个等级的人了,并没有像以前那样,多多少少还有着些等级上的差距。这反而使林益文感到有些不自在,但也不知其中是什么原因。更让他惶恐的是,陈舒媛看自己的眼神比以前更暧昧,就像是她快要或者已经同自己谈上恋爱了似的,说话不但亲密,而且还有点嗲。

他俩在包厢里坐下后,"BOY"在门口挂上"有客"的牌子,关上门走了。这家饭店是有暖水汀的,房子里很暖和,陈舒媛脱掉大衣,穿着一身紧身的紫色绣花旗袍,女人的线条就显得十分优美匀称,帽子脱下后是一头鬓发,优雅地披在脑后。林益文也脱下长棉袍,里面穿的是学徒们穿的短粗布褂子。陈舒媛一笑,说:"益文哥,你想吃点啥?"

林益文说:"陈小姐你点啥我吃啥。陈小姐你这么客气了,我都勿好意思了。"

陈舒媛说:"没啥勿好意思的。益文哥,你晓得你自己的身世哦?"

林益文勿好意思地摇摇头,说:"只听我娘舅,也就是在杭州开油纸店的章立祥给我讲过,那个岙南镇乡下的林家只是我的养父母。我的亲生父母是谁,我不知道,我的养父母也没有讲起过。我娘舅也勿晓得,我也勿晓得,陈小姐你晓得嘞?"

陈舒媛笑着摇摇头说:"我也勿晓得,我只晓得我阿爸好像对你特别关照,还关照我勿要怠慢你,但有些话我也勿好意思对你讲。你只要领我阿爸的情就可以了。"

林益文说:"那是自然的。做人要懂得知恩感恩,那些忘恩负义的人我是最看勿起咯!"

陈舒媛说:"不过让你在店里当了这么几个月的学徒,做了这么长时间的苦力,也真委屈你了。"

林益文说:"算勿得委屈,我在油纸店里也是个学徒,出苦力的,何况这里要比在油纸店的生活轻松许多了。"

陈舒媛说:"还写文章吗?英语还在学?"

林益文说:"这些是万万不能丢的。我娘舅讲,知文识字是人活在世上最要紧的,因为只有人能做到这一点,别的动物是做勿到的。社会地位的高低是一回事,知书识字懂事理又是另一回事。娘舅虽然是个生意人,但交往的朋友有不少书画的名家,还有一两个作家呢!"

陈舒媛一笑,说:"这就好。千万不要把这些丢了,文明的标志啊!"

吃完饭,陈舒媛领着林益文到大世界逛了逛,一直到深夜,才送他回祥福里的住处。

第二天,詹先生就安排林益文坐在柜台后面当收银员了。从乍浦路回来时,林益文与陈舒媛还是坐在一辆三轮车上,陈舒媛有意无意地还把肩膀靠在他的肩膀上。林益文觉得这件事虽然蹊跷,但一定与他的身世有关,或者与他的亲生父母有关,否则陈嘉禄勿会这么关照他,陈舒媛也勿会对他这么亲热。那么他的亲生父母是谁呢?林益文感到人活在这个世上还真有些荒诞,连自己的亲生父母都不晓得,甚至连猜都猜不到,谜团一样。

第十三章

那个时期既开放，又传统。男青年们很潇洒，女士们也很放得开，甚至还大胆地发表"小姐如何去泡美男"这样的文章。富家小姐，喜欢有文化品位的俊男子，而自己也喜欢文化，读书识字，写写文章，或者写写诗。陈舒媛比林益文小一岁。在杭州读小学，后来又到上海读女子中学。女子中学毕业后，就又回到杭州。她也写过诗，但从来不敢拿出去在报上发表，主要是不自信，怕人家笑话。林益文后来曾看到她写的诗，有一首是这样写的：有一片绿叶带着我浓浓的情感／像云彩一样飘上了澄澄的蓝天／不再与土地有什么千丝万缕的牵连／然而秋天却在不经意中已悄悄地到来……

陈舒媛告诉林益文，她阿爸已把他的丝绸有限公司的总部搬到上海，因为他在上海已开了两家丝绸厂，不但开展国内的业务，而且还要开展国外的业务。同时她还向林益文透露消息，说她阿爸可能要把詹先生上调到公司经销部去当经理，大祥丝绸行的账房就会让他林益文来做。当然店堂经理不会让林益文兼,会调一个中年人来做,因为林益文毕竟还太年轻,经验又不足,账房能好好地拿下来就算不错了。林益文还是感到自己的前程无量,做这么大一个丝绸行的账房,那是开玩笑的吗?

阴历大年过后,生意上就会有那么几天萧条的辰光。天气在渐渐地变暖,法国梧桐枝条上的树皮也开始泛绿。林益文当了收银员了,又有可能会正式接詹先生账房先生的班,但却还在祥福里25号与张佑福、张佑荃住在一起。陈舒媛说,她阿爸讲,先在那住着吧,等公司员工的住房盖好后,再给他单独配间房间住。那时候上海的大公司都会给员工们盖房住,有的是整整的一弄堂,比如永安里。祥福里也是祥福公司给员工们盖的住房。他与张佑福、张佑荃住的这间25号房是大祥丝绸行暂时租用的。大祥公司正在盖的弄堂就叫大祥里,到秋季时就可以完工了。

有一天夜里,大概快过半夜了,他们突然听到急促的敲门声,听到露珠在叫:"佑福哥,快开开门,快开开门呀!"

对露珠的声音,张佑福是极其敏感的,哪怕他睡死了,有一只耳朵的神经永远是张开着,准备随时去接受露珠的声音似的。张佑福一听是露珠在叫,飞也似的从床上跳下来,迅速地把门打开。天空中正飘着初春的绵绵细雨,一身湿漉漉的露珠钻进屋来,冷,可能再加上惊吓,她浑身在发抖。张佑荃忙倒了杯热水递给露珠说:"露珠姐,快喝点热开水哦。"

张佑福说:"露珠,出啥事体啦?"

露珠喝了口水,但依然浑身哆嗦着,还没张嘴,泪水哗哗地流了下来,说:"佑福哥,你就带我走吧。我要再在上海待着,就会没有命的,他们会让我死在上海的。"

张佑福立即就听懂了,说:"好,我带你走,现在就走!好哦?"

露珠摇头说:"现在走勿脱咯,外面还有人在等着我。"

林益文心细,说:"这样吧,我们都到外面去等一歇,让露珠姑娘用热水揩揩身,换上件干衣服,勿然会冻出病来的。"

雨下得很细很密,他们三个在屋檐下躲雨。张佑福说:"我一定要带她走,我上次说的话算数,既然露珠姑娘自己提出来了,我再勿带她离开上海,那我就不是个男人了。"

张佑荃说："回乡下去?"

张佑福说："这你就勿要管了,反正我有去的地方,我能养活她的。要走,今朝就走! 益文哥,等我走了,你再告诉詹先生,勿然,恐怕会节外生枝,要是走勿成,我就对勿起露珠姑娘了。"

林益文点了点头。

露珠姑娘探出头来说："好嘞,你们进来哦。"

露珠姑娘穿的是张佑荃的衣服,张佑荃长得比较瘦小,与露珠姑娘的高矮胖瘦差勿多。穿了一身男人的衣裳,露珠姑娘反而显得越发漂亮了。张佑荃看着换了男装的露珠姑娘,突然灵机一动,说："佑福哥,你真要带露珠姑娘走,吃过早饭,等上班的辰光就走。那时候大马路上人来人往很热闹,露珠姑娘就穿着我的衣服,再戴上一顶只露鼻头眼睛的护耳的呢绒帽子,女扮男装走。"

林益文说："这样,你们商量,我去买早饭,露珠姑娘想吃啥?"

露珠姑娘也不客气说："阿三生煎馒头,一碗咸豆腐浆就可以了。"

林益文是有意想避开张佑福与露珠姑娘的事,他当然不能也不想参与其中。张佑福这么领着露珠姑娘逃脱,连声招呼都勿向詹先生打,这总是有点勿上路,但此时要反对他们这样走,又显得自己没有同情心,似乎有些不仗义,何况这事与己也没什么瓜葛,觉得趁早避开最好。他到了阿三生煎馒头店里,自己先匆匆地吃好,又买上一些,赶回祥福里25号。林益文拿着早点走进房子里,看他们的神色似乎已经商量好了。他把买回来的早点放到桌子上说："你们吃哦,我要上班去了。"

张佑荃说："益文哥,你先走一步,我们马上过去开门。"

林益文走进账房的小房子里,詹先生已到了,把桌子也收拾干净了。大祥丝绸行的账房台是在一楼与二楼之间,从店堂间往外面搭出来的一间小房间。上海人在利用房子的空间上,可以说真是精明得勿能再精明了。整个店堂都要充分利用上,但账房间是必须要有的,于是店里找人在店堂间靠近楼梯的边上,用木板搭出一间小房间来,后面紧贴着楼梯的隔板,凸出部分的三面板墙上，有三个小窗口，窗口离地面比较高，一般高度的人刚好面对着小窗口，小窗口比一般人的肩膀要高点，刚好能对着客户的脸，店员要抬起手才能把发票与钞票放进窗口里，显得神秘而庄重。后来就发展到每一个柜台都有一根绳子通向账房的窗口，有的是用小筐子，有的是用铁夹子，店员把收好的钱与开好的票，放进小筐子里或者用铁夹夹上，店员拉一下铃或者拉拉线绳，账房那边开关一开，那线绳就转动起来，把装钱的筐子与铁夹送进小窗户里。收银员把盖了章的票与找头又嗞嗞地通过线送回到那个柜台上，店员就把票与找头给买货的顾客，让人感到在钞票的事情上，绝对马虎勿得。

店里的生意开张后，绳索也就不断地转动起来，开的货票与钞票就从各个柜台朝账房的三个小窗口送进来，林益文就得专心致志地看票盖章找零头，然后把找头与票据再转回柜台，一点差错都不能有。找多了，自己赔进不说，詹先生知道后少不得要说上几句；找少了，店员与顾客都会喊："找错嘞！账房哪能当咯！"为了保证绝无差错，林益文的思想绝勿能抛锚。

好在林益文在立祥油纸店站柜台时已经有过磨炼，一个多月做下来，没有一点差错。詹先生很满意。那天他走进账房间，就把张佑福与露珠的事暂时抛在了脑后。因为这时在不停地转送着的票据与钞票，让他在精神上与思想上无法开小差。已是初春，天气还有点冷，但他不一会儿就忙得额头冒汗了，只好脱下棉长袍，穿着单褂子做了。看票，数钱，找钱，核对，盖章，然后再把票据与找头送回去。一天做下来，他也是两眼发花，腰酸胳臂痛，比当学徒还要费脑费力。他的中午饭也是在账房间吃的，一碗面或者一碗年糕汤，或者一碗盖浇饭，一面收账一面吃饭，手头上的活是勿能停的。

那天吃好中饭，一位店员喊："詹先生，张佑福呢？"詹先生问："做啥？"店员说："咯位太太要求送货！张佑荃已经送货去了，可张佑福找勿到了。"詹先生看看林益文，林益文这才想起了张佑福与露珠的事，林益文机敏地脱口说："我也勿晓得呀。"詹先生说："咯会到哪儿去啦？"林益文只管做手上的活，再也不说什么，他觉得这个时候勿说比说好。一时说勿清的事体最好暂时勿讲。等到张佑荃送货回来，詹先生也勿问张佑福的去向，而是叫张佑荃再去送一次,生意上的事勿能耽搁! 店里的信誉是第一位的。一直到打完烊,店员也都下了班,詹先生才问张佑荃:"张佑福呢?"张佑荃怯怯地看着詹先生说:"跑了,勿回来了。"

詹先生的脸一下灰青了,说:"跑了? 不想做也要跟我说一声呀,哪能可以自说自话说走就走了呢?"他看着林益文说:"林益文,你晓得哦?"

林益文说:"他要走,我知道,但什么时候走,我勿晓得。"

詹先生说:"那你也得告诉我一声呀。"詹先生突然像想起什么来,说:"他这么偷偷摸摸地走,会勿会偷了店里什么东西走? 我要到小库房去查一查。"

张佑荃说:"詹先生你勿查了,他走的时候拿走了三匹真丝锦绣的缎子。"詹先生说:"他拿的时候你晓得哦?"

张佑荃说:"晓得。"

詹先生一个耳光就甩了上去,怒吼道:"晓得为啥勿来告诉我? 你就是同伙! 林益文,你晓得哦?"

张佑荃捂着脸,没等林益文开口他就说:"益文哥哪能会晓得,佑福走的时候,益文哥正在柜台上忙呢。"

詹先生说:"我问的是林益文,没有问你! 林益文,你晓得哦?"

林益文说:"刚才我说了,他要走,我晓得,但他拿绸缎的事我真的勿晓得。"

詹先生说:"张佑荃,你是我引到店里来的,你们兄弟俩做出这种事,让我这张老脸往哪搁? 张佑福为啥要走?"

张佑荃说:"为了那个露珠姑娘,因为有人要弄死露珠姑娘,佑福哥就带着露珠姑娘逃出上海了。"

詹先生说:"那他为啥要偷店里的绸缎?"

佑荃说:"露珠姑娘说,她勿能就这么偷着逃走,院里的姆妈是掏了钱把她买下来的,她得把赎身的钱还给姆妈。佑福哥就把他积存的钱,露珠姑娘把她积存的钱,还有首饰,我把我积存的现金给他们了,还缺一点口子。我就讲,拿上几匹绸缎到当铺去当掉,可以马上拿到现钱。我说店里要发现,由我来赔,如果暂时没发现,我积上钱去当铺赎回来。"

詹先生说:"当票呢?"

张佑荃说:"给我了。"

詹先生说:"拿出来。"

张佑荃掏出当票给詹先生,詹先生看了一下当票,塞进了自己的口袋。

张佑荃说:"詹先生……"

詹先生说:"我明天就去赎回来!你要晓得店勿是我一个人开的,大股东是陈老板陈嘉禄,还有不少小股东呢。一人做事一人当!勿能让其他人也来填背,这是做人最起码的道理。"

林益文说:"詹先生把当票给我,我去赎吧。这上面我也有错,张佑福的事我不但知晓,而且也支持的,如果我在场,我也会把所有的积蓄给他们的。再说,詹先生你亲自去当铺赎当,那也太丢身份了。"

詹先生想了想说:"那也好,但赎金由我付,谁让我在用人上失察呢?"

佑荃说:"詹先生,这赎金你先给我填上,算我借你的,以后就从我工钿中扣哦。"

詹先生说:"佑荃,按理讲,你得给我滚回你的乡下去,捅了这么大的娄子。但面子上的事我还得遮一遮,你毕竟是我引荐来的,自己勿能抹黑自己,这事就这样,对谁都勿能讲,太拆台了!林益文,你勿是我的人,但希望你也能为我保密,可以哦?"

林益文一点头说:"詹先生,你放心,这事我也有错。我会把这事烂在肚子里的。"

第十四章

　　人心隔肚皮,在这世上,几乎每个人都懂得怎样保护自己,詹先生也并不像他自己标榜的那样,与林益文一起把这事"烂在肚子里"。林益文自然这样做了,对谁也没有讲。但过了十几天后,张佑荃被辞退了,而与此同时,詹先生也不让林益文坐账房间了。理由很简单,店里一时人手紧了,开门,打烊,送货,提货暂时都没有人去做了,只好"再次委屈"他林益文了。

　　林益文感到很不爽,他甚至有过离开上海再回杭州,再到他娘舅章立祥的油纸店去做的念头。因为从做账房降回到做苦力,面子上实在是挂不住。詹先生还对林益文说:"这是上面的意思,也就是陈老板的意思。"林益文当然也以为是这样。但两天后,陈舒媛小姐来后,才知道那是詹先生自己的意思,陈嘉禄老板并不知此事,此事詹先生也并没告知陈嘉禄陈老板。

　　为这事,陈舒媛小姐甚至同詹先生吵了起来。

　　天气正在回暖,马路两旁的法国梧桐也都吐出了嫩绿的芽芽。公园里草坪上的青草也都长了出来，一片碧绿，像一方方绿色的地毯。春雨贵似油，在上海，冬春交替之际，时不时地有细雨飘散下来，那雨幕就像飘荡着的络纱，雾蒙蒙的一片。

詹先生与陈小姐争吵的时候，外面正在飘着蒙蒙的细雨，暮色也正在悄悄地降临。詹先生与陈小姐是在账房间里吵的，而林益文正在小库房里整理布匹，木板隔墙只是隔影勿隔音的。他俩的话，林益文全听到了。

詹先生说："是咯，这是我的决定。在店里和在生意场上，这样的人是绝不能用的。张佑荃是我亲戚家的人，但我知道他同张佑福这件事情后，我就毫不犹豫地辞了他，而林益文也绝勿能再在账房间做，没有辞退他，就是看在陈老板与你陈小姐的面子了。"

陈舒媛小姐说："这爿店的老板是我阿爸，是我阿爸开的，你只不过入了一点股份。林益文来到店里，让他在账房间做，也是我阿爸的意思。勿让林益文在账房间做，那你也先得同我阿爸打个招呼，要我阿爸同意了才行。"

詹先生说："这爿丝绸行是我全权负责，这是董事会决定的，你不信去问问你阿爸。"

陈舒媛说："但我阿爸是董事长，你詹先生也得听我阿爸的。我告诉你，林益文勿是一般的学徒或者账房先生，他很有可能是我们家的人。"

詹先生立即插话说："但现在还勿是对哦？我看出来了，你陈舒媛小姐看上了这个小白脸，你在追他，但在你和他没有敲定前，还算勿得是你们家的人。"

陈舒媛说："詹先生，你瞎讲点啥！我与他之间勿管有勿有敲定，但他仍然可能是我们家的人。"

詹先生说："舒媛小姐你这话，我有点听勿懂，林益文是你阿爸的什么人？"陈舒媛小姐说："这事我暂时勿能告诉你，但你收他的账房间的工作，恐怕我阿爸会勿高兴咯。这一点我要提醒你詹先生，詹先生你自己好好考虑考虑。"

林益文在想，难道他真是陈嘉禄老板家的什么人？林益文顿时感到满心的疑惑。

这样吵了一阵后,詹先生也有点丈二和尚摸不着头脑了。陈舒媛生气地从账房间出来,正碰上从小库房里往外搬绸缎的林益文,她用很坚定的口气说:"益文哥,下班后,我们一起去吃饭!"

陈舒媛又领林益文去了乍浦路,乍浦路上的饭店特别多。天黑了,乍浦路上摆满了小汽车、三轮车、黄包车,路上也是人流涌动。陈舒媛找了一家干净点的饭店说:"益文哥,我们随便吃点好哦?"

吃饭时,林益文发觉陈舒媛的面色有点勿大好,话也没有以前那么多,她还暗示他们家的丝绸生意似乎不大景气。她告诉林益文说:"我阿爸的丝绸行现在让东洋人的丝绸业压得有些透不过气来了,有些中国的生意人,也伙同东洋人一起来压中国人的丝绸业。那个上海商会副会长,叫乔居正,你可能勿晓得,当然你这样的地位,也关心勿到那上面去,就是他伙同东洋人压我阿爸丝绸业上的生意。好了,勿讲了,讲了你也勿明白。"她叹了口气说,"益文哥,你吃呀,哪能勿动筷子啦?"

林益文动了动筷子,其实他听说过乔居正这个人,乔子良的父亲。乔子良是个什么样的人,他知道。但乔居正是干什么的,是个什么样的人,他确实一点也不知道,他也不想知道,因为这个人与他无关。既然不知道,当然也无法说上话。林益文说:"我也勿明白,为啥中国人争勿过东洋人呢?要讲起来,东洋人的文化是学我们中国人的文化。学生难道会比老师厉害?"

陈舒媛说:"益文哥,这种事情啥人也讲勿清爽,勿讲了。但詹先生勿让你在账房间做,我这次回去就跟我阿爸讲,让你继续回账房间,这件事包在我身上了!詹先生也太专制了,我就看勿惯这种专制的人!"

林益文点头说:"那就谢谢陈小姐了。"林益文又想起什么说,"陈小姐,我能勿能问你一句,你为啥要这样帮我?"

陈舒媛脸红了,说:"你听到詹先生说了什么了?"

林益文说:"是听到了一点,但我想弄明白。"

陈舒媛说:"无论是你的出身,还是我对你的感情,现在都还弄勿明白。以后我想会有明白的一天的,前面那件事弄明白了,后面这件事也就会明白的。"

那一夜，林益文在床上辗转一夜，一直想着这两件事，他猜想了种种可能，但他的各种猜想也只能是瞎猜而已。

詹先生这个人也很倔，他可能听到什么消息了，他硬是连陈嘉禄的账也勿买了。虽然陈嘉禄派人递条子来，让林益文进账房间，但詹先生还是让他送货，搬库房，打烊，守夜，似乎比以前还不堪。还时不时地给他脸色看。这样的日子真的很难熬。林益文决心做到月底，拿上工钱后走人，回杭州去。

有一天，一个太太模样的人带着个丫鬟来到丝绸行，买了货后，要求送货上门。詹先生就喊："林益文，帮这位太太送货去!"林益文从库房出来一看，那个丫鬟看了林益文一眼就喊："林益文!"林益文回头仔细看看那个姑娘，马上认出就是他来上海的船上相识的吴灵芝姑娘。林益文忙点头打招呼说："灵芝姑娘你好!"吴灵芝是陪着一位太太模样的人来的，那位太太就是进士老爷死后，回到上海来的三姨太梁月琴。吴灵芝对梁太太说："这位林益文是我们同船来上海的，人特别好。"

"噢。"梁姨太点点头，然后又仔细看着林益文，觉得似乎很相熟，虽然她知道自己从未见过这个林益文，但她突然觉得林益文长得很像林治中，她当然无法想到这个林益文会是林治中的儿子。现在这个林治中也在上海，已改名叫乔居正了。乔居正偶尔也会去河滨桥常青路上那栋当时湖州丝绸商方老爷送的房子，见见她这位三姨娘，但每次都是屁股在椅子上都没有坐热就会走，他只是问问缺什么没有，有什么事要他做的，然后就起身走了。一般都不会有事的，在上海，只要有钞票，啥事体都基本上可以办成。再说吃、住、穿、戴，她这梁姨太也只有这么几桩事体，只要花钱，都可以办到，况且她又勿缺钞票。

乔居正做着上海商会的副会长，又伙同东洋人开丝绸厂，开水泥厂，开纺织厂，开面粉厂，又有政界的朋友撑腰。他又是个留过洋的读书人，脑子也灵活，所以在上海滩上生意做得洋花花，铜钿赚得也勿晓得有多少。他平时花销很少，勿抽勿嫖勿奢侈，一条丝绸长袍可以穿几年，几套西装轮着穿，也穿了好多年了。他人长得儒雅帅气，做起事体来也很儒雅，对儿子乔子良嫖上的姑娘露珠，虽然他气得勿得了，警告要打死她，其实只是装出样子吓唬吓唬她。他对手下人说："不要真伤着这位姑娘，把她赶出上海就算了。其实姑娘做这种生意也是被逼无奈，坏就坏在我的那个小赤佬身上，黏上这么个姑娘，脱勿开身了，白相白相就算了，还要赎姑娘从良，娶回来做少奶奶，败坏门风，这还得了！只有把这个姑娘赶出上海，我那个小赤佬才会死心，只是委屈那位姑娘了。"

梁姨太对吴灵芝说："那你让这位阿哥把货送到河滨桥常青路56号林公馆，就可以了。灵芝，你就陪我到大马路上的杨三生煎馒头店去吃点点心，然后我还要到公馆路上的服装店去看看。"上海人都很会说话，把与他们年龄相仿的男的就叫阿哥，女的就叫阿姐，所以太太就按照灵芝这样的年龄来叫他。

詹先生没有马上让林益文送货去，而是让林益文先把从大库房里提来的货搬进店后面的小库房后，才让林益文送货去，还说坐有轨电车去，坐黄包车、三轮车都太贵了，坐有轨电车只有五六站路，两只铜板就够了。詹先生对陈舒媛小姐那天的顶撞很生气，现在气就都出在林益文身上了。当林益文夹着用牛皮纸包好的几样花色丝绸，坐上有轨电车时，天已现暮色了。

第十五章

　　林益文过了河滨桥,找到常青路,看到那漆成黑色的篱笆墙围起来的挂着 56 号门牌的花园洋房,发现那洋房还真有点气派。三层楼,四周是绿色的草坪,几棵柳树与梧桐树,枝叶在微风中摇曳,两扇木门很厚重,门两旁还蹲着两座石狮。林益文刚想伸手按门铃,发现两扇大门中的一扇还开着个小门,小门突然就开了,乔居正走了出来,管家梁立群和贴身跟班宋茂昌也跟了出来,梁总管点头哈腰地说:"老爷,你走好!我阿姐回来我一定告诉她,说你来过了。"

　　乔居正看了林益文一眼,接着又看了一眼,问:"什么事?"

　　林益文说:"太太在大祥丝绸行买的货,让我送过来。"

　　林益文也看了乔居正一眼,两人都觉得对方怎么同自己长得这么像,一个是自己的年轻版,一个是自己的中年版。

　　乔居正问:"你是大祥丝绸行的?"

林益文说:"是。"

乔居正问:"在那儿干什么?"

林益文答:"伙计。"

梁立群也看看乔居正与林益文,他也觉得两个人长得太像了,忙说:"那就把货交给我吧。"

乔居正在上小汽车前又看了林益文一眼,然后车门一关,小车屁股后面喷出一股黑烟,走了。林益文也赶紧奔向有轨电车站。此时天也已经黑透了。他觉得在这世上真有长得那么像的人,连说话的声音与走路都有点像,这个世界好奇怪呀。

两个人都把此事很快丢到了脑后。在这世上,长得像的人有的是,何况一个是在店里干活的伙计,一个是商界的大佬,风马牛不相及的事。乔居正听到是大祥丝绸行的,心想,再过不了几天,这大马路上这么大的一个丝绸行,很快也要改姓乔了,而且会改名为居正丝绸行了。

下了一场春雨后,阳光灿烂。树木、草坪已是一片翠绿。无论人间有多大的悲喜剧,多复杂的关系,有多少恩仇,自然界依然按它的面貌呈现在人类的眼前。

那一天,詹先生阴着脸对林益文说:"再过几天,我们大祥丝绸行要抵押给别人了,你要么回杭州去,要么自己另外再找一份工作吧。明朝我勿来了,这是你这个月的工钿,你拿着。你住的那间房子你要继续住,就得自己付租钱了。不过我们租金是付到这个月的月底,你要想住,还可以住几天的。"

店员们也都拿到了工钿,但都不急着走,说:"等新老板来了再说,只要这爿店还要经营下去,继续开的是丝绸行,他们也总还要雇用店员。等新老板勿用我们了再说。"

林益文拿了那三块银圆,回到祥福里25号那间东厢房,独自发愁。本来自己还在为离不离开这里发愁,但没想到现在是不想离开也得离开了。老天就是这样,在跟每一个人的命运开玩笑,人并不是都能按自己的意愿走自己的路的。他正在发愁,心里感到很糟时,突然听到有轻轻的敲门声,听到陈舒媛小姐在叫:"益文哥,你在吗?"

林益文突然有一种自己的救星来了的感觉,他立即跳起来去开门。

陈舒媛朝他甜甜地一笑,不过她眼里也含着忧伤。陈舒媛告诉林益文,她阿爸在上海开的两爿丝厂倒闭了,大祥丝绸行这爿店也做不下去了,作为债务抵押了出去。陈舒媛虽眼中流露着忧愁,却很爽直也很泰然地一笑,她说:"我呢,当小姐也当到头了,靠阿爸养活的日脚也结束了,得自己谋生了。不过勿要紧,我阿奶告诉过我,穷不过五代,富不过三代。一个人活在世上,有两样东西都可能会找上门来,牢房的门槛,讨饭的棍子。人都得自己养活自己,靠别人,哪怕自己的父母与长辈,那也是靠勿住的。人要学会看懂社会。在你幸福的时候勿要太得意,在你落魄的时候也勿要太沮丧。我现在越想我阿奶的话越有道理,现在我也勿能靠我阿爸过千金小姐的日脚了,只能自谋生路了。益文哥,你也勿要太伤感。"

林益文说:"勿会咯,我勿是一直在自谋生路吗? 我现在只是想,我是回杭州去,还是留在上海?"

"留在上海哦。我也留在上海寻生活做。上海毕竟是个国际大都市了。乡下人,勿管是穷人、富人都拥到上海来了,在上海寻条出路,比哪里都强。益文哥,你看呢?"

其实林益文后来知道,并不是陈嘉禄养勿起她,瘦死的骆驼比马大,陈家还有的是家产。只不过她陈舒媛勿想再让自己阿爸养活,她决心要自己养活自己,西方人到十八岁后,就会自动离开父母,自谋生路了。

陈舒媛小姐正说到这里,就听到又有人在外面敲门,是25号这栋房子里的人去开的大门。开门的人问:"请问你找谁?"

"请问大祥丝绸行的林益文可是住在这里?"

林益文一听是娘舅章立祥的声音,连忙喊:"娘舅,我在这里。"林益文把章立祥引进东厢房,章立祥看到陈舒媛便说:"喔哟,陈小姐也在这里。"

陈舒媛小姐说:"我阿爸的厂子和商行都倒闭了,我阿爸讲,林益文是我们把他弄到上海来的,现在商行转让给别人了,他不能再在商行做了,我们总得给他做个安排。做事体总要有始有终才好,勿然就有违为人之道了。"

章立祥说:"真要谢陈老板了。"

章立祥还给林益文带了两袋小核桃与香榧子。他是因生意上的事来上海出趟差的,顺路来看看外甥。他说陈老板生意上的事他也听闻了,但不知道真的要转让出去,做生意总是有盈有亏的,生意上暂时的失意勿碍事的。陈老板是个精明人,用勿了多少日脚又会东山再起的。至于林益文回杭州还是留在上海,章立祥说,好马勿吃回头草,上海是个能出息人的地方,是个能让人做大事的地方,有些人夹把阳伞一个布背包、几块银圆,来上海都能打出一番天地。益文你就应该留在上海,寻寻自己的路。要是真的到讨饭的地步,再回杭州,娘舅总还会给你一碗饭吃的。

"就是呀,"陈舒媛说,"我也是这么劝益文哥的。"

林益文听了这些话,感动得鼻子有些发酸,说:"娘舅你放心好了,我会寻个生活养活我自己的。"

章立祥说:"那娘舅帮你寻个住的地方吧,这个地段的房子租金都太贵。"

陈舒媛说:"不用了,要是益文哥不嫌弃的话,我那儿有个住的地方,是栋石库门房子,里面有六家住户,那栋房子是我们亲戚家的,房租可以便宜些。虽然挤一点,总比棚户房要好,明朝我就带你去看房子哦?"

章立祥又关照了林益文几句,还要给林益文几块大洋。林益文怎么也勿肯要,说这几个月来,他的工钱加上车贴饭贴也积下了二十几块大洋了,只要节约着花,在上海过上半年是没啥问题的。章立祥还要去办事,还要赶夜里的火车,又关照了两句就走了。

第二天一早,陈舒媛就来了。穿着比以前朴素多了,上身是件白色的倒大袖衣服,下身是条常青色的白花点点的裙子,一双黑色的皮鞋,反倒是越发的典雅与漂亮。林益文很欣赏这位千金小姐对生活的态度,有点宠辱不惊的气魄。她好像很快就适应了自己的身份,这是位自控能力很强的姑娘。她很热情地,很自然主动地为林益文提上藤条箱。林益文背上行李,提上装满洗漱用品的网兜。陈舒媛举手要了辆三轮车,直奔北四川路而去。过了四川路桥,就进入了北四川路,不久就拐入一条用石头铺的小马路,路牌写着开家桥路,路两旁都是棚户房,但在连片的棚户房中间可以看到一个个的弄堂口。弄堂口的过街楼上刻有弄堂名:正兴里啦,平安里啦,长寿里啦,都是一些很吉祥的弄堂名。三轮车转进一条叫兴盛里的弄堂,在15号的门牌号前停了车,车夫揩着汗对陈舒媛说:"小姐,到了。"

林益文忙把行李拿下来,准备付车钱,陈舒媛用手一挡说:"我来付。"

陈舒媛付了几只镍角钱后说:"勿用找了。"

车夫忙点头说:"谢谢小姐。"

陈舒媛按了门铃,门就开了。这里的石库门房与大马路上的石库门房勿大一样,大马路祥福里的石库门房子要比这儿的石库门考究得多,也大得多,有天井,东西厢房,客厅,客堂间两边是东西次间,后面灶火间,还有左右后厢房。而这里的石库门只有一间灶火间,然后就是前房,前房与灶火间之间有一条过道,过道边上有一个楼梯。二楼有间卧房与亭子间,三楼也只有一间房间与一个晒台,这里面住着四户人家。一个叫叶妈的,她是二房东,开了门,一看陈舒媛就挂着笑脸说:"喔哟,你哪能今朝才来啦?"陈舒媛说:"今朝来也勿迟呀。"

"迟嘞呀!"叶妈说,"亭子间昨天就住进去人了呀。"

陈舒媛吃惊地说:"亭子间我勿是三天前才刚租的吗?定金都付给你了呀。"

"喔哟,这点点定金有啥用啦,人家是一下就付了一年的租金。不过陈小姐,我也勿能让你失望,做人勿好失信誉是哦。我昨天就把那间楼道间腾出来了,面积虽然比亭子间小了点,但绝对勿比亭子间差,而且又相当安静、安全。"

所谓楼道间,就是在楼梯下面与前客堂间之间的一个过道隔出来,安上一个门,也就成了一间房间了,两边是两道墙,没有窗,与外面是完全隔绝的。里面搁上张床后,也就没有什么空间了。陈舒媛看着林益文,说:"益文哥,你看呢?"

林益文很能拎得清自己目前的处境,有个地方住就勿错了。

叶妈在一边叨叨说:"里面有张棕绷床,还有条长凳,床上前面还有一板木板,都是现成咯。可以放箱子、碗筷,住进去勿要太便当太舒服噢。"

陈舒媛显然很无奈,她后来对林益文说:"树倒猢狲散,人倒众人推,阿爸的生意一倒,人人的面孔也立即变得勿一样了。益文哥,你就住下吧,受得胯下辱,才能争得将来福。"

林益文说:"陈小姐,你已经帮了我这么大的忙,我已感激不尽了。"

叶妈一看陈舒媛似乎默认了,忙高兴地说:"好,我给你拿钥匙开门,你的定金,就作为这三个月的租金吧。你看,还是你们占便宜了。我叶妈是个拎得清讲信用的人,勿会白白占人家便宜的。"

陈舒媛感到很郁闷也很无奈,陈家与房东有点关系,但与这位二房东没啥关系。县官不如现管,也只好这样了。

林益文把陈舒媛送出弄堂口,陈舒媛咬牙切齿地说:"这种人,不得好死!"然后对林益文说,"今朝夜里我还要赶回杭州,过几天我再来看你。我在上海住的地方离你这儿不太远,北四川路上的永宁里。经我阿爸的介绍,我在永宁里边上的一所小学里当教师。回来再说吧,好哦?"她妩媚地一笑,林益文觉得她那一笑很美。

第十六章

　　楼梯间哪是人住的地方,原先只是个堆堆杂货放放破烂的地方,现在却腾出来住人了。上海就是个人挤人、人轧人、人堆人的地方,楼梯下面也要挖出个空间来,用木板搭出个房间租出去让人住,为了在上海生存,也有人愿意租下来住。有些穷酸文人或者做点小本生意的人,就住在这之中,前后不通风,就像缩在螺蛳壳里,还说:"宁要浦西一张床,勿要浦东一间房。"这些文人们为了走出去风光,同样西装笔挺,每夜睡觉时把领带与西装套在衣架上,然后挂在一根铆钉上,裤子叠条缝,压在枕头底下。出门后,谁也想勿到这个西装革履的人却是睡在狭小的楼道间里的瘪三。林益文也成了那样的人,章立祥临走时给了他一张片子,连同他的帖子,让他找到就在北四川路上开着丰和纸行的闵德贵老板。

　　走过河滨桥,桥下行着船,河水在缓缓地流着。那河水发黑发臭,只有下雨天,那散发出来的臭气才会变得淡一点。在黑黑的河面上打出一轮轮的涟漪,倒也像花儿一样的好看。过桥朝南走上几个店门面,有一个两个门面开间的纸店,上面挂着丰和纸行的招牌。

闵德贵老板是个矮胖子,为人很热情,也很和善,圆圆的胖脸上一直挂着笑。做生意的人都知道,心里是勿是欢笑,脸上都一定要有笑容,和气生财嘛。长期这么下来,习惯也成自然了。在上海滩上能开这么大的纸行也真算勿错了,里面各色纸都有,甚至还有宣纸,裱画用的绫绢,绫绢上面贴着标签:浙江湖州双林绫绢。林益文从娘舅章立祥那儿就知道,双林绫绢在裱画界是很有名的。

闵老板看了章立祥的帖子,说:"噢,你就是章老板的外甥林益文啊,你娘舅前天就跟我打过招呼,我也真缺人手,你就留在店里吧。住的地方寻好了哦?"

林益文点了点头。

闵老板说:"住在什么地方?"

林益文说:"开家桥路兴盛里15号。"

闵老板说:"噢,离这儿不远,过了河滨桥几步路就到了。今朝先歇一歇,明朝一早来上班。学徒工,每月一块半大洋。我与你娘舅一样,做做纸上面的生意,小本生意,底子薄,勿好意思。"

林益文说:"闵老板,谢谢你,能这么给我口饭吃,我已经很满足了。"

天气很快就变热了,睡在楼道间,最让林益文受不了的倒不是闷,而是臭虫。那只棕绷床上爬满了臭虫,只要一睡下去,臭虫就开始进攻了,咬得痒得让你受不了,只好爬起来,打开电灯捉臭虫,用手指把一只只吸满血的臭虫摁死,只听得噼噗响,摁得席子上都是一摊摊的血点点,然后用抹布揩干净。睡下似乎安稳了,人也已很乏了,沉睡过去,但到第二天早上醒来,浑身都是被臭虫咬的红疙瘩,这时你很少能找到臭虫了。晚上你睡着时,它们吸饱血后,都已爬回自己的窝里睡它的大觉了。天天循环如此,真正是叫林益文痛苦不堪。

北四川路四周的地段,最好的好处是从中间向四面八方,像蜘蛛网似的散开许多小巷小街,基本上都是用石头铺的路。那些小巷小街摆满了各种小摊。有的小街索性就成了小菜场,基本上每条小街小巷都有小吃摊,大饼油条豆浆摊,锅贴生煎馒头摊,阳春面小馄饨摊,还有粢饭团摊,油炸年糕摊,五花八门,应有尽有。这给住在那片区域的人带来了诸多的方便。

早晨六点钟,林益文从兴盛里出来,朝丰和纸店去上班时,拐进一条小巷子,就可以坐在长条凳上喝上一碗咸豆腐浆,吃上一团粢饭或者一张大饼、一根油条或者几只生煎馒头,真是一顿很不错的早点。而那时,各家各户的娘姨、小保姆、老妈子、家庭主妇都会挎着个竹篮子去买小菜,或者买好小菜再往回走时,顺便买点早点带回去,脚步匆匆,满面喜色。

"阿玲阿姐,今朝来客人吗?买这么多菜,有鱼有肉,又有鸡。"

"阿拉屋里人多呀,阿拉的老爷太太都是吃货,每天都得买这么多菜咯呀。"阿玲阿姐很自豪地说。

家里的穷与富,从菜篮子里就可以感受得到。林益文感到杭州已经很讲究了,但在吃上面上海人比杭州人还要讲究。

那天,林益文吃好早点,走过河滨桥时,突然有个菜篮子里塞满鸡鸭鱼肉各色菜蔬的人喊他:"林益文,你怎么在这儿的呀?"

是吴灵芝!她打扮得也比以前洋气多了。林益文忙说:"灵芝小姐,我想起来了,你和你们太太是住在河滨桥不远的常青路上56号那栋花园洋房里的。"

吴灵芝说:"林益文,你勿要叫我小姐好哦,我只是在人家家里做小保姆的。林益文,你属啥?"林益文说:"属猴。"吴灵芝说:"那我比你大一岁,属羊。你要肯,就叫我灵芝姐,要觉得勿合适,就叫我灵芝。"

林益文说:"就叫灵芝姐,这有什么不合适的。"

吴灵芝说:"那林益文,你现在住在啥地方啦?"

林益文说:"离你家勿远,兴盛里15号。"

吴灵芝高兴地笑着说:"这么近啊,吃好夜饭来看你。"

一个人孤单单地插在上海,突然有了一个还相识的人,又是那样热情,林益文的心中也感到了一些快意。

纸店与丝绸行的生活差勿多,只不过一个是卖纸,一个是卖丝绸的,卖丝绸的每天得把丝绸一匹匹地往店堂搬,在纸店,每天就得把纸一刀刀地往店堂里扛。可纸店的生意要比丝绸行里的生意差远了。丝绸行天天是人山人海,轧进轧出,而纸店来看货买货的人只是稀稀落落的,没有多少人。这样,生活要比丝绸行里轻松多了。林益文开始时觉得闵老板一个月只给一块半大洋的工钿少了,而做几天下来,觉得能给一块半大洋就很不错了。

太阳还没有落山,夜饭吃过后,吴灵芝果然来看林益文了。她看到林益文住的那栋石库门房住着六户人家,而林益文住的那间楼道间又窄又闷又小,说:"林益文,你勿能找到好一点的地方住啊?还勿如我这个小保姆的住咯地方好呢!"

林益文有点脸红说:"你住的是花园洋房,大户人家住的房子,我哪能好同你比呢。"

灵芝很同情地长叹口气,说:"林益文,你有啥要我帮你做的,我现在有空。"

林益文想了想说:"就是床上的臭虫夜里咬得我吃勿消。"

灵芝说:"你睡的是棕绷床是哦,你搬出来。"

"做啥?"

"你搬出来就是了,搬呀,愣着干什么?我去去就来。"灵芝说着就奔出弄堂。

林益文把棕绷床搬了出来,等了大约十分钟,灵芝就拎了一只沉重的已经装满开水的大铜壶来。这么热的天,大铜壶的口还在冒着热气。灵芝利索地将棕绷床翻了个面,然后把滚烫的水浇在棕绷床的背面。林益文看到臭虫从缝隙中爬出来,烫死了,马上就成一片干瘪的纸屑一样,散了一地。浇完背面后又浇正面。水浇完后,灵芝说:"我到老虎灶再去烧一壶,你把那两只搁床的长凳子也拿出来。"灵芝拎着空壶,又去弄堂口的老虎灶上烧水,林益文把那两只长凳也拿了出来。不一会儿,灵芝又拎着装满开水的沉重的大铜壶来了,她把棕绷床的床面又冲了一遍,然后又冲那两条长凳,地上出现了一片被沸水烫死的臭虫。

灵芝:"林益文,你真可怜,每天夜里要被这些臭虫吸掉多少血啊。我们乡下就是这样消灭床上的臭虫的，今夜你可以睡个好觉了。"

林益文说："灵芝姐，谢谢你。"

灵芝说："林益文，你能这么叫我，很中听。以后就这么叫好哦?"林益文说："那你就叫我益文弟好了。"

吴灵芝高兴地说："好呀!"

林益文想把床往屋里搬，灵芝说："益文弟，让床和凳子晾晾干再搬，以后你隔几天自己也把床烫一烫，来坐。"两人一人坐一条长凳。

"益文弟，你晓得哦，那天我们家太太见到你，特别喜欢你，说你跟我们家老爷长得太像了。她对我们家的管家老爷讲，能勿能把你招到管家老爷的手下做，让你跑跑腿，收收租金。我们家老爷在上海有几处房产呢。管家老爷讲，那得问问老爷，请老爷的示下才行。益文阿弟，如果真能这样，我们就可以天天在一起了，那该多好呀。"说着，灵芝那双乌黑的眼睛滴溜溜地在林益文的脸上转，"而且也用不着住在这么一间黑咕隆咚的楼道间里了，还要被这么多臭虫咬。要不，你过两天去见见我们的太太?"

"如果能这样，当然好。"林益文说，"但这样的大户人家，勿一定看得上我。"

吴灵芝越想越觉得这是件好事，可以天天同这么一个文质彬彬、英俊帅气的小伙子相处，以后有更好的结果也说勿定呢，于是说："要不，我为你在太太跟前或者在管家老爷那儿提一提，但这样你得先答应才行啊。你要是勿答应，我去说也是白说呀。"灵芝把眼光射进林益文的眼睛。她这话自然还有另一层潜在的意思的。

"好哦，"林益文想了许久说，"但我还得征求另一个人的意见，那个人可能最近两天就会回来。"

"啥人啊?"

"这你就勿要问了，跟你没关系。"

"那好，就这么讲定了。"

那一晚上，林益文睡得很安逸，没有臭虫咬，吴灵芝那双漆黑闪亮的大眼睛一直在他眼前闪。

第十七章

　　时间在一天天过去，陈舒媛却没有来，本来说好的是过两天就要来上海，并且还要在上海住下，在上海工作的，可快过去一个多月了，连一点音讯也没有。也不知道是她在杭州那边有事脱勿开身呢，还是只是来把林益文安排好了后，对他林益文有个交代也就撒手不管了呢？林益文也猜勿出啥来。

　　二楼跟林益文抢亭子间的是个女人，个儿不高但长得蛮苗条，属于那种小小巧巧的女人，平时穿的是旗袍，有短袖的、长袖的甚至是无袖的，露出那白嫩白嫩的丰满的肩膀。天气稍冷一点，旗袍外面套上一件西式外套，高跟鞋，玻璃丝袜，旗袍的颜色也随着季节一套一套地换。天气热了穿浅色，天气稍冷一点就穿深色，冬天外面套上一件裘皮大衣或者毛皮斗篷，很时髦的，打扮像个贵太太，但她却住在亭子间。上海就是这样，在外面一定要穿得风光，那是面子和身份，至于住在什么地方，那是另当别论。

上海人一般勿欢喜你到屋里厢来拜访,在饭店或者公园里碰碰面是最好的。那些硬要拖你去家里坐坐的人,要么住在花园洋房里,要么就住在宽敞的公寓里。林益文觉得那个女人的作息时间有点怪,早上要早早地去上班,当那双高跟鞋踩着楼梯笃笃笃地下楼时,竟然只有五点半,天才刚刚亮,要在冬天,天色还是漆黑漆黑的呢。中午却回来得很早,好像还没到吃中午饭她就回来了。然后亭子间的门一关,可能在睡觉了。一吃过晚饭,她就打扮得漂漂亮亮,又笃笃笃地踩着楼梯下楼去上班了。有人怀疑她是做皮肉生意的,但又勿像,从来没有看她带嫖客来过。过了半夜,她又回来,洗漱一下后,睡上两三个小时,就起床又去上班了。她还很高傲,很少同这栋房子里的人搭讪,一副高不可攀的样子。这个女人勿是长得很漂亮,却很有气质,尤其那双妩媚而明亮的眼睛,那个小而挺的鼻子,可以说是非常有魅力的。

夏天的一个炎热的早晨,林益文又被臭虫咬醒了,他觉得身上又有了一个个的红疙瘩。他住进这间楼道间时就买了只热水瓶,因为自己没炉子烧水,每天得到弄堂口的老虎灶去打一瓶热水。那天下班,天还没有黑,他就到老虎灶去打一壶水,又把棕绷床搬出来烫臭虫。那个女人中午睡了一觉,也要出门了,看看林益文说:"你这样烫臭虫有用哦?"

林益文点点头说:"有点用,烫一次,起码有一个礼拜到十天勿会被臭虫咬得睡勿着觉。"

那女人说:"那好,我明朝也烫烫,你教教我好哦?"然后笃笃笃地扭着腰肢出了弄堂。她的口气自信得一塌糊涂,似乎林益文一定会很乐意地"教"她的。

天气太闷热,如果再把楼道间的门关上,那简直是把自己搁在蒸笼里蒸了。所以睡觉时,林益文是光着上身,穿着裤衩,开着门睡的。灶火间的门也开着的,到下半夜,有那么一股微风会渗进房子里,稍稍送来一点儿凉意。上海男人赤膊穿着裤衩,拖着木拖鞋在马路上走来走去都很正常,在家里赤膊穿裤衩睡在床上就更正常了。甚至女人上身也只穿件汗衫,下身只穿条花花绿绿的裤衩在外面走,也是很正常的事。林益文觉得上海人比乡下人要开放得多了。

那天半夜里,灶火间渗进来的丝丝凉气,让整天浸泡在闷热中的人感到舒服。林益文正在似睡非睡中听到了笃笃的高跟鞋声,先是进了灶火间,接着在他的楼道间停了一下,接着就上了楼,进了亭子间。林益文感觉到他的床边飞进来一张纸一样的东西,他瞌睡得很,也就只管闭着眼睛睡,并没有在意那张纸一样的东西是什么。

五点半,林益文准备要起床了,那个女人此时也已走下楼梯,走出灶火间去上班了。林益文这才看到他床头边搁着张叠着的报纸。林益文拉开电灯看,只见报纸上第三版里有篇文章用红墨水笔圈了一下,林益文明白了,那是这个女人写的文章,署名:荆棘花。题目是《舞女的泪》。

当时在上海除《申报》《新闻报》《上海晚报》比较正规外,还有些专登花边新闻、社会逸事的小报,什么《荒唐过客》《阿要气数》等这样的小报,登的都是一片乌七八糟的东西。但"荆棘花"的这份报纸叫《时事报》,是介于两者之间,既有严肃的新闻、通讯,同时也有些花边新闻之类的东西。

"荆棘花"的这篇文章还比较长,那时上海的报纸都很珍惜版面,大多都是些豆腐块大小的文章,长一点的文章很少登,除非这篇文章分量比较重。"荆棘花"这篇文章显然是分量比较重的了,这篇文章写了一个似花似玉的舞女,年纪轻轻被人扔进黄浦江溺死了的故事,写得凄怆动人,表达了作者的一份正义感。看完这篇文章后,林益文突然对住亭子间的那个女人有了几分敬意,倒特别想帮她搬床烫烫臭虫了。

"荆棘花"当然是她的笔名,那天傍晚,林益文下班回来,"荆棘花"已经把棕绷床从亭子间里抬了下来。

林益文走上去问:"请问,我该怎么叫你?"

她说:"我叫施惠雯,荆棘花是我的笔名。"她的声音特别嗲也特别好听。两个人都有了一见如故的感觉,两个人的心好像一下就靠得很近了。

林益文说:"我知道,惠雯姐你等着,我去老虎灶打开水去!"林益文从屋里拿上热水瓶,直奔老虎灶而去,此时他特别想为她做点事体。惺惺相惜,林益文也喜欢舞文弄墨,他觉得眼前这个女人可能是个对他的前程有用的人。他接触的都是些生意人，像这样的文化人，他还真是很少接触。他娘舅章立祥也喜欢文化，但毕竟是个开油纸店的生意人，对书画文字只是喜欢而已，虽然在鉴赏书画上也有些造诣，但毕竟还是在生意场上混的人。而施惠雯就勿一样了，是个靠卖文字吃饭的人，是以文字为生的，那才算得上是一个文化人。

林益文拎来一热水瓶的水为施惠雯烫棕绷床。施惠雯说："让我自己来吧。"林益文说："惠雯姐，还是我来吧。"林益文叫得很亲切，施惠雯听着也很受用。烫了棕绷床的反面，林益文又跑了一趟老虎灶打水，再烫棕绷床的正面。烫完后，两个人就在门口坐在小凳子上，摇着蒲扇说了一会儿话。施惠雯穿着旗袍，往小凳子上一坐，旗袍往后滑回去一些，于是两条白嫩光滑的大腿就露出了一大半。她还是蛮有坐相的，两膝紧靠在一起，斜着身子坐着同林益文说话。

林益文介绍了一下自己是怎么来的上海，说到自己在杭州的报纸上也发表过一些小诗文，施惠雯马上感兴趣地说："那你也往《时事报》上投投稿，我帮你带过去也行。"还说，"益文阿弟，你看上去文质彬彬，长得又这么秀气，勿像纸店的学徒工，倒像个文人，看来果然是的。"

施惠雯把她的身世也简单地讲了一下，说她是苏州人，父亲比较开明，送她到上海的女子中学上学，她从女子中学毕业后，就想当个女作家，写写小说散文什么的。但因为家道中落，家里供她上完女中后，就再也供勿起她了，她只好在上海自己谋生路。她说女人在这世上生存特别艰难，处境也特别险恶，尤其是像她这样既有几分气质又有几分姿色的女性，尤为艰险。但像她这样的女人虽有艰难险恶，但找工作又有几分便利，许多地方都能寻到她要做的工作。比如报社，像她这样的女人采访起来就容易得多。有些头面人物只要是她去采访，往往会大开方便之门。这些人勿一定想把你怎么样，但男人不管官做得多高，家产有多大，好色是他们的本性，他们勿一定想要占你什么便宜，或者吃你的"豆腐"，但都喜欢接待你。除了报社一份工作外，她在舞厅也有一份工作，陪客人跳几支舞，拿到的那几张舞票就够好些天的生活了。所以她早上要去报社上班，交上篇稿子，晚上再去当舞女。当舞女还有一个好处，就是同那里形形色色的人跳舞，从他们的口中获取大量的新闻与写作上的素材。这篇《舞女的泪》就是从他们口中挖出来的。

林益文说："你去舞厅，报社的老板勿计较？"

施惠雯说："计较啥！我只是挂个名，勿拿报社的酬金的。我是写稿为主，拿的只是稿酬。所以我去舞厅或者去别的地方，报社也从来勿管。报社的总编和社长倒希望我在他们那儿当个固定的记者或编辑，但那样做，我就勿自由了。况且我这个女人爱花钱，报社舞厅两头都做，钞票要比单做一份事体赚得多了。穷苦的日脚我是勿想过的，所以钞票能赚得动的辰光就尽量赚，到赚勿动了再讲。人活在这世上要尽量让自己过上好日脚，享受一天算一天，享受勿到了，你也只好认命了。当然昧心钞票我是绝对勿去赚的。益文阿弟，你听懂我的意思了哦？"林益文知道，她的意思是勿会出卖自己的良心与肉体。说着，她一看手腕上的小手表，说："喔哟，益文阿弟，我要去舞厅了，到辰光我请你吃饭，你帮我把棕绷床搬上去好哦？"

林益文帮施惠雯把棕绷床搬到二楼的亭子间，亭子间勿大，大约只有十平方米，但却布置得很温馨，还有两个小沙发，一张写字台，一个茶几，蓝色的绸窗帘，红色的花瓶里还插着几朵蓝莹莹的花。林益文放下棕绷床，想往床头的横档上放，但她说："益文阿弟，我自己来。"

"那我下去了。"

林益文转身要下楼时，她媚媚地一笑说："勿要忘记写稿子噢。"声音嗲得勿得了……

第十八章

　　住在兴盛里 15 号前客堂间的,是一位在北四川路开着一爿很小的南货店的人家,夫妻两个开店,在家操持家务的是老板娘的姆妈,也就是老板的岳母,这栋房子里的人都叫她牛家阿婆。估计老板娘姓牛,而她的夫家姓李,大名就叫牛李氏了。但大家还是叫她牛家阿婆。

　　牛家阿婆是个嘴很碎、很是非、很多事的老太婆,好像自己的女婿女儿开着爿南货店很有点了不起似的,对周围的人都有点看勿起。哪怕是比他们家家境好的,她也总要找出不如他们家的弱点来。对谁她都看勿上眼,然而奇怪的是,她对林益文却非常友好,说这个年轻人长得既英气又文气,蛮讨人喜欢的。老女人也喜欢英俊的年轻男子,也好色呢。

　　她发觉这两天,亭子间的施惠雯对林益文很热情,于是,有一天她在外面乘凉时,对林益文说:"阿文,你要当心点亭子间的女人,勿要上当,她这只老母鸡想吃你咯童子鸡呢。"其实施惠雯只比林益文大两岁,也没有结婚,根本称勿上是"老母鸡"。对牛家阿婆的好意,林益文也很拎得清,他一笑,说:"牛家阿婆,我晓得咯。"她又提醒说:"阿拉阿珍,"指她女儿,南货店的老板娘牛玉珍,"他们两口子的床就贴着你的楼道间,只隔了一层木板墙,你是个年轻小伙子,千万勿要听床晓得哦?听听你自己也会熬勿牢咯。"

她说的是事实,她女婿与女儿的床就紧贴在木板墙边上,牛家阿婆的床是在对面窗口下房中间,挂了条布帘子。每天晚上基本上是这样,木板墙那边会响起嘎吱嘎吱的声音,还能听到牛玉珍那克制自己不叫但又勿能勿叫的那种嘿嘿声。林益文知道这对夫妻在做什么,但林益文晓得自己也没有出现过牛家阿婆说的那种"熬勿牢"的时候。

有一天夜里,外面在哗啦啦地下着雨。雨还勿小,天气凉爽了一些,林益文就坐在楼道间的十五瓦的电灯泡下,把过去写的诗与散文整理了一下,挑了三首诗两篇小散文。第二天一早,等施惠雯下楼时给了她。施惠雯妩媚地一笑,说:"好,我试试看。"意思是她推荐上去试试看。林益文就说:"那就谢谢惠雯姐。"

林益文一直等着施惠雯的消息,在等消息的那些日子里,林益文颇受煎熬。夏天在悄悄过去,秋天又显露在眼前了。陈舒媛没有来,吴灵芝也没有来,两个"阿姐"的话都似乎靠勿住。娘舅章立祥讲过,人活在这世上,靠别人都是靠勿住的,还是要靠自己。自己的事体还得靠自己来做,这就是人活在这世上最基本的道理。但人不能孤零零地一个人活在世上,只靠一个人是活勿下去的,总还需要别人有意无意地拉一把,所以有人能来帮你撑你的时候,那就是机会。机会有时是要等待的。那些天,施惠雯似乎有意不同林益文打照面,早上下楼也是轻手轻脚,猫一下就溜出了灶火间。中午她休息,林益文在上班,根本见勿上,但傍晚时她也溜得很快,仿佛林益文没有给过她稿子似的,弄得林益文很闹心。

有一天晚上,林益文打完烊回来,施惠雯也喜气洋洋地回来了,她手中拿了两份《时事报》,拍在林益文的手上。林益文立马就知道是自己的散文或诗歌发表了,于是心中一阵惊喜,几乎整个世界都为之变样了,变得光明灿烂了。林益文翻到四版,自己的三首小诗居然都登了,他激动得眼泪都快流出来了。虽然自己的文章或诗在杭州的小报上也登过,那毕竟是杭州的小报,可这《时事报》是上海滩上很有点影响力的大报啊! 此时,林益文的心情就像秀才中了举人一样。

"谢谢惠雯姐,谢谢!"

"我们报副刊的徐主笔说,这位林益文先生很有点灵气,文字也很流畅清秀,他的那两篇小散文我也准备登。益文弟,恭喜你啊!"

林益文兴奋而感激地说:"惠雯姐,你为我做了一桩好事体,我真的是感激不尽。"

那几天林益文一直沉浸在喜悦中,他觉得施惠雯是他的大恩人。接着没几天,他的两篇小散文也先后登出来了。林益文也觉得自己蛮了不起的。

树叶黄了,风有些凉了。在一个绵绵秋雨的傍晚,他刚前脚踩进兴盛里15号的灶火间的门,施惠雯也后脚到了。

"益文弟,"她叫得很亲切,"你等一等。"说着她从手提包里掏出七块大洋说:"来,这是你的稿酬。主笔说寄给你,我说寄还要去邮局拿,他下班的时候,邮局也下班了,还是我带给他吧。"

林益文接过那七块大洋说:"惠雯姐,今晚我请你去吃饭吧。"

"勿!"她说,"我在状元楼上订了几样小菜,等一歇就送过来。我们就在亭子间里吃哦。我们好好庆贺庆贺,今晚我舞厅也勿去了,饭店里太嘈杂,还不如点点菜送过来吃,我有许多话要同你说呢。"

林益文说:"那好,下次我还席好了。"

深秋时分,白天已变得越来越短了,到下午五点多钟天就暗下来了,只看到雨丝在黄幽幽的路灯光亮下粼粼地闪亮。不一会儿,状元楼饭店的伙计就提着一个竹箱篮来了。林益文也进了施惠雯的亭子间,原来堆着书报的写字台收拾得很干净了。亭子间太小,摆不下张八仙桌。如果摆上八仙桌,整个亭子间就没有空间了。施惠雯只摆了张写字台,人还有空间可以走动。伙计打开竹箱，排出了六样菜肴，三荤三素，煞是好看。

伙计走后，施惠雯打开瓶葡萄酒说："无酒不成宴，喝点好哦？"

林益文点点头，说："在我们杭州主要喝黄酒，白酒和葡萄酒很少喝。"

施惠雯说："黄酒要温一温才好喝，太麻烦了。"

林益文说："惠雯姐，你误解我的意思了，我是说今朝喝葡萄酒好，喜庆。我以前很少能喝到的。"

施惠雯把蓝色的窗帘拉了起来，然后脱下外套，只穿一件黑底红花的短袖旗袍。她长得很丰满，圆鼓鼓的乳房很优雅地耸在胸前，很性感。在灯光下，林益文发觉施惠雯特别美，这大概与他的心情有关吧。

"益文弟，来。"施惠雯拿起斟满红葡萄酒的酒杯说，"第一杯一定要干，祝贺你的成功。"说完她一口干了。

"谢谢惠雯姐。"林益文也举起杯，也一口干了。

两人喝下几杯酒，脸色都变得红润起来。林益文看施惠雯，觉得她这时真的特别美，是那种典雅的气质上的美。施惠雯看林益文，也觉得他格外的文气与英俊。

施惠雯对林益文说，她们家在湖州那儿也可以算得是书香门第了，曾祖父当过两任知县，后来家道中落，到她生下来后，家庭的经济已是相当拮据了。可她父亲还坚持要让她上学受教育，说是不让孩子受点教育不但误了孩子的一生，还会误了他们的下一代！虽说家里只有她这么一个女孩，但她父亲说，现在是民国了，女孩子上学的多得很，当个才女有什么不好。受过教育的人与未受过教育的人是不一样的。你看看那些不识字的女人，年纪一大，满脸的褶皱不说，那双眼睛也是没有了人气，而读书识字的女人，到老了还是那么精神，那么有气质，绝对勿一样的。所以她父亲尽家中的一切供她，让她在上海读到女中毕业。她母亲在她十岁时就因病去世，父亲没有再续女人，因为家里经济条件实在太差，但供她上学的意志，父亲却坚定不移。她父亲一直撑到她女中毕业，也一病不起。父亲临死前，让她到苏州去找她姑姑，还给她姑姑写了一封信。办完父亲的丧事后，她很快回到上海。本来也想在姑姑家多住两天,但姑姑对她一直是不冷不热的,反而是姑父对她倒蛮好。但姑姑还是下了逐客令,说:"赶快回上海找份工作做哦,现在的女孩子找工作好找,有些地方的生活是只要女的不要男的,漂亮小姑娘就更有人要了。""我阿爸的丧事一办完,我就连夜赶回了上海。"说到这里,施惠雯的眼圈就红了,"益文弟,你听听,这就是一个姑姑对自己的侄女说的话,是亲姑姑哦!来,喝!"

林益文很同情地叹了口气。施惠雯说:"生活在这个世界上,谁都靠不住啊!别以为什么亲人不亲人、亲戚不亲戚,都靠勿牢。益文弟,你怎么会来上海的?上海有亲人哦?"

林益文摇摇头说:"没有。"他也趁着酒兴把自己的身世大致讲了一下。

"这么说,你的亲生父母是谁,你都不知道?"

林益文点点头,说:"我的养父养母也勿晓得,把我抱给他们的那个女人怎么也不肯告诉他们,只说你们想领养就领养下来,你们要不想领养,我就去给别的人家。她只告诉他们,这个小孩是两个大户人家的孩子,这孩子为什么要送人,你们自己想去!"停了下,林益文又说,"我估计我是个私生子。不过我的养父养母待我像亲生儿子一样,我是长大后才知道的。开始的那些年,我一点这种感觉都没有,还以为是他们亲生的呢。"

施惠雯也长叹一口气说:"唉!我们是一条藤上的两颗苦瓜啊。来,再喝一杯吧。"

施惠雯已有了点醉意,林益文也觉得自己的耳朵在嗡嗡地响。

"益文弟,我想,你肯定是个大户人家的私生子,要勿,哪能这么有才呢?那个在上海开丝绸行的老板,说勿定跟你有啥关系,要勿,为啥这么关照你?"

"我也勿晓得,我现在越来越觉得人活在这世上,就像做梦一样。"

"对,所以说人生如梦。益文弟,来,今晚我们来个一醉方休。你要真喝醉了,就睡在我这儿吧,我这张床大,两个人睡得下的。"施惠雯眯着醉眼说。

林益文听了这话,顿时吓出了一身冷汗,呆愣了好一阵子。

"益文弟,你怎么啦?"

林益文放下酒杯说:"惠雯姐,天很晚了,洗洗睡吧,明天我们都还要上班呢。惠雯姐,谢谢你的酒。"说着立马打开亭子间的门匆匆地下了楼。而楼梯口那个牛家阿婆正探着脑袋,竖着耳朵在偷听,一看林益文下楼了,忙闪了回去,进了前客堂间的门。

林益文走进楼道间,坐在床上,那颗心还在怦怦地乱跳。

第十九章

牛家阿婆让林益文不要偷听她女儿与女婿的房事，但两间房只隔了一道木板墙，本来就是隔影不隔音的事体，你勿想听也只能听，听惯了自然也无所谓了。她女儿与女婿知道，隔着一层板还住着一个人，自然做起来十分小心，但一时兴起，也忍不住发出些动静来。施惠雯明明只是让林益文上亭子间吃顿饭，老太婆却探出脑袋在那儿偷听，对自家屋子里的事是严防死守，而对别人的事却想千方打听。后来林益文发觉上海这样的老太婆还真不少呢，都是闲得心烦，总想打听到一点刺激的事情来，好让自己兴奋上几天。

第二天清早，施惠雯下了楼，轻轻敲开楼道间的门，小心地说："益文阿弟，我还可以这样叫你哦?"

林益文忙说："惠雯姐，昨天阿拉两个人都多喝了一点，我有啥不当的地方倒要请你原谅，我毕竟是当阿弟的呀。"

施惠雯说："勿是咯，是我这个当阿姐的说话有些造次,你千万勿要当回事。"

林益文说:"阿姐讲了些什么,因为酒喝得有点多,我都记勿得了。"

施惠雯说:"那好,那我就上班去了。你要有稿子还交给我,噢?"

林益文看着施惠雯扭着柔柔的腰肢走出灶火间,他也赶紧起床,心想当时自己听施惠雯那么一说,首先想到的是牛家阿婆那句"老母鸡吃童子鸡"的话,吓出了一身冷汗。有时候外界的舆论也是很可能会左右自己的想法与行为的。周围的舆论怎么样,是会影响一个人的人生选择的。他起床刷了牙,正准备出去吃个早点,再去纸行上班。吴灵芝突然来了,笑嘻嘻地说:"益文弟,你可以去店里请半天假哦? 我们家老爷想见你。"

"你们家老爷想见我?"林益文很吃惊。他这才想起两个多月前吴灵芝说过的话,心里突然一阵惊喜,他看到吴灵芝那笑嘻嘻的模样,知道肯定是好事。吴灵芝告诉林益文,乔老爷到外地办事,一直没有到常青路56号这边来过。昨天晚上才回来看看进士老爷的三姨太,乔老爷叫她三妈,但很少叫,只是见了面叫一声,告别时叫一声。吴灵芝说是在吃晚饭时,她说起了林益文的事。梁姨太就说:"阿中啊,那个年轻人长得太像你了呀,活脱脱是你小辰光的样子,连声音、走路的样子也像。"

乔老爷说:"噢,我也想起两个月前他来给送绸缎,我见了也觉得很像。怎么啦?"

吴灵芝说:"太太的意思是想让他到我们府上来做,但管家老爷说要等你示下才能定。"

梁姨太就说:"阿中,让他来当我阿弟的下手吧,阿弟管的事太多,也忙勿过来。再说,我真的蛮喜欢咯个年轻人的。"

吴灵芝说:"老爷,管家阿爷真的太忙,让他过来哦。"

乔居正对灵芝一笑,似乎看穿了吴灵芝的意图似的说:"好哦,明朝早上你领他来见我,我就在这儿住一夜。"

梁姨太说:"灵芝,快去把老爷要睡的床和房间收拾好。"

"好咯! 好咯!"灵芝飞也似的上楼去,收拾二楼那间预备着给乔老爷过夜的房间去了。

林益文上纸行请了半天假,跟着吴灵芝到常青路56号去了。乔居正看看林益文,林益文也看看乔居正,在场的梁姨太、梁立群管家都觉得两人长得太像了。

"你叫什么?"

"林益文。"

"是本家。"梁姨太说。

林益文看看乔居正,又看看梁姨太,觉得很奇怪,他姓林,老爷姓乔,怎么会是本家呢?

"老爷原名叫林治中,辛亥革命时改名叫乔居正的。"梁姨太说,看了乔居正一眼,乔居正明白梁姨太的意思,说:"你们想让他留下来当立群的下手?"

"是这个意思。"梁管家说。

乔居正又问了一些身世上的事,林益文把自己所知道的一五一十地都说了。生母不知道是谁,但林益文的名字是生母起的,养父刚好也姓林。

"你在大祥丝绸行的账房里做过?"乔居正问。

林益文点点头。

乔居正沉思了一会儿,林益文当然不会想到,乔老爷心中也涌上了许多想法。他想起自己同陈碧茵小姐的那次幽会,这个林益文会不会是他俩的小孩呢? 约会后他离开了双林庄,到南方去投奔了革命党,回来后听说那年的七月份,那日脚是他与陈碧茵约会后的三个月,陈碧茵突然失踪。他想到这些,心里突然颤抖了一阵。乔老爷看着林益文,想了很长时间,大家都觉得有点奇怪。这时乔居正叹了口气,说:"留在这儿给立群当个下手当然好。但这孩子知文识字,又在大祥丝绸行的账房里做过,我看这样吧,大祥丝绸行已成为我们家的居正丝绸行了,店里的店员基本没有动哦?"

"好像没动。"管家回答。

"让他在我们家做个佣工,有点埋汰人才了,让他去居正丝绸行,继续做他原先在账房里做的事。我们的那个老账房也该有个帮手了,老眼昏花的,手脚慢勿讲,还老出错,我早就想给他找个年轻点的帮手。你们看,这不是现成送过来的账房吗？那时月薪多少？"

"三块大洋。"

"给他五块，就这样，定了！我还有事，立群，这事你去办！"

那天很怪，早上时天阴阴的，还下着绵绵细雨，但不一会儿就云散雾开，露出了碧蓝碧蓝的天，这真是意想不到的事。梁总管让林益文先去辞掉纸行的工作。梁总管中等身材，长得蛮壮实，也很英俊，办事一件一件做得很有条理，稳扎稳打，而且也很懂规矩，对人不卑不亢，像个书香大家的管家，身上很有点儒气。他说："如果纸行缺人手，你可以再做上一些日脚。寻饭碗的时候千求万求人家，但要走了，连声招呼也勿打就走了，会让人家为难的，这不是我们这样的人做人的道理。"

纸行的闵老板倒也不怎么留，说："可以咯，可以咯呀。在我们这样的纸行店里做，也只能混口饭吃吃，既然寻到好生活另有高就了，那是好事情呀。"闵老板还吩咐账房，勿到一个月，酬金按满月给。林益文很是高兴，千谢万谢了一番。

梁立群知道后，第二天就亲自领着林益文到了居正丝绸行。门面还是原来的门面，店员基本上也是原来的店员，只是牌号换了。当然詹先生肯定不在了，他其实不但是账房，还是这爿店的主管。那时他在店里虽有股份，但是毕竟是个打工的。据说陈家的丝绸行关门了，詹先生的股份，陈家还是如数让他抽走了，说詹先生五十几了，攒几个钱不容易。我们陈家的丝绸生意做亏了，自己担着吧，乡下总还有一大片的土地可以顶着，不要苦了他老人家。詹先生自然也很感激，用抽出来的资金在虹江路上开了爿杂货店，自己真正做起了老板。

居正丝绸行店堂里的柜台布局做了些调整，但大致模样没有变，账房间还是老样子。店员们一看梁立群领着林益文来了，开始都有些奇怪，后来有个店员说，这有啥奇怪咯。那时他也只是个账房里做的小伙计，跟自己当店员一个样，虽然牌号换了，但我们依然做着丝绸行的店员，也没变没换，为啥林益文就勿可以回来，重新坐自己原来的位置呢？天下人不都是出来混饭吃的吗？

账房老先生姓冯,叫冯武炎,是乔居正老爷从乡下带来的。五十出头,背有些驼了,人也很瘦,还留了几根稀疏的山羊胡子,戴着副眼镜,挂在鼻尖上,看人时翻着白眼看,但人却很热情,很爽朗,也很健谈。梁管家把林益文介绍给冯先生,冯先生第一句话就是:"喔哟,哪能就像是乔老爷年轻时的样子么,太像了,太像了。"他问梁管家:"乔老爷的儿子? 侄子?"

梁总管说:"你真是老糊涂了,乔老爷只有一个儿子,乔子良。乔老爷也只是进士老爷的独苗,哪来的侄子?"

冯先生摸着山羊胡子说:"喔,喔,明白了,明白了。"

梁总管哭笑不得地看着他,心想,你明白什么了?

梁总管真的是个很能办事的人。当天下午,他就重新租回了祥福里25号那栋石库门房的东厢房,雇人重新收拾了一下,生活上的事也一一都为林益文安排妥当了,然后又塞给林益文两块大洋说:"这是你搬家的费用,早点弄好早点上班。我要告诉你,这爿店老爷也叫我管,店里有啥事体,你可以直接找我,晓得哦?"

林益文接过大洋,点头说:"晓得,谢谢管家老爷。"

"勿要谢我,你要谢,就谢乔老爷。那就这样。"说着,他招了一辆黄包车,迅速地跳上车走了。这个人办事果断而利索,确实是个当管家的料。天色渐渐地暗将下来,林益文也要了辆黄包车回兴盛里,心中感到了一阵阵的喜悦。他感到人生真的就像做梦一样。

第二十章

　　乔居正的贴身跟班宋茂昌,中等身材,五十来岁,十分精明,还有一身的武功。他在社会上的交际也十分广泛,上至原先的上海督府,现在市政府的人,下至地痞流氓,无所不交。他对乔居正忠心耿耿,乔居正让他办的事,可以说基本上都能办成,有的还办得很好。乔居正对宋茂昌十分信任,宋茂昌成了他身边一个不可或缺的人。几年前,他就派宋茂昌去双林庄打听陈碧茵是在哪年哪月失踪的,失踪的原因是什么?总之,有关陈碧茵的信息都要打听,越多越好,越详细越好。不久,宋茂昌回来了,告诉乔居正,陈碧茵是在那年的九月失踪的,失踪的原因是有了身孕。陈怀海老太爷知道后,大发雷霆,让他的儿子陈嘉禄设法寻找回来,立即处死。陈老太爷不但让陈嘉禄派人去找,而且他还亲自派身边的人去找,只要找到陈碧茵就有赏,但一直杳无音讯。在陈老太爷临死前,突然对陈嘉禄说:"把那孩子带回来,让他姓陈,继承我们陈家的香火。嘉禄,我知道你是不会有孩子了,不孝有三,无后为大,你这是不孝。你要真孝顺我,就一定要想办法把碧茵的孩子找到。让他继承我们陈家的香火,因为这孩子怎么说,身上也有我陈怀海的血脉。"陈嘉禄答应说:"是!我一定设法把他找回来。"陈老太爷死后,家里有些人都知道,陈碧茵就是陈嘉禄帮着逃走的,现在陈碧茵与小孩在什么地方,谁也不知道。

乔居正算了一下时间,心里就明白了,那个孩子是自己与陈碧茵的,至于是儿子还是女儿,不知道,是不是林益文,那就更不能肯定了。乔居正想,如果是真的,那当然好;如果不是,那也没什么,看上去这个林益文精明能干,是个人才,能用这么个人,那也不错啊。这世上不是有认人做干儿子的吗?何况林益文同自己长得这么像。

乔居正留洋不到三年,但西方人的生活习惯就带回来了,养成了早上起来,喝杯咖啡,点上雪茄,然后翻看报纸的习惯。那些天在《时事报》上看到林益文的诗与文章,他就让宋茂昌到丝绸行去问林益文,林益文对宋茂昌说是他写的,怎么啦?宋茂昌说是乔老爷让他来问的,林益文说:"是我写的,但是是利用晚上空闲的时间写的。"宋茂昌说:"乔老爷只是让我问问,没别的意思,益文你别误会了。"宋茂昌把这话回了乔老爷,乔居正心中很受用,他乔居正是个爱才的人,点头说:"想勿到林益文还有这方面的才能,看来我是用对人了。"

第二天一早,林益文先把祥福里25号那栋石库门房的东厢房收拾整齐,他与张佑福、张佑荃走后的那几个月,房间一直没有住人,因为居正丝绸行也准备要用,房租照付。林益文把房间打扫干净后,就想起来张佑福、张佑荃,觉得他们在一起过的日子真的还算不错,他倒有点儿思念这堂兄弟俩,张佑福与露珠姑娘到乡下去,不知过得怎么样了。

林益文打扫好那间东厢房,就准备回开家桥路兴盛里15号去搬行李。林益文是坐有轨电车回到兴盛里的,林益文走进弄堂口时,见到弄堂口有十几个人围在一只垃圾桶周围。林益文伸头一看,只见一个拾垃圾的背着破竹筐,坐在地上,掰着右脚,右脚掌上鲜血溢流着,原来是碎玻璃把他的脚掌划破了,拾垃圾的人正在一点一点拔着插入脚掌上的碎玻璃碴。

有个女人说:"快,到医院里去拔呀,你自己这样拔是拔勿干净的,碴子太小。"

又有一个大嫂说:"是呀,快去医院哦,把血冲冲干净,要用镊子拔咯。"又有一个阿婆说:"到医院去是要钞票的,一个拾垃圾咯人,哪能舍得啦。"又有一个大嫂说:"来,大家一文两文地凑凑,送他去医院。"她伸出那白嫩嫩的胖手,去接那些递过来的角子钱。

弄堂里的上海人都是一些喜欢轧热闹的,于是这里满满堂堂地围了一大群人,其中也不乏一些喜欢表善心的热心人。那些小市民抠起来是抠得勿得了,但要做起善事来,也会是很热心很大方的,让人蛮感动的。林益文心情也很好,也拿出两只镍角子,放在那位大嫂白嫩的肥手上。大嫂喊:"够了,阿毛头。"一个又壮又粗的汉子摇出来:"阿林嫂,有啥事体?"

那个叫阿林嫂的说:"用你的黄鱼车把这个人拉到河滨桥边上的新广益民医院去!"

回到兴盛里15号,林益文感到有点为难了。这房子是陈舒媛小姐为自己租的,房租倒好办,让二房东把租金还给陈舒媛好了,但自己对陈舒媛这么不辞而别似乎有些失礼。林益文整理好行李后,写了张条子贴在楼梯口,条子上写着"要找林益文请到大马路居正丝绸行或到祥福里25号"。

林益文找到二房东,二房东是个镶着两颗金牙,胖胖的四十多岁的女人,她忙说:"喔哟,刚好呀,陈小姐付的租金刚好够半年的呀,你只管走好啦,等陈小姐来了,我会跟她说的呀。"

林益文走出弄堂去叫三轮车,拾垃圾的人送去医院了,但聚集着的人还没有散,他们不知是在等什么。这时骑着黄鱼车的阿毛回来了,得意扬扬地笑着说:"好了,没有事情了。"大家这才放心地散去。林益文在弄堂口招了一辆三轮车,装上行李,直奔大马路而去。

林益文从此又开始了原先的生活,收钱的方法有了改进,店员用不着拿只筐子装上钱用绳索拉来拉去,而是改成电动的了,只要小开关一开,绳索就会自己牵动起来,把筐子送进账房的小窗口。丝绸行的生意比起纸行来,真的是要忙得多了。林益文觉得自己好不容易又有了这份工作,乔老爷又如此器重,每月有五块大洋的工钱,比当一个小学老师都要多一块大洋,小学教师是什么人,文化人呀。乔居正为啥要如此地关照自己呢? 就因为他同他长得有点像? 但天下长得像的人多着呢……

天气渐渐地冷了下来,一场秋雨后,四下里已是深秋的景象了。有一天梁总管来到店里,他视察一番后,问林益文说:"乔老爷让我来看看,顺便问问你,生活上有啥困难哦? 要是有,尽管讲。"林益文忙说:"谢谢老爷这么关照我,我只有好好做生活,来报答乔老爷。"梁总管点点头又对冯先生说:"冯先生,乔老爷有吩咐,你年岁大了,账房里的事可以让林益文多做一点,啊?"冯先生翻着眼睛说:"可以,可以,咯咯小伙子做生活做得勿错,这些日脚来,没有出过一文钱的差错,你回去告诉老爷,让他放心好了。"

那天晚上,天上正下着毛毛细雨,林益文回到房子,他刚一进门,就听到敲门声,他打开门一看,一张熟悉的脸出现在自己眼前:张佑荃。

林益文说:"张佑荃,你怎么来了?"

张佑荃说:"我看到你又在账房间里做了,丝绸行勿是换了招牌换了老板了吗?"

林益文看到张佑荃后也很高兴,把情况前前后后讲一遍。张佑荃说:"益文哥,你真是好福气呀,碰到的都是贵人。"林益文问张佑荃的情况,张佑荃说:"益文哥,你又在这儿的账房间做,是詹先生告诉我的。那次三匹绸缎的事勿是我做的,但詹先生还是把我赶出店里。现在他也很过意不去,我还是他的一个远房亲戚推荐来的。我回到乡下后,实在过勿惯乡下人的那种生活。上海这个地方也就是怪,只要过上些日脚的上海生活,就觉得啥地方都不如上海的生活好。所以我又回上海了,到处给人家打短工,虽然赚的钱只够喂饱肚子,但同乡下喂饱肚皮是勿一样咯。上海的小笼包、生煎馒头、锅贴、大饼油条豆腐浆有多好吃,比乡下天天吃咸菜糙米饭稀粥要强多了!"

林益文又问张佑福的情况,张佑荃摇头说:"勿好,还没领进门,就被他父母打出来了,他阿爸说,我们也是个清清白白的好人家,你领个婊子来辱没我们的家门啊? 我送你去上海是去找生活做的,希望你能在上海立稳脚跟,像模像样地做个上海人,也光耀光耀我们张家的门面。你到上海,脚跟没有立稳,却领了个婊子回来,打不死你! 张佑福只好又拉着露珠回到了上海,住在一间棚户房里。没几天,露珠姑娘又跑回原先那个院子里去了,她在乡下也吃勿起那个苦。"林益文也很感慨地摇着头说:"我想了,男人勿能太早寻女人,等自己立稳了脚跟,端牢了饭碗,再去寻女人成家,女人有时你去白相白相也勿勿可以,但都不能当真。"

张佑荃说:"益文哥,你是个有文化的人,我看你就勿白相女人。"

林益文说:"我勿是勿想女人,到我这年纪勿想女人是假的,但白相女人是要担风险的。我晓得自己是个怕担风险也担勿起风险的人。张佑福现在呢?"

张佑荃说:"跟我一样,也在帮人家打打短工。益文哥,我现在想想真是后悔死了,人有时候勿能太仗义,那时每月有三块大洋的工钿,还有不少的饭贴、车贴,做的生活也没有在乡下的重,吃香喝辣的。结果仗义了一回,生活弄丢了,自己的生活比以前还勿如。佑福哥呢,露珠没有看牢,自己的生计也成了问题,父母那边也再回勿去了。"说着,长吁短叹的,眼里还噙着泪花。

林益文想想,觉得自己是够庆幸的了。他想起了陈舒媛,想到多亏了娘舅章立祥,还有乔老爷他们,比起张家兄弟,自己真的是要好多了,人的命就是不一样的啊!

"益文哥,我看店里厢的店员还是老样子,你能勿能帮我跟老板讲讲,我再回来当学徒?"

林益文说:"店里厢人手是有点勿够,要送货的人一多,就拉勿开栓了,只好等到第二天去送,顾客有点勿高兴。店里是需要人手的,我试试看哦。"

张佑荃高兴地一鞠躬说:"那就谢谢益文哥了。"

林益文听说外地军阀们在打仗,但上海这块地方却显得"国泰民安",生活过得红红火火,歌厅、戏院、饭店灯红酒绿,里面也挤满了那些笑逐颜开欢天喜地的红男绿女们。大马路上的商店里人来人往,熙熙攘攘地扎满了人,人在上海,你就会感到,这个世界怎么会有这么多的人啊!

丝绸行的生意火爆,人手真的是太缺了。

　　有天下班的辰光,梁总管又来检查店里与生意情况。林益文想了想,就把张佑荃、张佑福的事禀报给梁总管说:"以前就在行里做过学徒的,手脚很利索。"梁总管说:"我也正在物色人呢,既然以前在这里做过,那就来吧。乔老爷说过,有些店里厢的事体,你也可以做主。"

　　林益文说:"总管老爷,乔老爷就是这么说说,我哪能敢啊。大事小事总还要请总管老爷的示下。"

　　"这两个人的手脚干净哦?"

　　林益文把以前发生的那三匹绸缎的事讲了一下,总管老爷说:"看来你们还都蛮讲义气咯,啊? 那就这样,这个张佑荃可以用,张佑福不能来。你要晓得,乔老爷是最恨嫖女人的人的,他儿子乔子良少爷又跟那个叫露珠的婊子黏上了。"

　　店里的规矩是很严的。一天下午,乔子良领着露珠姑娘来看绸缎,露珠姑娘从账房的小窗口看到林益文,便对林益文一笑说:"益文哥,你也回来做啦。"林益文在窗内笑着朝她点点头。露珠姑娘要了几样绸缎样子,说:"送到黄河路98号黄先生的店里去。"

　　店员们知道乔子良就是这家店的老板的少爷,但还是说:"送货可以,但把账先付清,勿然我就要担肩胛。"

　　乔子良说:"记在我账上。"

　　店员说:"少爷,你在我们店里没有挂过账号,哪能记?"

　　乔子良说:"那现在就给我挂个我乔子良的账号。"

　　店员说:"那要老板同意,或者总管老爷同意才行。"

　　乔子良说:"出呐娘逼,你勿想在店里做了是勿是啊?"

　　店员说:"我是很想在店里做,才这么得罪你少爷的。否则今朝下班就会让我走人!"

　　乔子良冲着账房的小窗口喊:"喂,那个叫林益文的,你给我记上账,听到了哦?"

　　林益文说:"少爷,我可勿敢啊。"

　　这时,一辆轿车停在门口,乔子良一看是乔老爷的车,宋茂昌下车去开车后面的门,乔子良赶忙拉着露珠的手逃之夭夭了。

乔居正并没有看见乔子良,他笑眯眯地步进店堂。他后面跟着宋茂昌,一副神采奕奕的样子。宋茂昌把头探进账房间说:"冯先生,你先帮林益文收收账,老爷想同林益文说两句话。"

林益文立马走出账房间,恭敬地朝乔老爷鞠了一躬。

乔老爷说:"找个地方说话吧,这里不方便。"

宋茂昌说:"林益文,你住的房间里没有人哦?"

林益文说:"现在只有我一个人,没有其他人。"

他们进了祥福里25号林益文住的房间。乔老爷看着房子不大,但收拾得很干净,床头柜上还堆几本书与一本英语词典,还有一叠报纸。乔老爷翻了翻书和报纸,似乎很满意。林益文把房子里唯一的一张竹椅给乔老爷坐,自己与宋茂昌坐在床沿上。

乔老爷说:"林益文,你晓得有一个叫苏月菊的女人哦?"

林益文摇摇头。

宋茂昌说:"听到过哦?"

林益文还是摇摇头。

乔老爷说:"你都勿晓得啊?"

林益文说:"勿晓得。"

乔老爷想了想,沉默了一会儿,叹了口气说:"益文,那你回去做你生活哦,刚才我问你的话顶好勿要跟别人讲。"

"勿会咯,老爷。那我去账房间了。"林益文说完出了门。

乔老爷说:"去哦。"又回头对宋茂昌说:"茂昌啊,你一定要想办法给我找到苏月菊这个人,她做过陈老太爷家陈碧茵小姐的贴身丫鬟。"

宋茂昌点头说:"老爷,我一定尽力而为。"

乔老爷说:"你再去趟双林庄。"

宋茂昌说:"好咯。"

乔老爷说:"我们家那个叫顾阿毛的船工还在不在?"

宋茂昌说:"还在,大太太还有另外两位姨太太身体也都康健,她们出外办事,船工还用得上。"乔老爷说:"是呀,离开庄子好些年了,我也很想再回双林庄看看,给我母亲大人请个安。可惜这里的事太多,我那没出息的儿子不但帮不上忙,整天游手好闲,还不断给我惹事!你去双林庄后,再去一趟扶桑村、岙南村,这两个村水路怎么走,顾阿毛都应该知道。"宋茂昌一低头说:"晓得了。"

乔老爷说:"一定要给我打听到苏月菊这个人!"

"是!一定。"宋茂昌说。

乔老爷临走前,又到账房间来了一下,似乎很亲切很疼爱地对林益文说:"林益文,你要好好做,店里有些你该做主的事,你可以做主,哪个店员违犯店里的规矩,你就可以让他走人,但工钿要给足。人手缺了,要进人时,你看着合适,就可以进来做,事先跟梁总管打声招呼就可以了。冯先生,我的话听到了哦?"

冯先生忙点头说:"听到了,听到了。"

林益文忍不住说:"乔老爷,我太感激你对我的信任了。但我觉得我只要做好现在的这个生活就可以了,你说的那些,我是勿敢做的。"

乔老爷说:"这点权力我给你了,用勿用就是你的事了。"

乔居正很潇洒,长袍马褂,说完飘然走出店门,宋茂昌紧跟在后面。他们坐上车子走了后,冯先生有些纳闷地说:"益文兄,你同老爷是啥关系?我在乔家做了几十年了,从来没听说过他还有你这么个关系密切的人呀?"

林益文说:"冯老先生,我真的不知道我同乔老爷有什么关系,可没想到他会一下子待我这么好,只是有些人说我长得同乔老爷有点像而已。冯老先生,今后千万不要叫我益文兄,你五十几了,我才二十出点头,怎么敢让你称兄呢?"

"名字后面加个兄是尊称,不是辈分,古来有之啊。"冯先生把眼镜往鼻梁上推了推,脸上堆着一种莫名其妙的笑容,又埋头算起账来。

第二十一章

　　林益文最挂心的人还是陈舒媛小姐,她怎么到现在还没有来找自己呢? 他把自己现在做生活的居正丝绸行的地址与住的地址贴在楼梯口的楼梯柱子上,还交给了二房东太太一份,陈小姐一看就会明白他又回到原来的丝绸行与住的地方,只不过丝绸行的店牌改了,那也是她带他到上海后她安排的地方。

　　冬至一过,进入三九,天气越发寒冷了。那几天有西伯利亚袭来的寒流,上海一下子变得很冷。冯先生缩成一团,戴着露手指的绒线手套在打算盘。林益文毕竟年轻,扛得住寒,但贴身也加了一件棉背心。快过年了,丝绸行的买卖特别繁忙,太太、小姐、姨太太、姑奶奶都要做新衣裳,富商官员也都要做件绸缎面的棉大褂或者裘皮大褂穿穿。所以从清早起一直到打烊,林益文觉得连放屁的工夫都没有了,中饭也只是送上几只生煎馒头或者一碗馄饨,一面吃一面收货款找零头,他都感觉不到冷了,甚至额头还会冒出来一点油汗来。

天渐渐地暗将下来了，一个穿裘皮大衣的女人走进店里，问一位店员：
"林益文可是在这里？"声音特别嗲。林益文一听声音就知道是施惠雯。林
益文把脑袋探出账房间说："我在这里。"施惠雯说："你忙你的，我在店门口
等你。"说着，就出了店门。林益文也没说什么，他知道再等几分钟店就要打
烊了。

林益文领着在寒风中等了十几分钟的施惠雯到了自己住的地方，施惠
雯看看林益文弄得很整洁的房间，说："喔哟，比你的那楼道间勿晓得要好到
哪儿去了，比我住的亭子间的面积还要大。益文弟，你真是好福气呀。"

林益文说："我一来上海时，就住在这里，做的也是现在这份工作。"

施惠雯说："益文弟，你真是有福之人不用忙啊。"

林益文说："惠雯姐，寻我有啥事体哦？"

施惠雯说："来看看你呀，勿可以啊？当然顺便也向你约约稿。阿拉主
笔讲，快过年了，想把报纸都刊办得喜庆一点，让我约你写上两首诗，或者一
篇小散文也可以，我们主笔很欣赏你的文笔呀。"

林益文谦虚地说："见笑，见笑。"但他心里还是极受用，"不过惠雯姐，你
也看到了，我这里生意上也是忙得勿得了，以后吧，以后稍稍有时间了，我再
努力努力，写点东西再请你指教指教好哦？"

施惠雯又打量一下房子说："那也好，益文弟，你这间东厢房蛮宽敞的，
你这儿离我们报社近，离我们舞厅也近。要是我夜里舞厅下班晚了，我就到
你这儿来，歇一下脚可以哦？"说着朝林益文媚笑了一下。

林益文说："惠雯姐，可以倒勿是不可以，但过两天还有一个学徒工要搬
过来住。"

施惠雯说："你勿是在骗我哦？"

林益文说："是真的咯，勿骗你。"

施惠雯说："益文弟，我倒是在骗你。你勿要以为我是个骚女人、轻骨
头。其实我是真喜欢你，卖相好，又有文才，但我比你大两岁，我要动你脑
筋，人家就会讲老母鸡想吃童子鸡。我勿是那种人，我真的只是来看看你，
好了，我要告辞了。"

林益文忙说:"惠雯姐,我请你吃顿饭吧,是我回请你,这面子你勿会勿给吧?"

施惠雯说:"益文弟,看来现在你蛮赚得动的啰?"

林益文说:"每月五块大洋,还有一些补贴,请你吃顿饭总是请得起的。"

施惠雯说:"那好,去月牙楼,那儿小巧幽雅一点,离我去的舞厅也勿远。"虽然从居正丝绸行到月牙楼饭店,只要走十几分钟就可以到,但林益文还是要了辆三轮车。上车后,施惠雯的肩膀就贴在他的肩膀上,林益文想躲开,又怕伤了施惠雯的心。施惠雯却觉得很惬意,笑着说:"益文弟,你勿晓得,我听到你从兴盛里15号搬走,心里真的有点难过,好容易遇到你这么一个志趣相同的邻居,却突然离开了。但想到你有了这么好的一个事体做,又为你的前程感到高兴。益文弟,你的福气真好啊!"说着还拍了拍林益文的手背。

月牙楼是陈小姐最后请林益文吃饭的地方,这里清静幽雅,给林益文留下了很深的印象。

林益文让施惠雯点了几样菜,那几样菜,林益文也很喜欢,尤其是赤烧、百叶包等,林益文说:"这几样菜我也喜欢,喝啥酒?"

施惠雯说:"红葡萄酒,等一歇我就要去舞厅,勿能喝多,喝多了会失态咯。我们陪男人跳,自己的神态功架绝对勿能有啥闪失,勿然人家以后就勿请你了,还有人看你喝多了,就会趁机吃你豆腐,益文弟,今天哪能?"

"BOY"为他俩倒上酒,林益文手一伸,意思是:"请。"施惠雯端起酒杯摇了几下,抿了一口。林益文说:"惠雯姐,刚才你想讲啥?"

施惠雯说:"跟我一起到舞厅去开开眼界呀,今朝夜里你又没有啥事体。到上海来后,你舞厅没有去过哦?"

林益文摇摇头。

施惠雯说:"今朝我陪你跳,我又勿会要你的舞票。"

林益文一笑说:"惠雯姐,免了吧。"

施惠雯说:"你真是个乡巴佬,一个写得一手好文章的人,连跳舞厅这样的地方都没有见识过,算啥上海人啦,一点都放勿开。你看看上海的那些老克勒,五六十岁的年纪了照样放得开,穿花衣裳、跳舞、弹琴、喝酒,样样都能刷上一把。人生还是要懂得一点享受的。"

由于喝了点酒,施惠雯的脸颊红润润的。吃好饭后,她又打开她的挎包,拿出化妆盒,给自己补了一下妆。林益文发觉她确实长得蛮漂亮,是那种有点知识女性的典雅的美。她收好化妆盒说:"益文弟,你去换身衣裳,跟我一起去一次,大都会舞厅离这儿不多远。"

林益文说:"惠雯姐,谢谢你,我真的勿能去。我是要早睡早起的人,熬不得夜的,实在勿好意思。"

林益文的力拒也没有让施惠雯生气,她仍然笑眯眯地说:"那好吧。以后有机会我再带你去,好哦?"她是个有涵养的女人。

"好。"林益文说。

出了饭店,林益文招了辆黄包车,扶施惠雯上车后,自己就慢慢地走回去,拐进大马路。那闪烁着的红红绿绿的霓虹灯就像白昼一样,闪得人脸一黄一蓝,一红一绿,像魔鬼一般。虽是冬天,冷风飕飕,尤其是从黄浦江上穿过来的潮湿而寒冷的风,刺得人浑身打战。林益文想起了施惠雯说的那些挑逗自己的话,心想,施惠雯这位老阿姐,真的想吃自己这只童子鸡?难道世上真有这样的骚女人吗?

腊月廿六那一天,张佑荃就到店里来做了。他不断地谢谢林益文,说:"益文哥,你放心,我一定会好好报答你的。我晓得,做人就应该知恩图报,这是做人最起码的道理。"

林益文苦苦等陈舒媛不来,他觉得没什么希望了,陈舒媛却突然出现在林益文的眼前。

过完年后,天气开始转暖了,那时的上海四季是很分明的。立春过后,春意就会一天比一天明朗,太阳也总是那么笑眯眯地暖暖地照着碧绿的田野,照着爆出嫩芽的树枝。

年后,生意上都要清淡一阵子。似乎过年时,大家都把钱超额地花了一把,想吃的都吃了,想奢侈的都奢侈了,现在都不约而同地要收收骨头了。到打烊的时候,店里基本上没有顾客了。不像年前的那几天,到打烊时,买东西的人还在店堂里挤得满满的。

天气很暖和了,陈舒媛穿着旗袍,肩上披着条色彩鲜艳的羊毛披肩。

陈舒媛比林益文小五个月,都是属猴的,当时都只有二十岁刚出了点头。从气质上到美貌程度上,似乎陈舒媛比施惠雯、吴灵芝都要漂亮好多,而且也稳重许多。吴灵芝虽然她也漂亮,但土了点,粗相了点;施惠雯也可以说漂亮,但未免妖了点骚了点,虽然也透着点文气。有钱人家的小姐往往太娇气,爱发嗲,但林益文觉得同陈舒媛交往下来,没有看到她有什么撒娇发嗲的地方。她好像一直很稳重,性格也很爽朗。是什么就是什么,想做什么就做什么,不作秀,不矫枉过正,林益文感到自己更喜欢陈舒媛。林益文见到陈舒媛,感到特别亲切。陈舒媛走进店堂,问:"林益文在这儿吗?"

大多数店员都认识陈小姐,她是前老板陈嘉禄的女儿。中国似乎讲究一臣不事二主,这样的人才算是忠臣,才算有人品。做店员的,为了生计自然不讲究这点,但见了前店主的小姐,还似乎有一种内疚的心理。大家也就似乎很热情,证明自己并没有忘了前老板的关照,不想被人感到自己很势利,忙都热情地说:"在,在账房间。"

林益文听到陈舒媛的声音,探出脑袋笑着说:"舒媛小姐,我在这里,马上就打烊下班了。"

大马路上的人流也渐渐地稀疏下来了,天气也很晴朗。林益文帮张佑荃打好烊。陈舒媛说:"益文哥,我们上杨三生煎馒头店,吃碗馄饨,吃一顿生煎馒头哦? 回杭州那几个月,我一直馋上海的生煎馒头。"

林益文马上理解了陈舒媛的想法,也许现在陈舒媛的经济条件没有以前那么宽裕了,或者甚至可能有点拮据了,也有可能过年吃的油水太足,有点腻了。另外,不管她请林益文,还是林益文硬要付账,那几只生煎馒头的钱也真是老鼠尾巴上的脓血,只有点点,不会成为什么负担。陈舒媛是个很有心计的人。

那爿生煎馒头店也是全天候的,由于地段好,来往人流多,到晚上生意依然火爆。这几天,客流量少了,生意也暂时清淡起来,店堂里还有空位。林益文和陈舒媛找了个清静的角落坐了下来。陈舒媛告诉林益文说,经阿爸陈嘉禄在上海的朋友介绍,她在上海已经谋到了一份小学教师的工作,这他是知道的,就是离河滨桥不远的冠圆小学,连房子都租好了,在离他住过的祥福里不远的永宁里72号,租的是二楼的一间后厢房。她本想很快就回上海的,但阿爸在生意上失败,心情一直不好,一下就病倒了。她阿爸不会生育,所以他身边无子女。她原先姓赵,叫赵舒媛,是陈嘉禄的外甥女,陈嘉禄就把她收养当了女儿,改姓陈,叫陈舒媛。那时她才六岁,与陈嘉禄没有血缘关系,只是在外婆这一系上连了点亲,陈嘉禄待她像亲生女儿一样,甚至比亲生女儿还要好。

"所以阿爸病了,我得服侍他,一直到他痊愈了,我才回上海来。好在年过了,学校也刚开学,我也正好去上班了。今朝是礼拜六,一下班我就来看你了。其实我一直想着你呢。"她说,"益文哥,你勿要多心噢。"

林益文说:"我知道你肯定有什么事,在杭州耽搁了,我做啥要多心啦?我勿会多心咯。"

"还有,"陈舒媛说,"你在杭州立祥油纸店当学徒时,在那几个下雨天,你晓得我为啥要来找你,后来又让你到大祥丝绸行来到账房间来做,啥原因你晓得哦?"

林益文摇摇头,这也正是他一直想弄弄明白的事体呢。

第二十二章

毕竟还是初春,到夜里风就有点冷了,吃了碗馄饨和两只生煎馒头后,陈舒媛提议到咖啡馆去坐一坐,她说,要说喝咖啡还是上海,尤其大马路上的咖啡馆里的咖啡正宗。他们上次喝过咖啡的咖啡馆离生煎馒头店勿远,几步路就到了。他们要了间清静的小包间,林益文又要了几样干果,西瓜子、五香豆、香榧子、小核桃等,两个人似乎要长谈一阵似的。

陈舒媛呷了一口咖啡,告诉林益文,她阿爸陈嘉禄有个妹妹叫陈碧茵,长得不晓得有多漂亮。陈老太爷当然也宝贝得勿得了,掌上明珠。在陈碧茵十六岁后,来提亲的真是络绎不绝,但陈老太爷在择婿上就特别挑剔。所以一直没找到中意的人家,就这么悬着。可是陈碧茵在十七岁那年,跟丫鬟苏月菊一起去岙南村给苏月菊的母亲过五十大寿,回来两个多月后,就有点心事重重,愁眉不展。问她有啥事体哦,她只是闷声不响,到四个月后,一个有经验的老用人发觉,小姐的肚皮有点微微地往外鼓了,感到很吃惊。用人之间一传,先传到陈碧茵母亲的耳朵里,很快地也就传到陈老太爷的耳朵里。

陈老太爷开始不信,亲自到了小姐的房间询问,小姐知道这事瞒不住,就坦白了。当时,陈老太爷差点气死过去。他口吐白沫,倒在地上似乎一时醒不过来了。陈嘉禄当时也已回到家里,知道陈老太爷一醒,他妹妹陈碧茵的命恐怕是保不住的。陈碧茵的母亲,那个在上海当过"书寓"的女人去求陈嘉禄,陈嘉禄当晚就偷偷地雇船让陈碧茵和苏月菊跑了,还带了一铁箱的财宝。等陈老太爷醒过来,就命手下人去四处寻找,只要找到她就当场打死。由于陈嘉禄做得很秘密,谁都不知道是他帮妹妹逃走的。几年过去后,陈老太爷在临死前,却突然改变了对陈碧茵的态度,对陈嘉禄说:"找回你妹妹,找回你妹妹那个孩子,让那个孩子姓陈,留下我们陈家的香火。"陈老太爷知道陈嘉禄没有生育能力,那孩子是他女儿的孩子,那孩子的身上就有他陈老太爷的血脉。"记住,让孩子姓陈……"陈老太爷说完这句话后就咽气了。

林益文听着,觉得他们是不是把自己当成了陈碧茵的儿子?

"那孩子的爸爸是谁?"

"勿晓得。"陈舒媛说,"我姑姑和那丫鬟苏月菊逃走后,到现在还没下落。"但关于那孩子的讯息倒是有一点,那是岙南村苏月菊家的人透露出来的,说是那孩子生下来后,没满月就抱给了扶桑村的一个姓吴的人家,几年后陈老太爷发下那个话后,陈嘉禄就派人到岙南村去打听。苏月菊的父母都已去世了,苏月菊和她的弟弟苏云龙也不在了,家里没人。到扶桑村去打听,陈家在扶桑村有一个佃户叫陈风林,他告诉说是看到有一个婴儿同吴六苗媳妇的小孩一起喂养的,但半年后那婴儿就不知道到什么地方去了。陈吴两家虽然桑地挨着桑地,但却是世仇,还闹了一场吴家打死陈家大儿媳的官司,所以从不往来。陈风林只有一句话:"勿晓得。"陈嘉禄曾派阿福让人四处打听,才有了点线索,说是这孩子现在可能二十岁出头了,在杭州一爿油纸店当学徒,叫林益文。

"是我?"林益文吃惊了。

"只能说可能是的。"陈舒媛一笑说,"我小时候见过我的姑姑陈碧茵的照片,在那个下雨天,我在西湖对面的油纸店里见到你时,我就觉得你长得确实有点像我的姑姑。"

林益文蒙在那儿,好一会儿说:"你们没弄错吧?"

"当然还不是百分之百就是。"陈舒媛笑着说,"现在必须找到一个人,只有找到她,一切才能确定下来。"

"找谁?"

"苏月菊,我姑姑的那个贴身丫鬟,现在也可能是个大妈了。我还要告诉你,我阿爸对我说,如果你真是我姑姑的孩子,他希望我能嫁给你。一个女婿半个儿。我说过,我同我阿爸没有血缘关系,而你却有。当然,"陈舒媛的脸一红,有点羞赧地说,"不管你是不是我姑姑的儿子,我都想嫁给你,因为在我见到你的那一刻,就爱上你了。"

林益文看着陈舒媛那双美丽的眼睛,她的美貌、大气、稳重、高雅,也早已让自己倾心,只是不敢往那上面去想罢了。

林益文说:"如果我真是你姑姑的儿子,那我的父亲是谁呢?"

"勿晓得呀,这方面的信息,谁都没有打听到过。陈老太爷逼问我姑姑,那个男的是谁? 我姑姑也不肯说,所以无从知道,只有找到苏月菊,才可能知道你阿爸是啥人。"

这时林益文想起了乔居正,但他只是这么想了一下而已。

陈舒媛又补充说了自己的身世,她说,自己的亲阿爸是个村里的私塾先生,家里也很穷,因为是同陈家有点亲戚关系,在她六岁那年,阿爸病了,没有钱治病,才到陈家去求援。陈嘉禄很同情她阿爸,也非常喜欢她阿爸的学问,她阿爸的学问在那一带是蛮有点名气的,就亲自送钱到他们家,看到她,非常喜欢她,但亲阿爸还是没治好病就死了。陈嘉禄可怜她就把她带回杭州陈府上,成了陈嘉禄的养女。

那杯咖啡喝了很长时间,主要是说了很长时间的话,说得很专心也很亲切。陈舒媛只说自己爱他,但却没有让林益文马上表示对她的态度,是不是也爱她。其实林益文知道自己也已经爱上她了,所以他会拒绝别的女人的示爱。但在陈舒媛表态时,他却没有马上表态,他保持着那份矜持,因为他有顾虑,他的身世还不十分清楚,以他现在的地位去爱这么位千金小姐,是不是有点太自不量力了。虽然陈舒媛再次说了她的身世,但她现在毕竟是陈嘉禄的女儿了。虽然陈嘉禄在丝绸生意上受挫了,毕竟还是个大户人家,他与她的差距依然悬殊。林益文朝陈舒媛非常亲切地一笑,说:"陈小姐,谢谢你把这一切都告诉了我,我很感激你的。我对你为我所做的一切,不仅仅是感激,当然还有……我想你已是明白了我的意思,我送你回家好哦?"

夜上海毕竟是夜上海,尤其是大马路这一带,无论是白天还是黑夜,总是显得那样的热闹。"益文哥。"陈舒媛同他握握手说,"你勿要送我了,你明朝一早还要上班,我呢明朝一早也要去学校上课。其实我还有许多话没有讲完,以后我会讲与你听。以后勿要光让我来看你,你也抽空来看看我,勿要忘记,我住在北四川路的永宁里72号。"林益文握紧陈舒媛的手说:"陈小姐,我一定抽空去看你!"

"能勿能勿要叫我陈小姐了?"

"舒媛妹妹,过两天我就去看你。"

陈舒媛叫了辆黄包车,走了。林益文一直目送着陈舒媛坐的那辆黄包车拐弯后,消失在他视线里,他才往回走。他的心中充满了甜蜜与激情,以及对自己身世的各种猜想。他没有想到,人活在这世上会有这么多的变幻,自己的人生竟也会面临这么多错综复杂的状况。他还那么年轻,却面临了那么多让人意想不到的情况。人生到底是什么?怎么会在不知不觉中处在现在这样的一种复杂的境遇里呢?

夜深了,从黄浦江吹过来的风飕飕地叫着。上海的初春的夜晚还是有点潮冷的,尤其那迎面扑过来的江风。树枝上爆出的嫩芽,在灯光下发出熠熠的亮光,就像挂在树枝上的星星。快到祥福里时,林益文看到一个穿着长风衣的女人站在弄堂口张望。他觉得好像是施惠雯,施惠雯朝他走来,那嗲溜溜的声音也飘了过来:"益文弟,你到哪儿去了,怎么这么晚回来?"说着已走到了林益文的跟前。

林益文说:"慧雯姐,现在正是舞厅热闹的辰光,你怎么收班了?"

施惠雯说:"出呐,今朝夜里我倒霉透了,碰到两个勿要面孔的男人。我现在心情坏透了! 你房间里好像有人?"

林益文说:"是我们店里的学徒,叫张佑荃。你可以在房间里等我,外面这么冷,又有这么大的风。"

施惠雯说:"看你说的! 我坐在那里,面对一个陌生人,多别扭啊,何况是个年轻男人。益文弟,我们到哪里去坐坐,说说话好哦,现在在这世上,只有你是我最好的朋友,最知心的朋友。"

林益文说:"那回我房子去哦?"

施惠雯说:"我想单独跟你说,再说这么晚了,那个张佑荃也该休息了。"

林益文说:"那去哪儿?"

施惠雯说:"去咖啡馆好哦?"

好在大马路上顺着南北方向的马路,咖啡馆也星罗棋布的,祥福里弄堂边上有一只咖啡馆,就在十字路口的拐角上,档次还比较高。穿着黑色制服腰杆笔挺的"BOY"看到他俩就忙帮着拉开门。两人坐下后,林益文要了两杯咖啡、两份点心。

"哪能啦?"林益文关切地问。

施惠雯这个女人平时很坚强的,对一切也都毫不在乎,但这次一坐下,看着林益文,却挂下两滴眼泪来。她迅速地用手绢把眼泪抹掉,嘴角微微往上一翘,微笑了一下,她怕哭会损害自己的形象,哭的女人是很丑的,而笑的女人才美。爱护自己形象的女人尽量勿要哭,让自己变丑,尤其在年轻的英俊的男人跟前。

施惠雯说:"益文弟,你记得我写过一篇叫《舞女的泪》的文章吗?"

林益文点点头。

"我的文章用的是笔名,叫荆棘花。但害死那个舞女的小开还是找到了我,他知道那篇文章是我写的,他找了两个人再加上他自己,轮着找我陪舞,勿让我歇口气。那个小开姓潘,是帮派头目潘开来的儿子,叫潘得利,人家叫他阿利头,打扮得像模像样,长得也算五官端正,蛮招女人喜欢咯,但却是一面孔的邪气,为人歹毒得很,又会花言巧语。那个舞女上了他的当,被他勾上了,可他白相够了,要甩掉她,那个痴心的叫玉珠的舞女却缠着他不放,结果被人推到黄浦江里溺死了。人人晓得她是怎么死的,但人人勿敢讲了。可我写出来了,潘得利就恨死我了。今朝夜里他跟我跳舞时,就贴着我的耳边用指甲掐我背上的肉,说:'哦,你就叫荆棘花啊,我找到今朝才找到的,长得蛮漂亮咯嘛,还真想尝尝你这朵荆棘花的滋味呢,热辣辣的肯定蛮好吃咯!'我一下甩开了他。刚离开他,又有他的人上来掼给我两张舞票,搂着我就跳,后来潘得利又拍给我一沓舞票叫我陪他跳。舞厅有舞厅的规矩,人家给你舞票,你就得陪人家跳舞,否则舞厅老板就会勿开心。跳了两个多小时后,我真是跳勿动了,说是要去方便。其实那时我也真是有点内急,趁机就逃了出来。益文弟,从今朝起,我再也勿去舞厅了,这个万恶的世道!"

第二十三章

每个人都有自己生存的权利,但每个人都会遇到生存的困境,古往今来,都是如此。林益文感到社会就是这样考验着每个人。你要想活下来,你就得经受得起这个社会抛给你的各色各样的考验,因而生存对每一个人来说都是艰难的。幸福对每个人来说也是很稀有的,所以人生多难才是常态。

夜已很深很深了,林益文说:"惠雯姐,我送你回去吧。"施惠雯点点头,她怕会有人跟踪她加害她,林益文要了辆黄包车。

在去北四川路的路上,施惠雯紧紧地依偎着益文。他也让她这么依偎着,他想这样可以表示对她的同情与宽慰。施惠雯突然想起什么,说:"益文弟,你晓得哦,前几天有人到报社来打听你,说那个写诗写散文的林益文住在什么地方,在啥地方做事体?"

"打听我? 是个什么样的人?"

"是个三十几岁,我也讲勿上,也像是个四十出头的女人,个子高高的,长得很秀丽,腰板又直又挺。我问她打听林益文做啥？她说我只想知道一下林益文,这个人在啥地方高就,因为我们家的主人很想见见他。我就说找他有啥事体？她说,我们家老爷只是想认识一下他,觉得这个人诗文写得好。我们家老爷也是个文人,喜欢结交有才气的人。我这才告诉她,说你在居正丝绸行的账房间做。她就说,那就谢谢告知了。这个女人讲话有点刚硬,声音有点响,但听上去很好听,相当懂礼仪。益文弟,我没听说你在上海有什么亲戚或者朋友呀,这个女人和她的老板大概真是慕名来打听你的。"

"只是写了几首小诗,一篇小散文,会能有啥名气呀。大概勿存在是慕名来打听的哦?"

施惠雯说:"那还会有啥事体?"

林益文说:"咯我哪能晓得?"林益文心里在想:"在我身上怎么生出这么多莫名其妙的事呀?"

到了兴盛里15号,林益文把她送进亭子间,施惠雯说:"进来喝杯咖啡哦?"林益文说:"这么晚了,你早点休息哦,今天又受惊了。以后要当心点了。"施惠雯握住林益文的手说:"益文弟,谢谢你! 真的要谢谢你啊!"说着,哭了。

年一过完,无论什么店,生意都会清淡上个把月,那是生意人常说的"生意上的淡季"。第二天,店里的人流依然不多。早上九点钟左右,有一个打扮得很时尚的三十几岁的太太,长得相当秀丽,想来年轻时肯定是个绝代佳丽,有两个女佣陪着走进店堂,其中一个女佣个子长得很高,很秀气。另一个长得土一点,但面相很和善,那双眼睛也很机灵。那位太太好像是随意挑了几样丝绸缎,付了钱后,那位长得很秀气的女佣特意到账房间的小窗口来瞄了瞄,她看到账房间里只有一老一少两个人,于是对林益文说:"请问你是叫林益文吗?"林益文说:"是,太太有啥事体哦?"那位秀丽华贵的太太也走到小窗口前,盯着林益文看了好长时间,看得林益文都有些勿好意思了,林益文问:"太太有啥事要我效劳哦?"那位比较土气的女佣也过来看了一眼,然后搀着那位华贵的太太说:"太太,我们回吧。"那位太太又回头从小窗口看了林益文一眼，这才在两位女佣的簇拥下走出了店堂。

店门不远处停着辆小轿车，是高个子女佣开的车，看来那位女佣还是太太的兼职司机。这一幕给林益文留下了很深的印象。林益文知道自己从未见过那位华贵的太太，但却感到脸似乎有些熟，好像在哪儿见过似的。林益文就想起施惠雯昨晚在三轮车上说的话，那个高个子女佣，可能就是到报社去打听自己的人。

到了晚上，张佑荃领着张佑福来了，张佑福进门就朝着林益文鞠躬说："益文哥你好。"林益文一时不知道说什么好，只好问一句："你吃过饭了哦？"

张佑福说："益文哥，谢谢你，吃过了，吃过了。"

张佑荃在一边说："益文哥，佑福早就想来看你，但又勿敢来看你。"

"做啥？"

"因为你帮过我这么大的忙，我两手空空的来看你，真是太勿好意思了，知恩报恩，这是一个人做人起码的品行。但我今天来找你，不但不能报什么恩，反而又要……"他看着林益文，后面的话卡在喉咙里吐勿出来了，脸上很尴尬。

"张佑福，你讲好了呀，我能帮我一定帮，你就坐下来讲哦。"林益文这才想到给张佑福泡杯茶。

林益文洗杯子拿茶叶，张佑荃上来说："益文哥，我来哦。"

张佑福坐在张佑荃的床沿上，这才对林益文说。他先说露珠与他分手的事，他说他把露珠带回乡下家里时，他爸不但没有让他进家门，还差点用砍柴刀把他砍死。当然乡下的亲戚家也没有一个收留他们的。他们只好回上海，无处落脚，露珠吃不起那份苦，就与他分手了。他说到这里就哭了，说堂堂的一条汉子，连个女人都养不活，真没脸在这世上活了。他说他想挣点钱，起码弄上一间房，哪怕是间棚户房也好，但现在他只能在上海到处打小工，赚的一点钱，也只能喂饱自己的肚子，哪里还有能力搭间棚户房啊。要是他现在有像张佑荃这样的一份生活做，每月像以前那样能积上点钱就好了。林益文以为他也想让自己帮忙，重新在这丝绸行做事体。林益文还没说话,张佑荃却忙说:"佑福哥,我的情况同你勿一样,那三匹绸缎的事这些店里厢的人都晓得的。"但张佑福说:"我勿是想让益文哥让我重新回到店里来做的,我是来问益文哥借点钞票。我想到黄包车车行去租辆车,你看我身体强壮,两条腿长,跑路跑得快,做个黄包车夫还是可以咯。只要能勤快点,一天拉客下来,不但可以喂饱自己的肚子,还可以积上点钞票。到辰光我就可以在北四川路虬江路的铁路边上盖间棚户房了。车行里的老板说,租车可以,要十块大洋的押金。其实一辆黄包车也不值十块大洋,但你不去车行里租车,没有车行的车牌,你就跑不成车,说勿定还要吃生活。上海拉黄包车的也都有拉黄包车的规矩。佑荃也刚刚回店里做事,他以前积的一点钞票都借给我用掉了,现在也没有什么钱。我在上海也没有相熟的人,所以就来求你益文哥了。还有,我实在离勿开露珠姑娘,但我也只有弄到房子住,才能找她回来,所以益文哥,这个忙你得帮帮我,你的恩我永世勿会忘记的。"林益文是个心肠很软的人,同时与张佑福以前接触下来,觉得他也是个老实人,于是叹口气说:"好哦,钱我可以借给你,但你得有人做担保。"张佑荃马上说:"益文哥,我来做担保,或者每个月从我的工钿里扣,每月扣两块大洋,每月我只要一块零用大洋就够了。这样,扣五个月也就扣完了,你就帮帮佑福哥哦。"

"好哦。"林益文说。

从那天起,张佑福就拉起黄包车来了。

太阳越来越有点热量了。马路两旁的梧桐树也已枝叶茂密了,叶面油光光的,在阳光下闪闪发光。林益文看到,张佑福基本上每天都是拉着那辆新的黄包车从他的店门前跑过,有时候直接从绸缎行门口接送客人。天气变热了,可是看到张佑福拉着车来回走过时,浑身都是汗淋淋的。他做生活真的做得很卖力,对一般人来讲,好生活是要靠自己拼命挣来的。

店堂里又渐渐地热闹起来了,过了三月份又恢复到了以前的样子,林益文在账房间里也开始忙得满头大汗了,只是到晚上的时候,有时会想起陈舒媛,并想起陈舒媛同自己说过的那些话。男人到了这个年龄,肯定是想女人的。有时想到陈舒媛,想着想着,他下面就会有反应,到了这个年龄,这种生理反应是无法摆脱的。除非你的身体有毛病。虽然陈舒媛明确向他表白喜欢他,他还是感到自己配勿上她,这大概是他长期生活在底层的固有的那种自卑心理吧。他很希望陈小姐能来看自己,自己也想去,但一是似乎没空,二是哪怕稍稍有空,自己也提不起去看她的胆量,在一位漂亮而高贵的小姐面前,男人都会有一种胆怯感。

已是五月份了,有一天傍晚,天空横着一长溜的紫色光带。林益文帮张佑荃打完烊,两人到益生面店里去吃了碗面回来,刚走进弄堂,张佑福就拉着黄包车跟进来,面色很难看,张佑荃问:"佑福哥,出啥事体啦?"

张佑福说:"露珠出事体啦?"

"出啥事体啦?"林益文问。

"我问她,她说勿上来,昨天夜里,她离开乔少爷,回四马路时,在二马路路口的拐弯角子上,突然蹿出两个人,举起棍子就打,她就大声喊救命。等巡捕房的人赶到时,打她的人早跑得无影无踪了。二马路拐弯角子上很黑,没有路灯,周围也没有人,露珠的腿被打断了,她是爬到马路口喊人的。"说着,张佑福心痛地流出泪来。

林益文让他去房里坐一会儿,他摇摇头说现在这辰光还可以跑几趟生意,露珠腿被打断了,他更得赚钱了。他说,他警告过露珠,勿要回到乔子良的身边,否则乔老爷是勿会放过她的。林益文心想张佑福估计的不会错,肯定是乔老爷派手下人干的,但大家都没有证据,也只能这样猜想罢了。

张佑福拉着他的黄包车走了。林益文想,谋生真的太艰难,尤其像张佑福这样的人,清晨起来拉黄包车,一直拉到三更半夜,心里又挂着一个并不安分又吃勿起苦的女人,这个女人在他心中又怎么也割舍不下。他就这么艰难地熬着这样的岁月。林益文有时想想,活着真的很没趣味的。但又有人说:"好死不如赖活着,只要活着就好,只有活着才有希望,所以人是为希望活着的。"

第二天一早,店门开后,林益文同冯先生打了声招呼,说是放张佑荃半天假,让张佑荃到医院去看看露珠。林益文还塞了两块大洋,给张佑荃说:"代我买点东西送一送。"

"用不了这么多,一块大洋足够了。"张佑荃说。"买点东西,剩下的钱就给露珠吧。"林益文说。

"那我就替佑福哥和露珠谢谢益文哥了。"张佑荃说。

第二十四章

那天中午,宋茂昌到店里,告诉林益文说,乔老爷今朝夜里要在乔公馆见见他,有事同他讲。林益文有点吃惊,乔公馆是乔居正住的地方,他从未去过,他去的常青路56号,是梁姨太住的房子。这让林益文的心反而有点忐忑。果然,店打烊后,乔老爷就派他的黑色的福特牌轿车来接林益文了。乔公馆在西霞路19号。那条马路很清静,一栋栋花园式的洋房连在一起,每栋洋房都有一个很大的花园。有的花园里还有小桥流水,亭台楼阁,环境十分幽静。西霞路19号就是这样的花园洋房,乔居正在大客厅等他,林益文被宋茂昌引进楼房。乔居正气宇轩昂,威严地站在那儿,见到林益文,他亲切地笑了笑,把林益文领进书房里。

坐下后,家里的用人刘妈泡了杯茶端了进来,递给林益文说:"少爷,用茶。"

林益文惊恐地说:"阿妈,请你勿要这样叫我,我叫林益文。"

乔居正说:"刘妈,以后就叫他阿文哦。"刘妈点点头走出书房,乔老爷说:"林益文,你写的诗和散文我都看了,写得不错啊。"

林益文忙说:"老爷过奖了。"

"益文啊,"乔居正说,"你年轻、聪明、能干,又蛮厚道,是个好青年。我现在其实是把你当作我的儿子来看的。那爿丝绸行,我就想让你来当店经理。梁总管很忙,原先是他在兼管店里的事,因为从陈家接管过这爿丝绸行时,诸多事务要摆平,所以让梁总管兼管一下。现在呢,丝绸行的生意已经走上正轨了,你林益文呢,对店里的业务也熟悉了,所以让你当这爿丝绸行的经理,我看也可以了,你看呢?"

林益文听了,出了一身冷汗,他觉得乔老爷是在跟他开玩笑,忙说:"老爷,承蒙厚爱,但这份责任,我是担勿起,真的是担勿起咯。"

乔居正笑了两声,说:"我勿是说嘛,我现在是把你当我儿子来看的,你担不起谁去担? 让乔子良这小子去担?"

林益文汗如雨下说:"老爷,我怎么敢当你的儿子呢?"

"如果你真的是我的儿子呢?"

"这怎么可能呢?"

"我先认你当干儿子怎么样? 你看我乔居正配不配当你的干阿爸?"

林益文扑地跪了下来,一头碰在地上,受宠若惊地连忙说:"老爷,如果真能认你当干爸,是我林益文的荣幸。"

"这就好。"乔居正说,"起来吧,那以后叫我干爸吧,直接叫阿爸更好,前面添个干字,总有些生分。"

林益文站起来,忙乖巧地说:"好,阿爸。"

"这就好,这就好。"乔老爷高兴地说,然后对站在边上的宋茂昌说:"茂昌,你听到了哦?"

"老爷,听到了。"宋茂昌知道,这林益文很可能真是乔老爷的亲儿子,他到乡下去调查的结果,几乎已经可以肯定了,就是还没有找到苏月菊做最后的认定。

"益文啊,"乔居正说,"阿爸让你为阿爸做一件事。"

"阿爸请讲。"

"坐下来说吧。"乔居正拍拍他身边的一把椅子说。因为林益文磕过头后还一直站着。

林益文走到乔居正老爷身边的一张椅子上,坐了半个屁股,还朝乔居正深表感谢地点点头。

"还是你益文懂规矩啊。"乔居正说,"等一歇,你从茂昌那儿领上二十块大洋,到济生医院去看看那个叫露珠的姑娘。"

林益文看看乔居正,似乎没有完全明白乔居正的意思。

"是咯样子的。"乔居正说,"我的儿子乔子良黏上这个叫露珠的姑娘,脱勿开身了,还非要把这个姑娘娶回家。那个露珠姑娘已经被我赶出上海一回,但最近又回上海了,子良又同她黏在一起了。他们还到丝绸行去过两次。"

"我看到一次。"林益文说。

"子良还是想娶那个姑娘,真是鬼迷心窍了!我们这样的人家,娶一个妓女当儿媳妇,这怎么行!我让茂昌赶快派人把这个姑娘赶出上海。茂昌叫他手下去办。我只是想把她赶出上海,让子良勿再同她往来就可以了,并没有想伤着她,但茂昌手下的那些人却把她打伤了。"

"老爷,是怪我没有交代清楚,没有把这件事办妥帖。"宋茂昌在一边说。

"也勿能全怪你啊。"乔居正说,"办事人下手太狠了,事情已经做成这样了,是我们的人把人家姑娘打伤的,医药费总还得给人家出,总还要赔点钞票哦。我是相信来世咯,做人勿能太恶毒啊。益文,这件事就你给我去办吧。听说你也认识这个姑娘。"

"认识认识,但没有那种关系。"林益文忙说。

"你林益文我晓得勿是那种人。"

"好的,老爷。"林益文说,"我去办。"

"叫阿爸。"乔居正纠正说。

"阿爸,我能勿能斗胆提个议?"

"讲。"

"露珠姑娘其实有个相好的男人的,叫张佑福,丝绸行还叫大祥的时候,我在账房间做,他在那儿当学徒,后来同露珠姑娘相好上了。那次把她赶出上海,是张佑福带着她逃走的,想带回乡下的家里,但张佑福的家里人把他们赶了出来。"

"勿管是什么样的人家,"宋茂昌在边上说,"这样的女人哪能收在家里呢?"

"你让益文少爷把话讲完。"乔居正说。

"是。"

"后来他们又回到上海,但没有住的地方,张佑福一时又没有做生活的地方,露珠姑娘吃勿起那个苦,就分手了,可能这才又去找子良少爷了。"

"是子良去找的她。"乔居正说。

"阿爸,据我所知,露珠姑娘其实还是想同张佑福相处的。如果能让他们俩有个谋生的地方,他们两个就会生活在一起了,子良少爷想去黏也勿好去黏了。"

"你的意思是啥?"乔居正问。

"现在张佑福在拉黄包车,养活自己没问题。他想积上点钱,在棚户区盖间房,有个家,再让露珠姑娘在棚户区开个胭脂店。他俩只要有个安生的地方,再做点小生意,我想露珠姑娘就会同张佑福过日脚,也勿会再去做那个生意了。"

"益文,你是勿是早就有这个想法?"

"是。"

"茂昌,让厨房多做几个菜,留益文在这儿吃夜饭,另外,再给益文安排间房间,益文以后回来也好住。"

"老爷,房子有现成的,二楼东头就有间小卧室。"

"那益文去看看,如果益文满意的话,还要添些什么,你帮他添上,起码要添上两个书柜。益文是个爱求学问的人,我就喜欢他这一点,勿像子良游手好闲,勿肯好好读点书。"

"晓得了。"

宋茂昌陪林益文走上二楼。二楼有一个较大的客厅,客厅边上有一条走廊,走廊两边各有几间房间。宋茂昌推开走廊尽头的一间房间,显然这间房间比走廊西边的房间都要大,有二十几平方米,红梨木地板。一张较宽的单人沙发床,一对单人沙发,中间是一个精致的茶几,一个写字台,窗户边的墙角搁了一个花架,开着几朵橙黄色的兰花。

"少爷,除了老爷说的添两架书柜,还要添什么,少爷尽管说,我去办。"宋茂昌说。

"就按老爷说的办就行了。"林益文说。

"少爷,你坐,"宋茂昌说,"我有话要同少爷讲。"

两人在沙发上各自坐了下来,宋茂昌让少爷坐在左边沙发上,他坐在右边沙发上,说:"少爷,有些话老爷勿便讲,只有我来同你讲。"

林益文点点头。

宋茂昌告诉林益文,老爷其实也姓林,是湖州双林庄上一位进士老爷的唯一的儿子。后来乔老爷要到广州去参加革命党,怕会牵连到进士老爷,就改姓换名成了乔居正。

"勿是因为你姓林,长得像老爷,乔老爷才认你做干儿子的,你很可能就是乔老爷的亲儿子。但现在还要找到一个人才能正式确定。所以乔老爷就让你先做他的干儿子,就是你勿是乔老爷的亲儿子,当他的干儿子也勿是勿可能,你讲是哦?"

林益文点点头。

"我这么讲,亲儿子的可能性更多。老爷参加革命党后,步入政界,坐了一把很有权势的位子。但几年后,老爷勿想再在政界里混了,他说政坛勿是像他这样的人混迹的地方。因为有许多事是要昧着良心做的,他做勿来也看勿来别人做。他说与其在政界混,勿如在商界混,政界勿是有良心的人混的地方。你只要稍有点良心,你就没法混下去,还不如到商界混,起码是有良心的人也可以混的地方。虽然商界要奸的人也不少,但讲信誉,讲诚信,做有良心的生意人大有人在。你有良心,在政界绝对混勿下去的,但在商界,你就还可以混得下去。当然,做生意你也要心狠手辣,因为商界中的竞争也是你死我活的,但你也可以让出一条退路,让对方活下去。可是在政界,你要给人家让出一条活路,那你就得去死。所以老爷做事有一条原则,只可以把别人往失败里斗,绝不可以把别人往死里斗,这是老爷他们这批人做人的原则。你看有些军阀,双方开战,打得你死我活,但对方失败了,就放一条生路,照样在北京、天津、上海弄栋房子度过余生,老爷守的也是这条原则。双林庄也有个大户人家,陈怀海家。陈府的大公子,叫陈嘉禄,也留过洋,在上海的丝绸行上同老爷斗,失败了,现在你做的居正丝绸行,过去就是陈嘉禄的大祥丝绸行。"

林益文很老实地说:"我一开始就在大祥丝绸行账房间做的。"

宋茂昌说:"我晓得的。"他继续说,"乔老爷有个儿子叫乔子良,子良两岁时姆妈就生病死了,乔老爷就再也没有续弦。可子良少爷实在勿争气,中学毕业,再也勿肯上学了,游手好闲,白相女人,还同帮会的人混在了一起。老爷自己的事情很忙,子良少爷他现在是没有工夫来管,就是想管也管勿牢了。现在是越来越勿听话了,还经常顶撞老爷。老爷也实在是心寒,甚至想把子良少爷赶出家门。但你要晓得,老爷心肠软,哪能舍得把儿子赶走呢,就这样拖着吧。当他知道在这世上他可能还有个亲儿子,可能就是你时,你勿晓得他心里有多高兴。看到你不但知文识字,而且还很懂事体,又蛮有能力。说老实话,老爷恨勿得把乔家的整个事业让你来管,我想你总有这一天的。所以老爷让你把丝绸行先管起来,你勿要推,管起来就是了,勿然老爷会感到心寒的。而且还有我在,还有梁总管在,我们会帮你的。你看哪能?等吃饭的时候,你最好跟老爷表个态,让老爷高兴高兴。"

林益文听了,脑子有些蒙,一时还理勿出个头绪来。这一系列发生的事让他一时消化勿了,但他还是很受感动,含着泪说:"茂昌爷叔,我晓得了。"

第二十五章

济生医院离乔公馆并不远。宋茂昌要派汽车把林益文送到济生医院去，司机叫栗跃文，原来叫栗阿炳，乔居正嫌难听，就给他改名为栗跃文。栗跃文把车开到了院门口，林益文想，乔居正虽然把自己认作儿子，是亲儿子也好，干儿子也好，自然也应该享有当少爷的待遇，让自己像个少爷的样子。但林益文觉得自己绝勿能也这样想，人家怎么待你是一回事儿，你自己怎么想，怎么做，又是一回事儿。林益文于是说："茂昌爷叔，我坐黄包车去，这样更方便点。"宋茂昌点头说："那也好。"宋茂昌后来把这事告诉乔居正，乔居正说："我就喜欢这孩子懂事体，勿喜欢掼派头，要换了别人，就千方百计坐上小轿车去掼派头了。"

林益文坐上黄包车，来到济生医院探望露珠姑娘，露珠的一条右腿打着石膏，吊挂在床帮上。她一见林益文，忙微笑着说："益文哥，你哪能来啦？"

林益文说："来看看你呀，张佑福把你的事告诉我和张佑荃了。"

露珠很感动地说:"益文哥,谢谢你能来看我。"

林益文说:"今朝佑福来看过你哦?"

露珠说:"昨夜陪了我一夜,天一亮又出去了,我光给你们带来麻烦。"说着泪从眼角流下来。

林益文说:"露珠姑娘,你勿要再做这种生意了,跟着张佑福好好过日子吧。"

露珠姑娘抹了把眼泪说:"我也勿想再吃这碗饭了,可我讲出来也勿怕益文哥你笑话。我吃勿起那种吃了上顿没有下顿的苦生活,我以前跟着那些有钱人的少爷商人,还有当军官的人,吃香喝辣,习惯了。像佑福哥那种苦生活,我实在顶勿牢。当然吃我现在这碗饭,我也没有想到过会有生命危险,要是他们再在头上给我两棍子,我真的会一命呜呼的,现在越想越后怕。"

林益文说:"啥人送你到医院来的?"

露珠说:"他们打断我的腿后就跑了,我爬到马路口喊救命,是一个拉黄包车的看到我后,把我送到医院。后来他又去告诉佑福哥,他与佑福哥在同一个车行,相互认识的。"

林益文说:"露珠,这里有二十块大洋,除付你的医药费外,余下的钱你与张佑福就在棚户区盖间房或买一间房。佑福还拉他的黄包车,你就在棚户区开爿胭脂店哦。跟佑福好好过日子,也勿要再同乔子良来往了。他只是白相白相你,勿会真娶你的,就是真娶你,他的家人也勿会同意的。在我看来,佑福是真心待你好的,到现在对你还是死心塌地的,这样的好人你到哪儿去找?"

"这钱是怎么回事?"

"你就勿要问了,你就把这钱看成是我资助你们的就行了。你非要问,我也勿可能告诉你的,把这钱收下吧。"

露珠又哭了,说:"益文哥,你真好,一直这么帮助我们。"

林益文说:"帮别人的忙,自己是勿会吃亏的,我娘舅就是这样对我说的。"

乔公馆在西霞路上,路口横着的马路叫拉菲路。拉菲路紧靠着川流不息的苏州河,河面上的船只来来往往,很是热闹。还有些船索性就变成了水上人家,常年漂在河面上。有些人勿吃水上的这碗饭了,跑到岸上做生活,打打短工,喂饱自己和家里人的肚皮。住在船上比住棚户房还要自在,勿要户口,巡捕房来查户口,竹竿一撑连船带人到另一个埠头,再住下来。船就成了一栋流动住房,上岸照样到老地方做生活,苏州河上有不少这种水上人家,像一栋栋水上的棚户房,黑压压的一片,望勿到头,挤满了河堤边。

林益文觉得,生活上的变化,似乎也有些像某些水上人家一样,有点儿漂浮不定,像做梦一样。当自己听到宋茂昌讲到乔老爷的身世时,也有点暗暗吃惊,想勿到乔老爷的人生也与陈家有牵葛。在乡下头,这样祖上就结的世仇似乎并不少见。为了一件不大的事体就打怨家结仇恨,斗一次架结一次仇,斗一次怨埋一次恨。于是不断地斗,不断地打,以至于世世代代就这样没完没了。陈嘉禄的破产,丝绸厂与大祥丝绸行的倒闭与乔居正有关,而他林益文现在却同时受着陈家与乔家的恩惠,而且自己现在还与陈家的女儿陈舒媛爱恋上了。他隐隐地感到,这样一来就可能会麻烦不断。当宋茂昌提到陈嘉禄时,他什么也没说,宋茂昌也没有问他最早来上海,怎么会在大祥丝绸行的账房间做的。他早也想过,只要乔老爷或宋茂昌问起,他就说是他娘舅章立祥介绍给陈家的,陈家的大祥丝绸行当时缺一个年轻脑子活络点的账房。但奇怪的是乔老爷与宋茂昌都没有问起这件事,他们已晓得内情了还是有意勿想问他这件事呢?

第二天一早,宋茂昌同梁总管一起来到了居正丝绸行。就在开门前,梁总管在店堂里宣布林益文担任居正丝绸行这爿店的店经理,要大家多多关照这位年少的经理,所谓多多关照是客气话,是要大家服从林益文的管理。梁总管还加了一句:"乔老爷关照大家,谁要是犯了店规,林益文经理有权停他的生意,希望大家多关照多支持,拜托大家了。"梁总管给大家作了个揖,"当然,我也会来关照大家的。好了,谢谢诸位的努力。"让梁总管来宣布这件事,是因为丝绸行原先由梁总管管的。

梁总管宣布完这件事,就同宋茂昌走了。店门打开,又是新的一天,大家照常接待顾客做生意。店里面的生意一切如旧，唯一勿同的是张佑荃进了账房间，林益文在手把手地教他。张佑荃不但识几个字，也会打算盘，最关键的是张佑荃这个人手脚干净，同林益文在一起时，林益文从来没有见他做过什么违规的事，更不要说偷鸡摸狗的事了。昨天晚上，林益文同冯先生商量这事时，冯先生说："益文，你现在是店经理了，你认为可以，就按你的意思办吧。"林益文就把这事告诉张佑荃，让他进账房间做。张佑荃激动兴奋地跪下来给林益文磕头，说："益文哥经理，我绝不辜负你对我的栽培。"林益文还同他商量，再让他从乡下找两个十六七岁的熟人来当学徒，开门，打烊，提货送货，因为人手实在太缺。张佑荃高兴地说："一定一定，我马上让人带信去。"

果然，第四天就有两个乡下小伙子兴高采烈地来投奔张佑荃了，一个叫林阿满，十六岁，一个叫周文彬，十七岁。梁总管又在祥福里25号的二楼给林益文租了一间厢房，厢房二十几平方米，还有一个阳台，将祥福里25号的天井边上的东厢房让张佑荃和两个新来的学徒住了。梁总管原先提出，让林益文住到乔公馆的那间房子去，来回有车子送，林益文怎么也不肯，坚持要在祥福里再租间房住，说离店面越近越好，几步路就到了，生意上的事耽搁勿得。既然老爷把这么一大爿店交给我管，我怎么也不能辜负老爷的信任。

"乔老爷是你阿爸，"梁立群说，"宋茂昌告诉我详情了，他真的是你阿爸。"但林益文怎么也不相信这是真的，起码是在感觉上不像真的一样。

当店经理与在账房间里做勿一样。账房间里做，没有一点空闲的时间，而当店经理，却有不少空闲的时间。有时林益文也会在店堂里坐一会儿，招待顾客。他当店经理，与其他店经理勿同的地方是提货用不着他操心，他只需把店里断档的货品写一张条子，送到公司的营销部，就会有人把货送来，派个学徒直接到公司库房提货。场面上的交际也用不着他林益文出面，他只要管理店堂里发生的事就行了。那时的人大多也规矩，林益文来丝绸行后，只有还在大祥丝绸行时，发生过张佑福的那件事，后来其他偷盗事还真没有发生过。

有时闲下来,或者晚上睡下时,陈舒媛那张漂亮的脸蛋以及那迷人的微笑时不时会在他眼前闪现。他很想去看看她,但男人有男人的羞涩与自尊,还有那种看见漂亮女人的胆怯。应该说这还是精神上那种自卑,从小习惯了处在社会底层的人的那种自卑,一直很难改变。就像那种穷人家的环境中长大的人的习惯与心态一时难以改变一样,他在一时间也很难调整过来。

一天,乔子良突然出现在店里,林益文正在帮着发货,林益文看到乔子良说:"少爷,你来啦?"

"你勿要叫我少爷,"乔子良笑着说,"你叫我阿弟,或者叫我子良就可以了。我晓得你现在是我阿哥了,又是这爿店的老板了。"

"老板是乔老爷,"林益文说,"我只是代老板管理一下这爿店,只是个挂个名的店经理。"

"阿哥,你真会讲话,怪勿得阿爸这么喜欢你。"

"少爷,有啥事体哦?"

"勿要叫少爷,叫阿弟或者叫子良,要是叫阿爸晓得了,又要教训我了。"

"那好,阿弟,你有啥事体哦?"

"你放心,我勿是来店里拿货咯,我的女朋友叫宋茂昌手下的人打断了腿,住在医院里还没有出来,我要店里厢的这些绸缎也没有用。我来店里,一是来认认你这个阿哥;二是来请你今晚一起到新亚饭店,同几位朋友一起吃顿饭。"

"你的朋友我又勿认得。"林益文想婉拒。

"一起吃顿饭勿就认得了。乡下人就是乡下人,你连我咯个阿弟的面子都不给啊?"乔子良竟板下了脸。林益文想到这位是乔老爷真正的儿子,所谓的阿弟,于是说:"那好吧。"

"等一歇我用车来接你。"

夜幕降临,店快要打烊时,林益文对张佑荃说自己要同乔子良到新亚饭店去吃饭,店打烊时关照阿满与阿彬把门板弄好。张佑荃说:"益文哥,你放心去好了,打烊时我多操点心就是了。"话刚说完,一辆福特牌轿车就开到店门口。乔子良跳下车说:"阿哥,请上车。"林益文上了车,乔子良坐在副驾驶的座位上,后面坐着的两个年轻人,朝林益文一点头,笑着说"少爷好"。乔子良说:"这几位都是我最贴心的朋友。"

车一直往前开,林益文发觉车并勿是朝新亚饭店开的,心里顿时有点慌,忙问:"少爷,我们去哪儿?""到地方你就晓得了。"坐在后面的那两人一下子就把林益文按住了,林益文知道事情勿好,但自己被那两人按得牢牢的,车却飞快地在左转右转的马路上疾驰。

林益文挣扎着喊:"乔子良,你要做啥?"

乔子良说:"做啥?到辰光你就晓得了。想当我咯阿哥,你自己也勿称称自己的分量。一个乡巴佬,竟然要当起我咯阿哥来了。出呐娘咯逼!"

第二十六章

　　林益文被关进了市郊一栋阴森森的楼房的顶楼上,只有一个老虎窗的阁楼里。那阁楼有六七平方米,可以搁一张床,有两个椅子,其他什么都没有。除了那个老虎窗,也没有其他的窗了,那个在屋顶上朝外凸出的老虎窗离地面有将近十米高。

　　他们有四个人,都是身强力壮的。林益文知道,自己勿是这四个人的对手,如果一对一还可以撑一下。乔子良说:"阿哥,这三位是我江湖上咯兄弟,这个叫阿森,这个叫阿炳,这个叫阿福。只要我勿发话,他们是勿会伤害你咯。"

　　林益文说:"乔子良,你勿要忘记,勿是我想当你阿哥,是乔老爷要认我这个儿子的。"

　　乔子良说:"我晓得,我晓得,不过,阿哥,对勿起,就是这样,也要委屈你在这儿住上几天,到辰光我会放你走的。不管你是我亲阿哥也好,假阿哥也好,我勿会伤你性命的。这种伤人命的事我乔子良是从来勿做的,所以阿哥你最好安安心心地在这儿住几天,勿要逃。你要逃,出了什么事,我就管勿牢了。你住在这儿，我会管你吃管你喝，要想白相女人，我可以派人去叫，而且会请相当漂亮的姑娘来陪你。在这儿住上几天后，我就会给你一点钱，放你出去，但放你出去后，你就给我滚出上海，再也勿要回到上海这块地盘上来，更勿许寻我阿爸，勿然，我就对你勿客气了。我该说的话都说到了，我走了。我这两位朋友，阿森和阿炳，从早到晚一直会在门口陪着你的，有啥事体，你尽管可以吩咐阿森和阿炳，让他们帮你去做。阿哥，对勿起，对勿起了！"他说完，就出了门下了楼。门口的阿森和阿炳把门关上了，而且还在外面上了锁。这真是，福兮祸所伏，祸兮福所倚啊！

张佑荃一直等到了深夜，没见林益文回来，他又去二楼林益文的房间去看，门锁着，也没有人。张佑荃知道，林益文勿会跟着乔子良去四马路或者北四川路的什么会馆去嫖女人夜宿不归的，当天微微有点亮时，张佑荃对周文彬和林阿满关照了几句话，就叫了辆黄包车直奔乔公馆而去。乔老爷听到这个消息，也很吃惊，他问宋茂昌，乔子良回来没有？宋茂昌说子良少爷也已经有好几天没有回家了。

丝绸行的店门只要一开，账房间的生活就勿能没有人，张佑荃又赶忙要了辆黄包车，匆匆回到店里。店刚开门，张佑荃也来勿及吃早点，就开始做生活了。他把林益文昨天被乔子良请去吃饭，但到现在还没有回来的事情，告诉给冯先生听，冯先生只说："做生意，做生意，咯种事体，我们急也没有用。"于是闷声做他的账，再也不说一句话了。

一连几天，都没有有关林益文的消息，乔家也没有乔子良的消息。一天，张佑福从大马路送人回来，路过居正丝绸行，去见张佑荃，张佑荃就把林益文失踪的消息告诉他，张佑福又把这件事告诉了施惠雯，施惠雯也很吃惊。很长时间没有去舞厅跳舞的施惠雯突然又到先施乐、百乐门等舞厅去跳舞了，她想从那些阔少那儿打听到林益文的有关消息。许多家报纸也开始刊登有关这方面的消息，有些消息让乔居正看了后很恼火。有条标题是：《上海商会副会长乔居正的私生子与乔居正亲生儿子火拼，同时失踪多天无消息》。这事媒体炒作了好些天。

施惠雯了解到，来报社那儿打听过林益文的那个女人的家，就在柳家湾路36号。柳家湾路紧挨着苏州河,那时的苏州河还很宽,水流量也大,路边上盖着一栋栋西式的花园洋房,36号就是其中的一栋。平时36号的两扇大铁门总是紧闭着的。据人说,二十几年前,有一位小姐带着一位三十几岁的娘姨,一个与小姐年龄差勿多的贴身女仆,一位长相漂亮、身板很挺的大概也是个女佣,还有两个十几岁的丫鬟,好像全是女人,坐着一只撑篷船来到了这里,船上装了好几口大大小小的铁箱子。自从她们搬进这栋房子后,很少再有人进出。只是那个娘姨有时候手臂上挎着个菜篮子,去柳家湾路的菜场里买小菜。这几个女人生活在这么一栋漂亮的花园洋房里,周围的人也打听勿到有关这家女人的任何消息,大概是因为实在打听勿到,慢慢的也就勿再打听了。但这栋房子与里面的几个女人实在让人感到有点神秘兮兮的。据说十几年前两名小偷夜里曾翻墙进去行窃,结果一个被打折了胳臂,一个被打断了腿,并被摔出门外。据其中一个小偷说,里面有个女的,武功好得邪乎,不要说我们两个,再加两个也不是她的对手,还没有近到她身旁,我们的胳臂腿就断了。这一传说,让那些小偷从此再也不敢翻墙进这幢花园洋楼的院子里去。进入过这幢洋房的是两位修电线的人,据他们说花园安静而漂亮,草坪花坛,还有小桥流水,亭子回廊,有三个女人伺候着一位非常漂亮的大概三十岁刚出头的太太,也可能是小姐,面容白皙,秀丽无比,身材好像姑娘一样苗条婀娜,这更让许多人非常艳羡而遐想联翩。

施惠雯打听到林益文的消息后,就决定去找这家人。施惠雯敲开门,开门的就是经常出去买菜的那位娘姨,她说:"小姐,你找谁?"

施惠雯说:"我是《时事报》的记者,你们有位女士去过我们《时事报》打听过一位叫林益文先生的事。"

那们娘姨就喊:"月秀,有人寻你。"

那位长相漂亮、腰板很挺,叫月秀的女士走了过来说:"是我去打听过这位林先生,请问小姐有什么事吗?"

施惠雯说:"能勿能让我进来讲?"

月秀说:"刘妈,让她进来吧。"

施惠雯进去后,看到的情景与那两位修电线的人说的一样。那位长得非常秀丽的太太施惠雯也看到了,她从草坪上走过,进了楼房。

两个丫鬟陪那太太进了楼房后,一个穿着很讲究的女佣模样的人朝施惠雯与月秀走来。月秀站起来对那女佣说:"阿姐,这位小姐是为林益文的事体来咯。"

月秀的阿姐说:"我叫苏月菊,请坐。你啥事体请讲。"

施惠雯把林益文失踪的事讲了一下,然后拿出几张报纸,说详细情况报纸上有。"还有",施惠雯拿出一张纸条说,"这儿是我打听到的林益文可能被关的楼房的地址,是在郊外。"

就在林益文被关后的第四天的下午,天上乌云翻腾,不久就哗啦啦下起暴雨来。乔子良来见林益文了,说:"阿哥,想好了哦?只要你离开上海,永远不再回来,我这就放你出去。"林益文说:"这几天我一直在想这件事情,乔老爷认我做他儿子,是亲的也好,不是亲的是干儿子也好,他对我肯定有他的想法。他不会无缘无故地认我这个人做儿子的,而且一定要我叫他阿爸,不让我叫他老爷。你恐怕也是为这一点才把我关在这儿,并威逼我要让我离开上海的吧?但子良少爷,我做勿到,因为这会让一个认我做儿子的人很伤心很失望的。我不羡慕你们家的富贵,但我尊重一个施恩于我,并那么看重我的人。子良少爷,有一句话我可以告诉你,我不会也不可能同你争老爷的财产的,因为你是他的亲儿子,你有继承权。我不会有也不可能有,我只想孝顺这个把我当儿子看,把我当儿子一样关照的老爷。"

乔子良说:"我要让你死呢?"

林益文说:"要我死要我活不都在你的手里吗?我说了没用,你看着办就是了。"

乔子良说:"你死不了,我没这胆量弄死你,但你既然勿答应离开上海,那就在这儿多住几天,一直到你想通了为止。"

林益文说:"让我在这儿住多少天,哪怕住一辈子,那是你的事,但我决不会离开上海,伤乔老爷的心。"

"出呐娘咯逼!你咯只乡巴佬,还软硬勿吃,那你就好好在这儿住着吧。"

到了夜里,雨好像越下越大了。半夜里,林益文突然听到有一个人在轻轻地敲着老虎窗的玻璃,不一会儿窗户被撬开了,一个人头探进来轻声地说:"你是林益文吗?"林益文说:"是我。"那人从窗口吊下一根绳索,说:"林益文少爷,小姐让我来救你,你抓住绳子,我把你拉上来。"林益文立马穿上衣服,抓住绳索爬出了老虎窗。雨下得很大,闪着一片水光。那人穿着一套夜行衣,不知是男是女,但听声音好像是男人,但那说话的口气又像女人。"你跟我来,当心,屋顶上的瓦有点滑。"那人领着他爬过一段屋顶后,就来到了一个露天阳台。那人先跳了下去,又把林益文接了下来。他们从露天阳台进入一道楼道,下了大约有五层楼梯,就是这栋楼房一楼的后门了。后门口有一辆黄包车在等着,林益文一看,是张佑福。

"益文哥!"张佑福关切地叫了一声。

"是我。"

那个人让林益文上车说:"小姐只让我把你救出来。其他的事益文少爷你自己做主,好,我走了。"说完,那人闪进一条小马路,不见了。

"益文哥,去哪儿?"张佑福问。

"去北四川路永宁里72号哦。"他脱口而出。

张佑福拉着黄包车在大雨中奔得飞快,他放下遮雨布,雨点在遮雨布上打得噼噼啪啪的乱响。

张佑福一面拉车,一面大声地同林益文说话,由于雨声很大,有些话有些听勿大清,但总的意思是露珠姑娘出院了,腿好了,石膏拆掉了,像正常人一样了。他在棚户区盖了一栋有二层楼的棚户房,只用了五块大洋。一楼开了一爿胭脂店,因为周围只有他们开的那爿胭脂店,所以生意特别好。他与露珠姑娘已经住在一起了,露珠再也不用去做那种勿是人做的生意了。子良少爷也没有再来纠缠露珠,这些都要谢谢益文哥。他又说他是在堂弟张佑荃那里知道他益文哥被人绑架的消息的,据张佑荃说可能就是子良少爷绑架的。乔老爷、梁总管、宋茂昌都来店里问过这件事,张佑荃说他知道那天是子良少爷把你叫走的,但后来就再也没有消息了。两天后,陈舒媛也来问过,这件事施惠雯小姐也来店里问过,两位小姐都急得勿得了。昨天,施惠雯小姐让佑荃陪着来找他，说益文哥有消息了，让他今晚等一个人来一起去救益文哥。晚上让他到柳家湾路36号花园洋房前去拉一个人。是施小姐陪那个穿夜行衣的人出来的，他把那个人拉上后，施小姐就自己要了一辆三轮车走了，她说人多会走漏风声。那时雨跟现在下得一样大，那人让他拉了一个多小时的车，才到市郊稻花路那栋老楼房的后门，让我在这儿等，千万不要离开。等了没多久你们就出来了，益文哥啊，是勿是乔子良绑架你了？

　　林益文说："现在还确定勿了。佑福弟你辛苦了。"

　　佑福说："益文哥，你对我这么好，又帮了我这么大的忙，我就是为你去死也是心甘情愿的，这点辛苦算个啥！"

　　林益文说："我还是要谢谢你啊！"

第二十七章

　　永宁里这条弄堂很深,寻到72号的这栋房子,真要费一番功夫。林益文轻轻地敲了下门,然后是睡意蒙眬的骂声:"啥人啦?深更半夜的又下着这么大的雨,还来敲门,敲你个十八代祖宗啊!"一位四十岁模样长得很胖的娘姨样的人把门打开,吼着问:"寻啥人啦?"

　　"陈舒媛,陈小姐。"

　　那个胖娘姨没好气地朝二楼喊:"陈小姐,有个人寻你,是个男人!"那娘姨把"男人"两个字喊得特别响,似乎想让全栋楼的人都听到似的。林益文就对张佑福说:"佑福,你回去哦,向露珠姑娘问声好,过些日脚我去看你们。"

　　林益文上了楼。二楼的房间里窸窸窣窣响了一阵后,门开了,陈舒媛穿着丝绸的睡衣,眯着还没睡醒的眼睛,但一看是林益文,她惊喜地喊了声:"益文哥,快进来!"

　　林益文一走进房间,陈舒媛就激动地抱住了他,说:"益文哥,你真是吓死我了。"

林益文轻轻推开陈舒媛说:"我全身都被雨淋湿了,你看,把你睡衣也弄湿了。"

陈舒媛说:"这有啥,你能安全回来就好。我先倒点热水,你到卫生间去揩一揩,我这里可没有男人的衣服,就穿我的睡袍吧,小了点,但你能穿,到天亮了,我去给你买一套男人的衣服去。"

林益文到厢房边上的卫生间揩了身,穿了陈舒媛的睡袍。那睡袍陈舒媛穿着自然是很宽大,林益文穿上却刚把身体包上,两只衣袖短了一大截。

陈舒媛搭了张地铺说:"我睡地铺你睡床。"但林益文往地铺上一坐说:"我就睡这儿。"

"怎么回事?两天前刚好是礼拜天,我去店里看你,说你失踪了,已经两天没见到你的人了。"

林益文把情况一五一十地告诉给陈舒媛听。

陈舒媛说:"那个乔老爷干吗要认你做儿子?"

林益文说:"乔老爷是双林庄的人,原本姓林。"

陈舒媛说:"姓林?是双林庄鼎鼎大名的林进士的儿子?奇怪了,这恐怕是绝对勿可能的事情!"

林益文说:"舒媛妹,我听勿懂你的话。"

"益文哥,我告诉你听,在双林庄,陈家就是我阿爸家,还有你说的乔老爷也就是林进士家,陈、林两家是双林庄上最大的两户人家。但这两家历来不和,林家看勿起陈家,因为陈家先祖上有点坏名声。所以两家从不来往。他们两家的佃户也会斗嘴群殴,我爷叔也就是我阿爸的阿弟,过年时候放鞭炮被炸死了,陈家也认为与那林家有关。现在林进士的儿子,也就是现在的乔老爷,要认你做儿子,或者你可能就是他的亲儿子,这不跟天方夜谭一样了吗?"

林益文说:"像你说的那样,那我也更不明白了。你阿爸陈嘉禄陈老爷勿是也想收我做儿子吗,那是什么意思?"

"我的姑姑生了个儿子,查下来可能就是你,而我的过房爷陈嘉禄勿会生育,把妹妹的孩子认作他的儿子,不也是天经地义的事吗?"

林益文说:"难道我是你姑姑与乔老爷的私生子? 只有这样才说得通,勿然就说勿通呀。"

"问题是简直没有这种可能性。我可以告诉你,我的阿爸一直在寻找他的妹妹,也就是我的姑姑陈碧茵。让我到上海来谋生,住在上海,就是也想顺便打听打听我姑姑在不在上海。据说自陈老太爷去世后,尤其是这几年,我阿爸他派人把乡下都找遍了,然后又到上海来找。上海这么大,人又这么多,再说快有二十年没有往来了,怎么找呢?"

林益文想说什么,但很快就把想说的话给咽了回去,陈舒媛看出来了,说:"益文哥,你想说什么?"林益文说:"这次有人把我救了出来,我现在在考虑是离开上海,还是再回到乔老爷那儿去。如果到他那儿,他儿子乔子良绑架我的事要不要同他讲。"陈舒媛沉默了好久说:"你勿能离开上海,这点是肯定的。无论是为了我还是为了你,你决不能离开上海。至于乔老爷的儿子绑架你的事,你可以权衡一下再做决定。益文哥,真是冤家路窄啊。我阿爸的厂子,还有那爿大祥丝绸行,就是被这位要认你当儿子的乔居正老爷吃掉的,真是旧仇又添新恨,奇怪的是这两家现在都要你做他们的儿子。"

雨点打在窗棂上,叮叮咚咚地响。陈舒媛看了看表说:"我要起床了,上课勿能迟到,我今朝第一节就有课,益文哥,你就在这儿再睡一会儿吧,勿要出门。中午我们一起吃饭,我让饭店送几个菜来。另外我还要再去给你买套衣服,你淋湿的衣服一时也干勿了。上海这种天气,阴笃笃地跟杭州一样,真叫人受勿了。"

林益文很累了,依在墙上,慢慢滑到地铺上,很快就沉睡了过去。

林益文老是觉得自己似乎醒过来了,遇见了许许多多让人心惊胆战的事,但却怎么也醒不过来,魇住了。有人轻轻地摇他时,他这才真正地醒了过来,紧挨着的是一张漂亮迷人的脸。陈舒媛冲林益文一笑说:"睡死脱过去了,好像还在做梦呢。"

陈舒媛说:"饭店里菜都送来了。"林益文看到桌子上放着六样精致的小菜,汤盆盖着盖子,盆盖的小孔往外冒着热气。

"你换下来的衣服还没有干,我给你买了一套西装,一件衬衫,还有一双袜子,还有一双皮鞋,你的那双布鞋也湿透了,暂时穿勿成了。我先出去一下,你就穿衣裳哦。"说着,陈舒媛就出去关了门。林益文看着那堆全新的衣服,翻了翻,发觉还有条内裤,她刚才没有说,还有条蓝色的领带,这真是个心灵细巧的姑娘。

林益文把衣服穿好后,就拉开门说:"好了,你进来吧。"

陈舒媛看着穿着一身新的林益文,笑着说:"益文哥,你好英俊啊。领带也戴上,领带为啥不打啦?"林益文不好意思地一笑说:"我勿会。"

"来!我给你戴!"

陈舒媛为他戴好领带说:"来,自己照照镜子,你恐怕连自己也认不得了。"林益文往大柜的穿衣镜前一站,除了那张脸他还认得是自己的,其他的似乎不是自己的,真的可以说换了一个人了。

"你的湿衣服我拿到洗衣坊去洗了,让他们烘干后送来。来,吃饭哦。"

"舒媛妹妹,真的太谢谢你了,想得这么周到。"

陈舒媛一笑说:"我们是一家人,谢什么!要勿要喝口酒压压惊?我下午还要上学校去上课,勿能陪你喝。"

林益文说:"下午我想回一趟乔老爷家,他肯定也急坏了。"

"但勿要讲是他儿子乔子良绑架的你。"陈舒媛说。

"为啥?"

"你想呀,你要是离开他,离开上海,你告诉他这没关系,怎么处置他儿子是他的事。但你又要回他的家,想做他家的儿子,你讲了后,就为难乔老爷了。乔子良毕竟是他亲儿子,不会因为你而把他往死里整。乔子良要挨整了,会更同你结仇。你放过他,这仇说不定也就消了。如果第二次他再向你下手,那时你再讲出来也不迟。如果你真是乔老爷的亲儿子的话,亲兄弟相残也不见得是好事,该放一马时就放他一马。益文哥,你说呢?"

林益文点了点头,说:"在他把我关起来那几天,也没有虐待我,给我吃好的,估计他也是念在可能是兄弟的情分上。"

陈舒媛说:"等一歇我要去学校,你要等到洗衣坊把你的衣服送来后,穿上原来的衣服再走。我给你买的衣服,你就留在我这儿,等有空我再给你送过去,或者你再来拿。今天这样带着回去,恐怕不方便,可能会引起什么误会。"

林益文发觉,陈舒媛想事情想得都蛮周到。

陈舒媛走后不久,洗衣坊就把洗好烘干熨烫过的衣服送来了。林益文把陈舒媛为他买的衣服叠好后,放在一把椅子上,然后穿上自己原来的衣服出了门。从灶台间走出后门时,那个昨夜为他开门的矮胖阿姨,用异样的眼光看着他出门。后面他听到一句话:"像陈小姐这么正经的女人也出呐娘会有相好咯,敢半夜里落雨天闯进来人啊,光看外表还蛮摩登,其实,哎,讲勿清爽啊!"

走出永宁里,林益文要了一辆黄包车,直奔乔公馆。他想起陈舒媛的那些话,觉得真的很有道理,能抹平的事尽量抹平,真要揭开了,乔老爷与乔子良都会大闹一场,他们一闹,他林益文的日脚还会好过? 当然离开上海是另一回事,但你现在离得开上海哦? 乔老爷那头,陈舒媛那一头,你都丢不开。还有施惠雯,没有施惠雯的帮忙,你恐怕还关在那栋阴森森的楼房的阁楼上呢。

第二十八章

乔公馆里,乔老爷正在教训乔子良。乔子良为自己争辩说:"阿爸,你也勿想想,我哪可能绑架益文阿哥呢,我是看到阿爸待他好,茂昌爷叔讲那个林益文很可能就是我的同父异母的亲阿哥,我是想认识这个阿哥,带他到新亚饭店吃顿饭,同几个朋友一起聚一聚,我错啦?益文阿哥失踪了,怪起我来了,好心变成驴肝肺了,阿爸你也太冤枉我了。"

宋茂昌站在边上。在这个家中,宋茂昌是老爷之下众人之上的人物,连梁总管都要让他三分。乔老爷看了看宋茂昌,宋茂昌笔直地站在那儿,什么话也不说。老爷的贴身跟班自有贴身跟班的规矩,只有在需要他说话的时候才说话,只有在他摸透老爷的心事后才说话,所做的事情也是这样,老爷让他做的事,他必定去做,哪怕做过头了,也做。他知道,老爷说他做过头了,他就承担责任,但他知道老爷心里是满意的,抱怨他几句只是面子上的事,比如打断露珠腿的事。老爷说他有点做过了,他就把责任担下来了,说:"老爷,出去后我会注意咯。"乔居正就再也没说他什么,还让林益文去送医药费,探望露珠,这件事解决得可以说蛮稳当。据宋茂昌说,最近乔子良再也没有去找露珠,因为露珠不做那种生意了,他也没有理由再去找她。乔居正觉得他的目的达到了,对宋茂昌就更加信任了。

林益文进门,宋茂昌眼尖,第一个看到的,马上说:"老爷,益文少爷回来了。"

乔子良听了,心头也一惊,以为自己听错了。往窗外一看,林益文正走过草坪,朝楼房门口走来。乔老爷看到确是林益文,顿时一阵惊喜。乔子良脑子活络,马上说:"阿爸你看,我没有绑架阿哥哦。"

林益文穿着刚浆洗过的长衫裤子,布鞋也很干净,被关在阁楼时,饮食上也没被亏待。他又是个很想得开、适应能力很强的人,所以面色神情都似乎正常,看不出来受过什么磨难的样子。林益文一进门,喊了声:"阿爸。"

"益文,"乔居正喜出望外地说,"这几天你到哪儿去了?"

"阿爸,"林益文说,"出了点小事体,没有啥。"乔子良很紧张地看着他。

乔居正说:"坐下来说,坐下来说,刘妈,泡茶。"乔公馆的娘姨子叫刘妈,是梁总管的亲戚,长得白白胖胖的。

林益文坐下后,乔子良说:"阿哥,阿爸讲是我绑架了你,可能哦?"他决定先下手为强。

林益文一笑说:"你是我阿弟,绑架我做啥?但是有人绑架了我,在一栋阴森森的楼房的阁楼上关了我四天。我估摸着那天,那几个人想绑架的可能是子良阿弟。因我身上啥也没有,没有人晓得我是阿爸的儿子,我是个身上榨勿出油水的人,他们发觉绑架错人了,今朝早上关我的那间阁楼里连人影都没有了。"

"是这样吗?"乔居正问。

"是这样。"林益文答。

"阿哥,你真的没有看清他们是什么样的人?要看清了,我派人去收拾他们。"

林益文说:"这些人也是命挂在裤腰上去做这种事的,既然我没有啥,好好的,何必再同他们过不去呢? 人不能把跟你没有仇的人拿来当仇人呀。"

乔子良知道林益文这话是针对他的,他觉得这个阿哥虽然只比他大几岁,但却蛮有点城府的,有点厉害。

乔居正说:"益文讲得对,没有事就好。茂昌啊,今晚多做几样菜,给益文压压惊,把那边常青路上的三妈也请过来,全家吃顿团圆饭。那边三妈他们知道益文失踪也受惊了,着急得很。"

"是,老爷。"宋茂昌说,"我派车叫人去接。"

林益文说:"阿爸,我还要出去办件事,马上就回来。"他想起来施惠雯现在可能正是在家休息的时候,他怎么也得见见她,这次全靠她帮的忙。

"阿哥,阿要我陪你去?"

"用不着。"

人有缘是没有办法的事,林益文一出门,就见到张佑福送别一个客人后,空着车朝这边走来。张佑福笑眯眯地奔过来,这时有人在路对面喊:"喂……黄包车……"张佑福就指着林益文,回头对那客人说:"已经有客人了。"他在林益文跟前停下,抹了把汗说:"益文哥,气色老好的嘛。昨晚就回家啦?"

"刚回来,佑福,帮我去到兴盛里15号跑一趟,好哦?"

"好哦!"

施惠雯果然在家休息,二房东牛家阿婆一见林益文,就说:"喔哟,林益文啊,你在哪儿发财啦? 气色好得勿得了。"林益文想大约被关的那几天,吃得好,休息得好,人可能就胖了点,所以认识的人都觉得他气色好。牛家阿婆然后朝亭子间喊:"施小姐,林益文先生特地来看你了。"

施惠雯一听喊声,忙起身,打开亭子间的门,站在楼梯口喊:"益文弟啊,快上来。"

林益文进了亭子间,施惠雯关上门,高兴地说:"益文弟,来,亲一下。"说完就在林益文的脸上亲了一下。林益文只是一笑,他知道,这只是施惠雯在表达她对自己安全回来后的一种惊喜,并没有更深层的意思与感情在里面。

"益文弟,我告诉你,晓得你被绑架失踪后,我马上想到我在舞厅跳舞的那些人,他们都是乔少爷这样一些人的狐朋狗友,他们肯定晓得你关在什么地方。在上海滩上,在有些人看来很神秘的事情,神秘得勿得了的事情,但对他们圈子中的那些人来说,一点儿也不神秘,都是他们暗中可以公开的秘密。所以前几天,我又每夜泡舞厅,那个报复过我的,害死过那个舞女的潘少爷,我每天都同他跳舞,舞厅里的人都知道他的触角广得勿得了。我同他跳了几晚上的舞,他就告诉我了。其实你被绑架也是啥秘密,报纸上都登了,说上海商会副会长乔居正有个私生子,现在找到了。他不但认了这个儿子,而且还要把公司的经营大权交给他。乔居正现在的公子乔子良就把他乔居正那个私生子阿哥绑架了。潘少爷在跳舞时就对我说,施惠雯你晓得勿晓得乔子良把他的这个阿哥放在什么地方?就关在稻香路上的一栋旧式楼房里,是子良告诉我的,他要让他这个阿哥滚出上海。我就对他说,亲阿哥你都敢下手啊,他就说无毒不丈夫。要是换了我,我做勿出来,自己同父异母的亲阿哥,下得了这个手啊。我就想,同你极好的女人,你都下了毒手,把她弄进黄浦江死脱了,还假惺惺地这么说!"施惠雯看着林益文,说:"你安全出来就好,你勿晓得那几天晚上我急得哪能也睡勿着,就是睡着了,我都会做噩梦。"

"惠雯姐,让你操心了,谢谢你。"

"不过有家人家你一定要当面去谢谢,勿是他们派人出面去救你,你说勿定还被关在里面呢。"

"好咯,不过我得先来谢谢你,再去谢他们。"

"那家人家肯定同你有很亲密的关系,也就是跑到时事报社来,想要你地址的那家人家。这样吧,礼拜天,我陪你一起去,那家人家,我发觉有点神秘兮兮的,我也想去了解了解。另外他们同你到底有啥关系,我真的很想知道。要是写小说的话,这就有素材了。"

林益文答应,礼拜天一定同她一起去柳家湾路36号,然后回到乔公馆去。天色已晚。常青路56号的三姨太、吴灵芝、梁总管也都来了,吴灵芝一见林益文,就说:"益文弟,你吓煞我了,说你失踪了,害得我为你哭了一夜。"林益文忙说:"灵芝姐,谢谢你为我这么费心。"

吴灵芝在林益文身边说："现在我又想哭了。"

林益文说："做啥?"

吴灵芝说："你成大少爷了,我哪能也配勿上你了呀,让我好伤心呵。"

林益文只好笑一笑,生活有时可能只能当一场玩笑来看,要不就会有说不完的伤心事。

梁总管与宋茂昌另外有一席饭菜,不上主人们的饭桌,主桌上只有三姨太、乔老爷、林益文与乔子良,吴灵芝与徐妈站在一边服侍。

"益文啊,"乔居正说,"你勿要到丝绸行去管事了,我另外找人管,你到我的总公司去上班,顺便管管我们的两爿丝厂,还有纺织厂、面粉厂你也可以去看一看。""三妈,"乔居正对梁姨太说,"让益文住到常青路56号去,可以让梁总管派车接送。你用的那辆车老是停在车库里也是浪费,只要三妈出门,车子就保证也能用上。"

梁三姨太说："那太好了,每晚有益文同我说说话,打打麻将。"她好像想起什么,又问:"益文,你麻将会打哦?"

林益文说："会一点。"

梁三姨太说："麻将这东西好学,像你这样的聪明人,一学就会。车子我一年也用勿了几次,就让益文用,治中啊,就这么定了。"

"阿爸,"乔子良说,"让阿哥就在这儿住好了,也好陪陪我。"

"你阿哥是要到公司去做生意的,你要怕孤单,也去公司做,我安排你一份工作。"

乔子良嘟着个嘴勿响了。

第二十九章

　　夜有些深了，乔居正轻轻地敲了敲林益文卧室的门，走进来。林益文正在看书，忙从床上下来。乔居正说："你用勿着下床，阿爸只问你一句话。"乔居正在林益文的床沿上坐下说："真勿是子良绑架你的？"林益文咽了一下口水说："阿爸，这件事已经过去了，我勿想在兄弟之间制造仇恨。"乔居正沉思了一会儿点点头说："我晓得了，你休息吧。明朝你就住到常青路56号去。早上梁总管就来接你。益文，你年纪不大，却是个懂事体识大局的人。你如果真是我儿子，说明我乔居正有福啊。我一定要派人寻到那个苏月菊，只要寻到她，事情就清爽了。但勿管是勿是，我已经认定你这个儿子了！"

　　林益文说："谢谢阿爸。"

　　常青路56号的房子，林益文在大祥丝绸行做学徒的时候送货时就来过，那时他还是个出苦力的学徒，但想勿到现在竟要住到里面，做起少爷来了。世事变幻莫测，人生也就变得五彩缤纷。真不知是祸是福。清早，林益文坐着那辆福特牌银色轿车开进红漆的院门。院子中间是一条石头砌成的小道，直通楼房大门，小道两边是绿茵般的草坪，有几棵粗壮的法国梧桐毫无规矩地长在草坪上。楼前有一圈花坛，里面的鲜花开得正艳。吴灵芝已经焦急地等在楼房门前了，一见车开进来，她高兴地拍手叫起来："太太，益文弟来了。"

梁总管下车说："要叫少爷，益文弟，益文弟，益文弟是你叫的啊，一点规矩都勿懂。"

"是，总管老爷。"灵芝忙说。

林益文说："梁总管，就让她叫益文弟哦，在船上她就这么叫我的，我们是一个船来上海的，也算有缘哦。"

"勿可以的，少爷就是少爷，人要懂规矩。"

三姨太梁月琴说："阿弟，在我这儿用不着那么多规矩，让灵芝随便叫哦，叫益文弟勿是更亲切吗？"

梁总管说："阿姐，下人不懂规矩就会上头，勿可以咯。"

梁月琴也不说什么了，只说："灵芝，带少爷上楼去看看他的房间，需要添点啥，让梁总管去买。"然后又对林益文说："益文啊，你真的让我想起治中小辰光的样子，又文气又帅气。我虽然勿是你的亲阿奶，但你就把我当亲阿奶看，我也会把你当亲孙子待的，从此以后，这儿就是你的家。"

林益文听到这些话，心里感到十分的温暖。人只要知书识礼，人与人之间都会让人感到亲切。后来林益文知道，梁月琴的父亲是林进士的同一个师门，但后来家道败落，梁月琴又是庶出，就被进士老爷娶做三姨太了。梁月琴读书识字，还爱画上几笔画，工笔画画得很细腻，鸟啊、花啊，都画活了，真的勿错。但她最喜欢的就是听绍兴戏，也就是现在的越剧。尤其喜欢筱桂兰的戏。每月总有几次坐着车，让吴灵芝陪着去剧场看戏。有时在家里，她也要唱上两句，学得还真像。林益文在常青路56号住下后，梁月琴时时关照他，吴灵芝就更不用说了，有人时叫"少爷"，没人时还叫他"益文弟"。每天一清早，热热的洗脸水，牙刷上已蘸上了刷牙粉，而喷香的早点也已放在桌子上了。吃好早点后，穿上丝绸的长袍，头上戴着瓜皮帽，梁总管要送他到院门口，看着他上车去公司。林益文过起了少爷的生活。

同施惠雯约的那个礼拜天到了,林益文就同梁月琴和梁总管说他要出去办一件私事。梁总管说:"阿要派个人跟你去?"林益文说:"用不着的。"他也勿要家里的车,出了院门,招了辆黄包车,坐上去让车夫拉到开家桥路兴盛里15号,施惠雯已经在那儿等他。

施惠雯说:"你真准时,我就喜欢你这样的人,做人做事都认真。"

林益文一笑说:"救我命的人我能勿去谢,何况我也好奇,想去看看到底是哪能桩事体。你是冒着风险帮我忙的人,这跟我做人是勿是认真好像关系勿大。"

施惠雯说:"益文弟,我看你越来越会讲话了。"

林益文:"惠雯姐,活在这世上,我晓得懂得讲话蛮重要的,勿然就要吃大亏的。"

他俩走出弄堂,后面就听到牛家阿婆在跟隔壁邻居叨叨,声音很响,想要让全弄堂的人能听到似的:"这个林益文,住在楼道间的辰光,两个人就勾搭上了呀,有一天夜里,两个人就在亭子间里焐了一夜天,天快亮时那个林益文才下楼回到楼道间的,我亲眼看到的,是咯样子咯。"

施惠雯一笑说:"这牛家阿婆,背后老讲我坏话,说我是舞女,是'拉三',我恨勿得把这个老太婆的嘴拧烂。这种老太婆在上海也太多点了。"

林益文说:"是呀惠雯姐,所以,你要是拧这种爱传闲话的女人的嘴,那你可拧勿过来咯。"

两人走到弄堂口,要了辆三轮车说:"柳家湾路36号。"

暖风拂面,天气晴朗,春天的上海真的很让人惬意。惠雯说:"上海这个鬼地方,要混日脚也好混,赚钞票也赚得动,要说龌龊的地方也太龌龊,真的处处都是陷阱,弄勿好性命丢在里面是哪能丢的都勿晓得。"

苏州河是上海四周县市进入上海的主要通道。那时流进上海的那段河岸被英国人占领后,盖了不少西洋式的房子,显露的是西洋人的风味。

林益文发觉柳家湾路36号离常青路勿太远,有三四站电车路的距离,已是上海市的市郊了,沿着苏州河河岸的一条石子路往前走,甚至可以看到稻田、菜地与交叉成网状的小河滨,那儿有一片错落有致的别墅。那些别墅都是西洋式的楼房。不久,就看到路边有一块木牌子,上面写着柳家湾路,很快看到钉着36号的木牌。三轮车停下,施惠雯抢着付了钱。虽然林益文心想,现在我比你有钞票,但她那份热情,林益文也欣然接受了。施惠雯去按了门铃,来开门的是一位五十岁上下的老妈,一口浓重的乡下话:"先生,小姐,你们找谁?"

施惠雯说:"苏月菊阿姨。"

林益文一听这名字,心头一惊:"乔居正老爷与陈舒媛小姐以及陈嘉禄老爷到处在找的,勿是就是这个叫苏月菊的人吗?"

刘妈说:"你们稍等,我去回了话再请好哦?"

不一会儿,刘妈领苏月菊走了出来。她先认出施惠雯,接着又认出了林益文,惊喜地说:"喔哟,快进,快进。"施惠雯两次来,也都是在院子里说的话。林益文就没有来过,两人都是第一次进入这个有两栋西式楼房的花园。林益文后来知道,这幢楼房是一个英国绅士盖的,他在上海海关做事,还是海关的一个小头目。那时中国的海关主要是英国人做头目,听说中国总海关的头目就是英国人。后来那个英国人急着要回国,而且不会回来了,匆匆将这栋房子卖掉了。四处躲藏,一直还找不到一个落脚的地方的陈碧茵,是通过熟人花了九根金条买下的。

走进花园,就能闻到一股清新的空气,满眼的绿与红,小路边有垂柳。由于靠近苏州河,有一条小河涓涓地淌着碧绿的流水。从草地中穿过一个凉亭,亭子与楼房间有一条回廊连接。那是一栋三层的楼房,似乎是用一块块大石头砌成的,看上去结实而厚重。门前有三层台阶,台阶上站着一个四十岁不到的女人,穿着华丽,向后拢成一个发髻的头发黑亮油光,那脸显得比实际年龄似乎更年轻,非常漂亮高贵。她眯着眼睛看着苏月菊把林益文与施惠雯领了进来,显然是这里的主人。在她身边站着两个十六七岁的丫鬟,那个叫月秀的女人拿着把大剪刀在花坛前修枝。这个女人站在离她五步远的地方。

离女主人五六步远的地方,苏月菊就让施惠雯、林益文停了脚步。

施惠雯、林益文忙向女主人微微鞠了一躬。

女主人说:"月菊,先问清爽,再来见我。"说着就转身回到房子里去了,两个丫鬟也跟了进去。

林益文想起来了,有一天,就是这个苏月菊领着这个女人到丝绸行来,还特地到账房间的小窗口探视过他的。

苏月菊领着林益文和施惠雯走进小客厅,小客厅布置得很温馨。林益文想,女主人大概是勿大出门的,由于对外没有什么社交活动,基本上是个居家不出的人,就会把自己住的地方搞得很舒适很畅快,花园也收拾得很悦目。苏月菊让他俩坐下后,说:"这位小姐我见过了,也介绍过了,就是这位先生是第一次来,请问尊姓大名?"

施惠雯看了苏月菊一眼,她知道苏月菊知道林益文叫什么,但还要问一遍,有点验明正身的味道。

林益文说:"我姓林叫益文。"

苏月菊说:"小时候的事你知道吗? 林先生,对勿起,刚才我们女主人讲了,问清爽了再去见她,所以我就勿客气地想问你一些事,就像查户口一样,请你勿要见怪。"

林益文说:"我和施小姐来,本来是想来道谢的,贵府有位先生那天夜里救了我。"

苏月菊说:"勿是先生,是小姐,就是在院子里修剪花坛的那位,她是我的阿妹。从小学得一身的好武功,对她来说,飞檐走壁那只是小菜一碟。不说这些了,如果先生觉得我问得冒昧的话,可以不回答我。我们家女主人很想见见林先生,就是想问清一些情况后,再见面就有话好说了,何况这些事情小姐也真的很想知道。"

这个苏月菊很耿直,也很大方,可是林益文说:"请这位阿姨勿要误会,你想问什么,我愿意回答。我是被人领养的孩子,亲生父母叫什么,我不知道。我的养父叫林祖文,住在湖州乡下的乌林村,母亲叫林章氏。养父在我十三岁时就去世了,养母在我十六岁时也走了,我的娘舅,也就是我养母的弟弟章立祥,把我领到他在杭州开的油纸店当学徒。后来杭州丝绸行的协办陈嘉禄老板让我在他上海开的大祥丝绸行的账房里做生活。"

苏月菊说:"你一岁时的事晓得哦?"

林益文说:"一岁时我恐怕连话都勿会讲,哪能晓得呢? 只听我养母告诉我,我是在一岁左右时有位阿姨送到我养父母家的。"

苏月菊先用手绢抹了眼角上的两滴泪说:"讲得都对,好了,两位先坐坐,我去禀报小姐。"她突然喊:"阿英,有客人来茶都勿晓得送上来啦!"

一位面容清秀的十五六岁的丫鬟赶忙端着茶送进了小客厅。

不一会儿苏月菊来了,说:"林先生,勿好意思,这位施小姐是你……"林益文说:"我们先是邻居,那时都住在兴盛里15号,现在是朋友。""男女朋友?"

"勿是,是很知心的一般朋友。"

"明白了,那施小姐怠慢你了,你先在这儿坐一歇,吃点水果。我们女主人想单独见见林先生。"

施惠雯说:"勿碍事,我坐一歇好了。"

苏月菊领着林益文穿过走廊,走进一间书房。书房很大,四周挂着几幅画,桌案上还放着一些书,有棉垫的椅子上都围着绣花的布巾,女主人坐在一把很大的垫着绣花垫子的太师椅上。

林益文一鞠躬,不知道如何是好。

女主人说:"叫我阿姨好了。"

林益文说:"您这么年轻,叫您阿姨不是把您叫老了?"

女主人说:"什么老不老,我说勿定可以做你姆妈呢。"然后接着问,"林益文,你晓得勿晓得这个名字是谁给你起的?"

林益文说:"勿晓得,可能是我养父吧,因为他姓林。"

"勿是,是我给你起的。"

林益文一下愣住了。

女主人盯着林益文说:"益文,晓得哦,我叫陈碧茵,是你的亲生姆妈啊。"说完她顿时泪如泉涌。

在一边的苏月菊忙递上手巾,说:"小姐,事体都过去二十几年了,勿要再伤心了。"

陈碧茵说:"我是恨我自己呀,那时候我才十七岁,按习惯的说法就是情窦初开,看到风度翩翩的年轻男子就心动,自己也就不能自已,拼死拼活地就想同人家见面,脸面勿要勿讲,甚至连自家性命都不想要了,只想见一面就是丢了性命也在所不惜。结果差点丢了自家的性命,连阿爸的命都丧在我的手里。还害得月菊、月秀你们死守着我熬孤单。真是自作孽啊!"说着痛苦不已,似乎要昏过去。

"小姐,都过去了,都过去了呀。"苏月菊一边劝着说,"小姐,你现在看看,你的亲生儿子活脱脱地站在你跟前,二十几岁的英俊小生,你要高兴才是,哪能可以哭得这样伤心呀!"

陈碧茵哭了一阵后,才觉得在林益文跟前有些失态了,丫鬟递上来毛巾,陈碧茵抹去泪水,又怔怔地看着林益文说:"你真叫林益文啊?"

"是。"

"二十二岁?"

"是。"

"几月几日的生日?"

"我勿记得了,养母说可能是三月。"

苏月菊在边上说:"是我在三月份抱给林祖文的,那时是一岁,你的养父真的是乌林村的林祖文?"

"是的。"

经过再一次的确定后,陈碧茵再也控制不住情绪,冲上去一把抱住林益文,没有了当时的矜持,又哭了起来。她知道这真是她的亲生儿子,在这世上她唯一的亲生儿子,长到二十二岁的林益文就在她的跟前了。林益文觉得自己似乎又在梦里了。

哭了一会儿,陈碧茵看着林益文说:"益文,你叫声姆妈好哦?我认你了,你认勿认我这个姆妈啊?"

林益文想,这个叫陈碧茵的女人就是他的亲生母亲,而他的父亲就是那个叫乔居正以前叫林治中的人。现在双方都要找这个叫苏月菊的人来证明这一点。这个苏月菊就在他的眼前,林益文是勿是他们的儿子这一点就得苏月菊来确认。至于怎么会有他林益文的,这个过程自然也只有林治中、陈碧茵、苏月菊他们三个人知道。这个过程对他林益文来说不重要,只要乔居正、陈碧茵是他的父母这点勿假就可以了。

林益文看着陈碧茵,想勿到母亲长得这么风雅与漂亮,于是叫了声:"姆妈。"想想自己活到二十二岁才见到自己的亲生母亲,他也鼻子一酸,眼角上涌出两滴泪了。

"益文啊,这二十几年来,你肯定也受苦了。"

林益文说:"还好,养父养母对我很好,后来娘舅也待我勿错。姆妈,陈嘉禄是我亲娘舅喽?"

"是!他在哪儿?"

"姆妈,你们没有见过面?"

"少爷,你可能勿晓得,"苏月菊在一边说,"你外公晓得你姆妈是姑娘却怀了小人,就要打死你姆妈,那时你在你姆妈的肚子里才五个月,是你娘舅瞒着你外公雇了只船,搬了几只装了财宝的铁箱子,偷偷地让我陪着你姆妈在一个落雨的夜里天逃出来的。我们东躲西藏,生下你后就怕你外公派出的人找到我们,小姐怕大人小孩一起丧命,就把你先放一个地方,勿让人发现。我们两个人就再逃命。还好,你娘舅想得周到,一定要我们带上几箱细软,勿然命一样保勿牢,两年后,这才托熟人在上海买了现在这栋洋房,躲了进来。这二十年来,与外界什么往来也没有,也没有同亲戚朋友有往来。小姐就在家里看看书,看看报纸,搓搓麻将打发辰光。"

"封闭在上海的这栋花园洋房里,除看些书外,那时上海也有了不少报纸,她就每天看看报,既解解恢气也知些天下大事,打发辰光。"苏月菊说,"有一天,她在报纸上突然看见了林益文这个名字,就让我去报社打听你,看看你是勿是我们家的林益文,多亏了施惠雯小姐。我们也不敢造次直接去找你。多方打听得仔细了,才能认你啊。施小姐把你做生活的地方告诉了我们。那天我们才去丝绸行看到了你。"这时苏月菊突然想起什么,说:"啊呀,小姐,施惠雯小姐还一个人在小客厅里呢。"

第三十章

　　陈碧茵留林益文和施惠雯吃了夜饭,苏月菊把他们送出门,要了一辆三轮车。在回兴盛里的路上,林益文一副心事重重的样子。施惠雯说,你们母子相认不是好事吗,怎么还忧心忡忡的呢?林益文说,你勿晓得,我现在夹在一个死结里,左右为难了。施惠雯说:"为啥?"林益文说:"这事恐怕一时也说勿清,到你那儿再说吧。"到了四川路,三轮车拐了个弯就到了开家桥路兴盛里。施惠雯与林益文在弄堂口下了车,到了15号,走进灶火间时,刚好碰到牛家阿婆在水龙头下洗东西,看到施惠雯与林益文进来,说:"刚回来啊,跳舞去啦?"施惠雯冷笑一声说:"牛家阿婆,跳舞有这么早就回来咯啊?我同林益文轧朋友逛马路刚回来。"

　　牛家阿婆说:"啊?你们两个轧朋友啦?"

　　施惠雯说:"是呀,哪能勿可以啊?"

　　施惠雯与林益文说着上了楼,进了亭子间,施惠雯特意把门砰地弄得很响。施惠雯与林益文都笑了起来。

　　在他们上楼时,牛家阿婆甩了一句:"唉哟,厉害啊,老不要脸,吃上嫩豆腐了。"

　　施惠雯为林益文沏了杯茶,说:"你阿爸与你姆妈是个很传奇的故事,你有什么为难?"

　　林益文告诉施惠雯说,现在他的阿爸乔居正原名叫林治中。林家与陈家当时在湖州的双林庄上是最大的人家。林益文把他所知道的两家以及因怨仇发生的一系列事情讲了一遍后,说,最近陈嘉禄的丝厂倒闭,丝绸行换主,都是乔居正所为。乔居正与陈碧茵现在都认了他这个儿子。但陈碧茵却不愿再与乔居正相见,说年轻时做下的荒唐事,差点惹来杀身之祸,何况那时干柴烈火,也没敢想结什么婚,现在就更不想了。陈碧茵说,我不愿嫁他,他也不会娶我,就当是个梦吧,但我身上掉下来的肉我得认。林益文说,我的那位乔居正阿爸对陈碧茵是什么态度,我还不知道,但我是他儿子也是确凿无疑的了,父母间不愿相认,而却要认这个儿子,这个儿子该怎么办?越往后想,就越觉得很难做人。

　　施惠雯说:"我可以把你的故事写成小说,要不你自己写,我拿到报社去连载。"

　　林益文说:"别!这更会惹麻烦的,我正不知道后面的路该怎么迈呢。"

　　施惠雯说:"船到桥头自会直,车到山前必有路,人生就是这样。"

　　林益文站起来说:"顺其自然吧,出来快一天了,也该回去了,你勿要送了。"

　　施惠雯还是把林益文送出门口。牛家阿婆开始在楼梯口偷听,他俩下楼时,她忙躲进灶火间。林益文走后,牛家阿婆对施惠雯说:"哪能跟咯小白脸在这过夜啊?"施惠雯说:"牛家阿婆,我们是轧朋友,勿是同居!"林益文走到弄堂口,要了辆三轮车去了永宁里72号,他得把这事告诉陈舒媛。

　　上海弄堂里的石库门房里,都有像牛家阿婆这样的人,永宁里72号一楼的胖娘姨刘嫂也这样。

　　"陈小姐,有人找。"胖娘姨刘嫂在这么叫。

　　陈舒媛说:"啥人啊?"

"就是那天半夜里来寻你的那个男人呀。"

林益文说:"舒媛,是我。大马路上居正丝绸行老板乔老爷家的小开。"

"唉哟,林少爷,快来,快来!"陈舒媛是个聪慧的姑娘,马上听懂林益文的话,用很响亮的声音这么说,而且满脸堆笑。

这段对话,让胖娘姨刘嫂一下愣住了,她回头看看林益文,那眼神勿晓得是啥味道,刚才那股气焰似乎一瞬间就灭掉了。林益文也越来越感到上海滩的味道了,上海人是只认钱不认人,只崇拜富人看勿起穷人的。他也要抬举抬举自己,这位胖娘姨说的那些话也太气人了。

陈舒媛说:"益文哥啊,快上来呀。"

林益文走进陈舒媛的房间,关上门就说:"舒媛,我见到我姆妈,也就是你的姑姑了。"

"见到我姑姑陈碧茵了?"

"是,你们一直要找到的苏月菊阿姨,就同我姆妈在一起。"

"她认你了?"

"像查户口一样盘问了一阵,都对上茬了,这才认的。姆妈叫我直接同舅舅陈嘉禄联系,他们就住在离这儿不太远的柳家湾路36号。舒媛,你就写信告诉你阿爸哦。"

"太好了!"舒媛一拍手说,"这真是踏破铁鞋无觅处,得来全不费工夫。好咯,我马上写信跟我阿爸联系。"

"舒媛,我勿能多坐,我还得马上回去。"林益文喝了一口茶说,"你勿晓得,我的麻烦恐怕在后面呢。"

"为啥?"

"以后再跟你讲吧。"

林益文虽然很激动,亲生父母都找到了,但后面该怎么做,他感到自己身上的压力,又似乎有了一种直觉,就是得坦然面对眼前的一切。他没有先回常青路,而是直接去了西霞路乔公馆,他见到乔居正,第一句话就是:"阿爸,我见到苏月菊阿姨了,还有陈碧茵,我姆妈。"

乔居正大吃一惊,有点勿相信:"益文,你讲啥?"

林益文知道不但乔居正似乎勿相信，就连自己也觉得在做梦，但他还是再说一句："阿爸，是咯，今朝我见到了你一直在寻的苏月菊阿姨，还有我姆妈陈碧茵。"

乔居正这才有点相信好像是真的了，就说："这么说，你就是我的儿子了？"林益文说："应该是。"

乔居正沉默了一会儿，在心中研判着这一消息，然后突然走上前去，紧紧地抱住林益文，说："这就好，这就好啊，你怎么见到她们的？"

林益文讲了事情的经过，然后说："她们就住在离我们不是很远的柳家湾路36号的一栋洋房里，也在苏州河的边上。阿爸，你去见姆妈哦？ 我领你去。"

乔居正想了想，然后对宋茂昌说："茂昌，你去把常青路那边的人都叫来，让梁总管一道来。"接着对林益文说："益文，你到我书房来一下。"

林益文跟着乔居正进了书房，乔居正说："坐哦。"林益文在一把椅子上坐下，看着乔居正，乔居正说："益文，你是我乔居正的亲儿子，这已经没有什么疑问了。但阿爸要告诉你的是，我跟你姆妈勿可能结婚，也勿可能生活在一起，过去勿可能，现在更勿可能了。啥原因？ 这个原因连我都讲勿清楚，因为里面有几代人的怨仇，包括现在。可偏偏老天爷把我和你姆妈拉扯在一起，有了那么一段情，你也会出生在这个世界上。人生有许多事真的讲勿清爽。按理讲，你找到了姆妈，现在也晓得你姆妈住的地方，我就该同你姆妈团聚，最起码也得相互往来，但这却有许多不可，我就是有这个愿望，也勿一定能成全。"

林益文想起了他姆妈陈碧茵讲的那些话，他们俩不可能商量，但讲的话却是一个意思。这个世界有些事真的弄勿大清爽，摆在你面前的是一个事实，而不是一堆道理。反正乔居正是他父亲，陈碧茵是他母亲，两个家庭在结了几代人的怨仇中，却有了那么一段情，而且还有了他林益文。林益文低着头，什么也不想。他的脑袋突然空空如也。

"所以，"乔居正说，"在别人跟前，尤其在我们家与阿爸的同事跟前，不要讲你姆妈的事。"

"咯我哪能讲?"

"只讲你是你阿爸年轻时一时荒唐的结果,你一岁时就送人了,现在你姆妈在哪儿,你说你也勿晓得。"

林益文说:"可我姆妈在!"

乔居正说:"你可以去看她,我勿会阻止的。但对别人,你就得照我这么说。"

林益文又低着头,不说话。

"益文,我勿可能再同你姆妈结合,年轻时的荒唐已经早过去了,你得面对现实! 大祥丝绸行怎么变成居正丝绸行的? 你已经是二十几岁的成年人了,我想你心里应该是很清爽的。"

林益文点点头说:"阿爸,我晓得了。"

梁月琴、林总管、吴灵芝都兴冲冲地来了,因为宋茂昌已把这一好消息告诉了他们。全家都坐在乔公馆的大客厅,乔子良刚好也在家。乔居正正式宣布林益文是他的亲生儿子。他对梁月琴说:"是我从国外回来去广州参加革命党之前,同一个年轻女人有过一段年轻男人都可能会有的风流事。没有想到那个女人会怀孕,生下了益文。益文生下后不久,这个女人就把益文送人了,后来我让茂昌和立群都调查过。现在当事人都找到了,证明益文就是我的亲儿子。"

"那个女人还在吗?"梁月琴问。

"她把益文生下来就送给了别人,她现在同我同益文都没有关系了。"

"咯倒是的。"梁月琴说,"儿子生下来就送人了,她根本就勿想当这个孩子的姆妈哟!"

"是呀! 立群,"乔居正说,"你给益文物色一个贴身跟班。"

"是。"梁总管说。

林益文看了一眼乔居正,想了想说:"阿爸,贴身跟班由我自己物色可以哦?"

乔居正说:"你自己已经有人选了?"

"阿爸,是你提到了,我才突然想到的咯。事先我想都没想过。"

乔居正觉得这个儿子真会说话,就说:"那好,既然是贴身跟班,自然要自己满意咯。立群,让益文自己选,到时你过一下目。益文,就由你选,啊。"

林益文赶忙说:"阿爸,好咯。谢谢阿爸。"

林益文很明白,乔居正还是要遵守家族中的规矩。少爷的贴身跟班当然还得由总管来定。要不怎么叫总管呢?

吃饭时,乔子良一直闷声不响地吃饭,有时抬起眼睛看看林益文。等到梁月琴、梁总管、吴灵芝与林益文要一起坐车回常青路时,乔子良这才上来握住林益文的手说:"阿哥,对勿起,我差点把你这个亲阿哥赶出上海。"

林益文说:"你就是把我赶出上海,我也还是你阿哥。"

乔子良说:"所以阿哥,真咯对勿起。"

林益文说:"勿打勿相识,朋友是这样,恐怕兄弟也是这样。"

第三十一章

回到常青路那个家，已经是深夜了。梁总管还是要问林益文："少爷，你自己想选的贴身跟班是啥人？能告诉我哦？"林益文说："梁总管，我想让现在在丝绸行账房里做的张佑荃做我的贴身跟班。我们已经很相熟，我也了解他，他也了解我，要是找个新的，相互间还要磨合，要合勿到一起，反而还会成为累赘。"梁总管想了想，说："既然少爷看上了，那就是他吧。明朝我去找他说，有些规矩你少爷不方便讲，得由我来讲，当贴身跟班得懂得当贴身跟班的规矩。"

林益文说："月薪得给他加一点。"

梁总管说："那是当然的。"

由于确认了林益文是自己的亲生儿子，乔居正就让梁总管再暂时管一下大马路上的居正丝绸行，同时再物色一个店经理。如果安排张佑荃当林益文的贴身跟班，账房间也还要进个年轻点的账房，冯先生这么个年纪，一个人是顶勿下来的。

第二天，林益文把丝绸的一些业务交给梁总

管,就去黄浦滩路上的居正丝绸综合股份有限总公司上班了,他去当总公司的协理。乔居正给林益文安排了一间很宽敞的协理办公室。乔居正的董事长兼总经理的办公室在三楼,林益文的协理办公室在二楼。

梁总管很能干,办事也很利索。他把自家的一个协同他一起在上海管房产的堂弟调到丝绸行当店经理,又从双林庄的乡下调上来一位大太太也就是乔居正的母亲的远房侄儿,进了居正丝绸行的账房间,接下来就同张佑荃谈让他当林益文少爷贴身跟班的事。工资每月再增加两元大洋。张佑荃听后,真是千恩万谢。谈过话的那天上午,梁总管就领着张佑荃到总公司先见过乔居正。乔居正吩咐了几句说:"只要照顾保护好少爷,我不会亏待你的。"张佑荃忙诚惶诚恐地说:"是。"然后梁总管才领着张佑荃来到协理办公室来见林益文,张佑荃一见林益文就高兴地说:"益文哥,你到总公司来做啦? 当上协理啦? 益文哥,你真的太有福了。我跟着你,也沾上福气了,现在成了你的贴身跟班,酬薪也提了好几元大洋呢。"

林益文说:"全是缘分,我反而感到这人更难做了。"

"为啥?"张佑荃吃惊地问。

"一时也同你说勿清爽。"林益文说,"你告诉张佑福了哦?"

"还没来得及告诉呢。梁总管今天才告诉我的。"张佑荃说,"不过陈舒媛小姐前天下午到丝绸行来找过你,我告诉她你到总公司去做了。"

"有啥事体哦?"

"她没有讲,好像有点着急。"

秋色越来越浓了,下了一场雨后,天气就更凉了。由于是少爷的贴身跟班,张佑荃就要搬到常青路56号楼房边上下人住的房间里去住。毕竟是洋人盖的花园洋房,就是下人住的房间,也要比弄堂里的石库门房子好得多。张佑荃住的还是单间,窗户很大很敞亮,还有张钢丝床。张佑荃这个乡下的小伙子很满意,说:"我也当起少爷来了。"

趁张佑荃搬往常青路之际,林益文也去了趟永宁里72号。陈舒媛也刚从学校回来。当教师也很辛苦,学生们放学回家了,她还得在办公室批改学生的作业。林益文从三轮车上跳下来,陈舒媛也刚走到了弄堂口,陈舒媛高兴地笑着说:"益文哥,上车。"林益文说:"做啥?"陈舒媛笑着说:"我们一起到柳家湾路,你姆妈那儿吃晚饭。"

林益文又上车,把陈舒媛也拉上车,说:"去柳家湾路36号。"

天空飘下了细雨,车夫把黑色的帆布车帘拉了下来,陈舒媛伸出手轻轻地握住林益文的手,朝林益文一笑。

"舒媛,你去见过我姆妈了?"

"我跟阿爸一道去的。阿爸接到我的信后,立即坐火车赶到上海,当天我们就去见了你的姆妈,他们兄妹相见,真咯讲勿出是啥味道,又是哭又是笑,一个叫阿哥,一个叫阿妹,弄得我在边上也是眼泪汪汪的。"

二十多年都相互失去了音讯,见了面自然而然有说不完的话。陈嘉禄怪阿妹在上海落脚后,也不同家里或同他联系。陈碧茵说,她一直以为自己的处境危险,阿哥帮她逃走时,带走了家里几铁箱的细软,还叫她逃走后千万不要回来,也勿要同家里联系,走漏了消息,家族里的人寻到她的线索,她也依然性命难保。所以逃到上海后,二十几年来她一直战战兢兢不敢出门,有紧急重要的事情让阿菊去办,一般的事体让刘妈去办,刘妈是她们逃到上海后雇用的家乡的人,当然不会知道她们家的事,只做好女佣的活就好了,又是个老实本分的人。

兄妹俩说了一些其他的话,然后就提到林益文的事。

陈嘉禄告诉陈碧茵,老爷子临死前勿但原谅了她,而且还嘱咐等找到她后要要回那个孩子,让孩子姓陈。说那个孩子有陈家的血脉,这陈家的香火得由这孩子来继承了。

陈嘉禄问这孩子的父亲是谁时,陈碧茵还是勿肯讲,只说:"阿哥,阿妹已经做下这种事体,脸面都丢尽了,至于这孩子的父亲,你勿要再问了,勿然我这个阿妹的脸就没有地方再能搁了。"

陈嘉禄当然勿会想到这孩子是林治中的,只以为阿妹年少青春期,熬勿住,寻了一个没有成色的男人,做下了这等事。为了顾及阿妹的面子,他也不便再追问。

他们又说到寻找到林益文的经过。说是二十年前,陈嘉禄有一天到双林庄的乡下岙南村去办事,遇到了苏月菊,苏月菊见到他还是很慌张,只告诉他说小姐把孩子生下来了,叫林益文,名字是小姐起的,满月就抱走送人了。那时老爷子虽已躺在病床上,却还能理事,陈嘉禄也怕会走漏风声,老爷子的眼线很多,因为陈家的佃户在双林庄四周村子里都有。陈嘉禄倒是牢牢地把这孩子的名字记在了心上。老爷子死时留下的话,更让陈嘉禄把名字刻到了心上,他希望有一天能找到这孩子,让他成为陈家香火与财产的继承者。

随着陈嘉禄年龄的增大,这桩心事就更死死地压在了他身上。十九年后有一天,他在杭州的报纸上看到了"林益文"三个字,是两首诗的作者。陈嘉禄那时根本没有想到写诗的林益文会是他千想万想想找的人,但去打听打听也不为过。于是他让陈舒媛到报社问了地址,说是那个写诗的林益文在临西湖边上朝阳巷面街的一爿立祥油纸店里当学徒。于是就有了陈舒媛坐车来到立祥油纸店买伞的那一幕。

"益文哥,"舒媛握住林益文的手说,"在我见过你的第一面时,我就对你心动了。当然还勿能说看上你了,但绝对是心动了,真的,我一点都勿骗你。"

林益文感到陈舒媛握着他的手软软的暖暖的,心也全化开了,他也紧紧握着她的手说:"那现在呢?"

"爱上你了。"她说,"你会娶我吗?"

林益文此时想起那个细雨缠绵的上午,一辆黑色的小轿车停在了西湖边上,然后一位婀娜多姿的小姐撑着伞朝油纸店走来。那时还是学徒的他觉得这位小姐好高贵啊,他觉得自己与她的距离那样遥远,仿佛一个在天上一个在地下。他怎么也不能想到,这位小姐现在就坐在自己的身边,握着自己的手说她爱自己,还希望自己能娶她。在这世上,似乎根本不存在什么不可能的事。生活就像万花筒一样千变万化。

让他更没有想到的是,一个在江南乡下乌林村长大的人,却是大户人家的孩子,而他这个私生子现在能与自己的亲生父母相认了。他现在还成了一家大公司的协理,他的亲生父亲是这家上海滩上有名的大公司的董事长。

与过去的那乡下的穷孩子相比,又是一个在天上一个在地下,人生真的是变化莫测呀。

现在他的心中却充满了恐惧,充满了压力,这种恐惧与压力,是因为他预感到在他身上会有一场灾难似的,但他还是用很坚决的口气回答了陈舒媛:"舒媛,我一定娶你。只要你的心不变,我永远也不会变。"

到了柳家湾路36号,林益文扶着陈舒媛下了车。林益文付过车钱,陈舒媛就按响了门铃。雨还在不紧不慢地下着,林益文为舒媛撑起了伞。

这些天,陈嘉禄一直住在柳家湾路36号。有一天,陈嘉禄同陈碧茵讲了这一年多来陈家的变化,说到了丝绸生意的亏本,丝厂的关闭,大马路上大祥丝绸行的转让,陈家这一路的败落,一个曾经轰轰烈烈的陈家到他这一代却败落下来,现在连一个子嗣都没有了。

陈嘉禄又讲到了他的养女,人倒是长得很漂亮,也很懂事,这个女儿就是养女陈舒媛,他想让她嫁给林益文。陈嘉禄又说想到了陈碧茵怀着孩子出逃的事,又讲到父亲的最后遗言,又把找到林益文的经过讲了一遍。陈嘉禄说:"阿妹,你能告诉我林益文的阿爸是啥人哦?"陈碧茵顿时泪止不住地流,说:"是我给陈家带来了噩运,是老天在罚我啊!"她抹着眼里说,"阿哥,请你原谅我吧,益文的阿爸,就是进士家的儿子林治中。"

"啊?"陈嘉禄也惊得差点晕倒,他狠狠砸着自己的腿说,"真正是冤家路窄,冤家路窄啊!"陈嘉禄说:"如果是这样的话,林益文我一定要要回来,让他姓陈!"

陈舒媛勿愿意住在柳家湾路36号。陈嘉禄倒是几次三番地劝她住在这儿。陈碧茵也说:"空房子有的是,腾出一间好好收拾收拾,舒媛你住进来好了。"舒媛说:"谢谢姑姑的好意,我从六岁起就过继给阿爸,阿爸待我比待自己的亲生女儿还要好,让我过着大户人家千金小姐的生活。这种生活虽好,但我发觉家庭一旦有变,自己就缺乏了生存能力。人只要尽早独立生活,勿管是家贫家富,只要自己有独立生存能力,就不怕家庭的变故。我现在当个教师,自己单独租个房子住蛮好的,勿应该再麻烦阿爸与姑姑了。我从小沾阿爸的光已经沾得够多了。阿爸,你讲呢?我都二十一岁了。"

　　陈嘉禄知道陈舒媛从小就有独立性,自己的事总爱自己做主,觉得舒媛讲得也有道理,于是说:"我看也好,你晓得益文在什么地方哦,你能勿能带益文来同我见一面?"

　　陈舒媛说:"阿爸,你听了勿要生气,乔居正,也就是居正商贸有限公司的董事长,是林益文的阿爸。益文告诉我,乔居正就是林治中,那时他去广州参加革命党时改的名,据说参加革命党后怕牵连了进士老爷,也就改名换姓了。"

　　陈嘉禄听了,不停地摇头,对陈碧茵说:"碧茵,你啥人勿能恋,怎么偏偏就黏上了林治中呢? 你不知道我们两家的世代怨仇吗?"

　　陈碧茵说:"可当时我啥人也没看上,就偏偏看上了林治中这位少爷,又哪能办呢? 那时我只有十七岁呀,懂啥? 两家的怨仇跟我有啥关系? 我就是相思上了,魂都让他牵了去了。我勿能自已呀。"说着又哭了,"要是现在,我就勿可能做出这样的荒唐事。益文告诉我,他找到了阿爸,问我想勿想见? 我说,他害得我差点死,害得我阿爸被气死,我不想再见他,我只想认你这个儿子。"

　　陈嘉禄说:"那就把林益文留在我们家,成为我们陈家的人。阿爸临死前就是这个意思。"

　　陈碧茵说:"勿让益文去认林治中这个阿爸恐怕不行。我发觉益文是个有自己想法咯人。"

　　陈嘉禄说:"这事要慢慢地来,碧茵,我想把我们陈家的丝绸业务重新做起来,我把我们的公司重新成立起来,让林益文来做公司的总经理,只要他肯做,他不就是我们陈家的人了吗?"

　　陈碧茵想了想说:"这倒是个办法,勿晓得益文是勿是肯做?"

　　陈嘉禄说:"这有什么不肯做的? 他是你的儿子,让他当陈家公司的总经理,这勿是理所当然的事?"

第三十二章

　　陈嘉禄的计划是,把双林庄上的房子与乡下的田产全卖掉,把陈碧茵从家里带出来的几箱财产也全都投进去,把在杭州的公馆与房产也卖掉,留下一套院落就可以了。他要孤注一掷,重振他陈嘉禄的公司,让林益文当总经理,由他任董事长,再让林益文与陈舒媛尽快完婚,这样就可以让林益文稳稳地成为陈家的人了,成为他陈家香火与家业的继承人了。还有,就是让林益文也搬到柳家湾路36号来住。

　　陈嘉禄与陈碧茵商量着,陈碧茵说:"我看可以,阿哥就按你讲的办吧!"而这时门铃就响了,刘妈在门口喊:"少爷和小姐来了!"

　　陈嘉禄顿时兴奋起来,觉得这真是个好兆头,是天在助他们陈家。陈嘉禄忙走上去拉住林益文的手说:"益文,舒媛啊,你们来得正好!"

　　陈碧茵也是满脸亲切的微笑,似乎在讨好儿子似的。陈嘉禄那笑容也是那样可亲,仿佛是有求于他似的。林益文突然感到,自己这个家的地位一下子变得如此重要,让他有些丈二和尚摸不着头脑了,这是怎么了?

吃晚饭时,又是一桌丰盛的酒席。林益文总觉得这又是特意为他准备的。林益文说:"我陪娘舅喝哦?"

陈碧茵说:"儿子啊,喝点啥酒?"

"娘舅喝啥酒我就喝啥酒。"

陈嘉禄说:"那就喝陈年花雕好了。"

舒媛也高兴地说:"我也跟着喝一口。"她想到刚才坐在三轮车里自己拉着林益文的手,林益文说:"舒媛,我一定娶你,只要你的心不变,我永远也不会变。"她的心中就充满了幸福感与安全感。陈舒媛觉得男人只要人品好,有能力,有本事,女人就有了依靠。至于现在是穷是富并不重要,财产与地位是不牢靠的。最最牢靠的还是人。跟着财富地位走,可能会越走越没有前途,跟着人品好、有本事的男人走,越走就会越有奔头。她陈舒媛就是这样感觉的。有本事、有志气的男人在挫折与失败后也会奋起;而没本事、没品位的男人,拥有再多的财富,再高的社会地位也会丧失,这样的事例在这世上勿要太多啊。

陈碧茵不断地为林益文与陈舒媛夹菜,说:"益文你吃菜呀,吃菜呀。"表露出那一份深深的母爱。她年轻时是一位美丽而高傲、充满激情的小姐,二十几年后却更像一位慈祥而端庄美丽的母亲。有人说,女大十八变,而女人一生的变化却是很难说清的,从孩子到母亲到祖母,在这三个阶段里,她们的变化会突然判若两人似的。林益文感到,他母亲身上那份孤傲依然在。她似乎再也不提他的父亲了。在这世上似乎这个人已经不存在了,唯一存在的只有她的这个儿子了。

在饭桌上,陈嘉禄首先讲的不是重提家业的事,而是问陈舒媛:"舒媛,你与林益文的事怎么样了?"

陈舒媛脸一红,羞赧地说:"阿爸,你问益文哥好了。"苏月菊已经习惯在陈碧茵身边服侍她吃饭,她笑了笑说:"益文少爷,我看你和舒媛小姐真的是很般配,一对金童玉女。"她显然也想促成这件事。

林益文说:"娘舅,姆妈,我已经跟舒媛妹说好了的。我一定要娶她。我还觉得,我要是真能娶上舒媛妹,那是我三生有幸。"

舒媛在一边笑着说:"什么三生有幸。我哪有这么高贵呀,你要觉得我配得上你,那我就心满意足了。"

"那好。"陈嘉禄说,"那你们就早点结婚,可以让我们赶早了却了这桩心事。碧茵你看呢?"

陈碧茵笑着点头说:"是呀,益文,你们俩对对方都满意,结婚的事就勿要拖了,早办早好,我也快四十了,也想当阿奶了。"她突然又想起什么,长长地叹了口气,眼里涌出一汪泪。

林益文想了想说:"娘舅,姆妈。我与舒媛的事定下来了,我勿会变,舒媛也勿会变,但结婚的事勿急,我现在自己的事业还没有定下来。等我把自己的事业能做下来了,再结婚也勿迟。舒媛,你说呢?"

舒媛一笑说:"益文哥,我听你的安排。"

陈嘉禄倒不催,说:"益文,听你的话,我感到很欣慰,当男人,能想到以事业为重,这就是作为男人活在这世上的志气与人生的意义。"接着陈嘉禄就讲出了他要重振家业的想法与计划。林益文听说让自己当总经理时,一下子蒙住了,自己一点思想准备都没有。但这时他反而变得很镇静。林益文是个聪明人,当他知道自己的父亲与母亲是这样的关系后,以及他们两个家族的怨仇史,就知道自己会面临到的尴尬、困境与窘迫。

林益文想了想,说:"娘舅,姆妈,让我考虑考虑好哦? 我还年轻,这么重的一副担子要压在我肩上,我真怕担勿起来。"

陈嘉禄说:"在上海滩上,那些十六七岁的年轻人,夹着一把雨伞,背着个小包袱,从乡下到上海滩来闯荡,年纪轻轻就创出一番天地的人有的是。那个虞洽卿老板,勿就是从钱庄的学徒做起的? 几年工夫就成了上海滩上呼风唤雨的人物了。"

"我恐怕不行。"林益文说。

"益文哥,"舒媛笑着说,"我看你少年老成,有啥勿可以的。"

"娘舅,让我考虑一下吧。"林益文说,"我现在是我阿爸的公司里的协理呢。"

陈嘉禄说："把那个协理辞掉哦,当总经理还不比当协理强。"

林益文难住了,想了半天,还是说："娘舅,让我把这件事先在心里摆摆平好哦?辞掉阿爸那里的协理也不是那么简单。"

陈碧茵突然生气说："你那个勿负责任的阿爸有啥好认咯啦,只是一个白相女人的老手!"

林益文说："姆妈,阿爸勿是那样的人。"

陈碧茵说："益文,是姆妈了解那个林治中,还是你了解他?他急匆匆把我占有,一拍屁股再也没有消息了。他没办法同我打招呼,同月菊打个招呼通报我一声总可以哦?结果连一声屁响都没有。月菊,你是不是还碰到过他一次?"

苏月菊在陈碧茵身后说："在河埠头上碰到过一次,他急匆匆地说要去上海,小姐的事都没问,就像根本就没有过这件事一样。大多数的男人恐怕都是负心汉。"

陈碧茵说："就是呀,所以,这个男人我再也不会同他交往,你也用不着认这个阿爸。刚生下你时,我还念着他,给你起名林益文。后来,我都后悔煞了,当初就该给你起陈益文这名字才对。"

陈嘉禄说："现在改过来也勿迟。当初要是老头子知道你怀的是林治中的儿子,那你与林治中都活勿到今朝!也勿会有你林益文了!"

陈舒媛在一边说："阿爸,这倒不必了,名字只不过是一个人的称呼而已,叫啥都可以。"

陈嘉禄说："这倒也不是,我把你过继过来,为啥不再姓赵而姓陈呢?益文还是改过来哦,就叫陈益文。"

林益文此时却很沉着地说："姆妈,娘舅,人的名字勿好乱改的。这也关系到人的运势呢。要是乱改了名,说勿定姆妈到现在还勿一定找得到我呢。"

舒媛说："我看也是。"

在场的人都不吭声了,大家好像都信这个。

陈碧茵说："益文,就按你娘舅说的办哦,回来当公司的总经理。娘舅明天就回杭州和乡下去变卖房子与地产。"

林益文说:"姆妈,咯桩事体没有那么简单,给我点辰光,让我慢慢摆平好哦?"

舒媛说:"是呀,反正公司要重新成立,还要一段时间,让益文哥好好考虑再做决定哦。"

陈嘉禄好像很心急,说:"那益文,你啥辰光搬到这里来住?舒媛最好也搬过来,反正你们是要结婚的。"

舒媛说:"那等结了婚再搬过来好了。"

林益文的这种态度,让陈嘉禄与陈碧茵很不受用。于是大家匆匆地吃完饭,收碗筷时,苏月菊对林益文和陈舒媛说:"你们勿能让老爷和小姐这么不开心。"

林益文说:"月菊阿姨,可我要是答应了,做勿到怎么办?做人不能说话不算数呀。"

舒媛说:"我也这么看。"

第二天,天还是很阴沉。但由于是春天了,已不那么冷,从黄浦江上吹过来的风是潮潮的,但却已变得像春天一样,是暖暖的柔柔的了。下了班后,林益文让张佑荃回常青路去,不要他跟着。自己要去兴盛里15号找施惠雯去,那时正是施惠雯在家的时候。

上海的夜色是很美很热闹很繁华的,北四川路上也是人流涌动,热闹得很,霓虹灯光红红绿绿的斑点映在马路上,很是耀眼。

林益文与施惠雯进了一家咖啡馆后,林益文竟没有想到,陈舒媛也进来了。林益文以为陈舒媛在跟踪他,但陈舒媛忙说:"益文哥,勿要怀疑,我正在逛马路,你晓得我住在永宁里,就在北四川路上,是碰巧见到你,跟踪的事我陈舒媛绝勿会做!"

林益文一笑说:"我相信,勿用解释,来,一起坐吧。我来介绍一下,施惠雯小姐,当初你介绍我住到兴盛里25号时,抢我亭子间的就是这位小姐。"

陈舒媛说:"这又叫勿打勿相识。"

林益文又介绍说:"陈舒媛,是我的未婚妻。讲起来是表妹,但是我娘舅过继过来的女儿,所以没有血缘关系。"

施惠雯同陈舒媛握手说:"幸会,幸会。"

林益文说:"舒媛,施小姐是我的知心朋友了,所以我的事我想听听她的意见。施小姐是在报社里做的,姆妈和月菊阿姨是通过她找到我的。那次我被绑架也是她给我姆妈、月菊阿姨报的信,月秀阿姨救的我。那天晚上我就逃到你那儿去了,可以讲,她是我的恩人了。我们自然就成了知心朋友了。"

陈舒媛说:"既然是益文哥的知心朋友,那也是我陈舒媛的知心朋友。"陈舒媛看了一下手表说,"已经是吃晚饭的辰光了。我们索性去吃晚饭哦,我请客,到大同烤鸭店去吃,那是爿刚开不久的粤餐馆,店里有一道果汁烤鸭,味道相当勿错。"

林益文为施惠雯、陈舒媛要了辆三轮车,自己要了辆黄包车,让黄包车跟在三轮车的后面,那时候,像陈舒媛、施惠雯这样的知识女性勿是很多的,林益文看到她们两个坐在三轮车里,说说笑笑的谈得很投机。

他们要了个包厢,"BOY"在包厢外面挂上牌,说:"先生、小姐点的菜等歇就上。"然后轻轻地拉上门。

陈舒媛说:"惠雯姐,你现在还去舞厅吗?"

施惠雯说:"最近勿去了,那地方太杂,刚来上海时,为了生计才去的。现在报社的收入蛮稳定了,所以一般就勿去了。不过老实讲,人有时空虚了,感到孤单了,也会去凑凑热闹,弄点零用钱花花,只要勿太出格,也没什么勿可以的,你讲对哦?"

陈舒媛说:"那是自然的。"

菜与酒水上来后,他们才谈到正题。

施惠雯听到林益文所讲的详细情况后,说:"这倒有点难,好像有点鱼与熊掌不可兼得似的。如果真是益文弟说的那种情况,恐怕只能放弃一头。"

陈舒媛说:"我也觉得益文哥得放弃一头。"

林益文说:"那舒媛你认为我应该放弃哪一头呢?"

陈舒媛一笑说:"当然放弃那一头。我阿爸、姑姑押上他们的全部家产,让你当那个总经理,把振兴陈家的希望全掌托在你身上了,整爿公司让你做主。可那头,你只是个协理,只是帮帮忙的,自己做勿了主的,从大展宏图上,当然我们陈家这一头更理想。"

林益文说:"我倒希望只是帮帮忙,把交代我的事体做好就行了,没什么压力。可让我当家做主,压力实在太大。"

陈舒媛一笑说:"益文哥,压力大了,人才有大出息。能让自己有大出息的机会,勿是每个人每个时候都有的。"

施惠雯说:"陈小姐讲得对。有的时候,是过了这个村就没有那个店了,叫时不再来机不再有。"

林益文说:"但那一头我也不想放弃。你们想,那一头是我亲阿爸,他把他的希望也压在了我的身上!"

陈舒媛说:"益文哥,我的想法可能有点自私,因为我是陈家的人。"

施惠雯说:"天下哪有不自私的人?我也觉得陈家要比乔家好,你被你弟弟绑架过,可救你出来的是陈家。陈家单纯,就你一个,可乔家还有一个花花公子的阿弟;乔家复杂,陈家单纯;陈家让你做主,乔家你做勿了主。你找我商量,我的意见就是到陈家去当总经理。"

陈舒媛笑着说:"谢谢惠雯姐助我一臂之力,来,我们俩干一杯。"

林益文并不犹豫,他心里已自有主意,两家都不放弃,说:"你们说的是从办事业上的情况,但从人际关系上讲,一个是我阿爸,一个是我姆妈,你们说,我是该放弃阿爸还是该放弃姆妈?你们都有父母,从这个角度讲,我应该放弃谁?"

两位小姐都不响了,沉默了一会儿,陈舒媛说:"这我勿好发表意见,主意你自己拿吧。"然后笑着说,"反正你只要不放弃我就行。"

施惠雯笑了,接着陈舒媛的话茬说:"陈小姐,你真的好可爱呀!"

第三十三章

　　饭店门口的霓虹灯闪在马路上行人的脸上,一红一白一蓝变化着,把人一个个闪得像妖怪似的。饭店门口拥着四五个小瘪三,伸着手讨钞票,舒媛看了林益文一眼,林益文从口袋里掏出几只角子,每个小瘪三手里塞了一只角子,其中一个嘴甜的小瘪三点头哈腰地说:"谢谢少爷,谢谢少奶奶。"接着一哄而散了。陈舒媛听了感到很受用。

　　他们走到路边招车,林益文说:"这个世界就是这么不公平,都是人,但却这样勿一样。"舒媛说:"这个世界从来就没有公平过。"

　　天已经很晚了,陈舒媛和施惠雯对林益文说:"你先回吧。我们还要一起逛马路。"两个人已经成了无话不说的知心朋友了。于是林益文叫了辆黄包车回到常青路56号。他想勿到乔居正正在那儿等自己。乔居正问梁月琴:"益文经常这么晚回家?"

　　梁月琴说:"这些天,他好像经常去他姆妈那儿。"

乔居正听了很不悦，林益文一回来，乔居正就问："你去哪儿了?"

"我到姆妈那儿去了。"林益文对乔居正说。

"益文啊，我对你说过，抽机会去看看你姆妈当然我勿反对，但你最好勿要陷进去，陷进去就勿好了。"

"阿爸的意思我勿大明白。"

"我的意思是你现在是我们公司的协理，要把精力放到公司这一头，放到你阿爸这一头。"

林益文说："阿爸，姆妈这一头与阿爸这一头，我都应该顾及。"

"但阿爸这一头更重要！因为阿爸这一头有一个公司你来管理，你现在是协理，说勿定有一天你就是总经理甚至是董事长！"

林益文听乔居正这么一说，心想在两家的事情上勿能再躲躲藏藏、掩饰搪塞了，就鼓起勇气说："阿爸，我就索性摊开来跟你说吧。"于是林益文把陈嘉禄以及陈碧茵说的事都和盘托了出来。

"绝不允许！"乔居正听后一拍桌子说，"听你这么说，你是同陈嘉禄的养女搞上对象了?"

"是这样。"林益文坦诚地说。

乔居正沉默了很长的时间，然后让自己镇静下来，最后叹了口气，用很缓和的口气说："你先休息吧，这件事明朝到公司里我们再商量。"

林益文回到房间，躺下后翻来覆去地无法入睡。他这样不断地辗转翻身，连经常起来巡夜的吴灵芝都听到了。灵芝在他门口轻轻地说："益文弟，你哪能啦？身上勿舒服啊？我给你倒杯茶好哦?"

"那就倒杯白开水哦，喝了茶更睡不着了。"

灵芝为他倒了杯水送进来说："身上勿适意就赶快去看医生。"

"没有勿适意，就是有点心事。"

"你现在是少爷了，还会有啥心事啦?"

"啥人都会有心事，人活在这个世上，哪怕就是当上了皇帝，他也会有心事的，只不过心事勿一样罢了。讨饭人有讨饭人的心事，小赤佬有小赤佬的心事，当少爷也有当少爷的心事。我啊，最没心事倒是在杭州油纸店当学徒的辰光,卖卖油纸,闲下来时就练练字,看看书,写写自己喜欢的文章,真的是很轻松很惬意的。现在说是寻到了阿爸,而且是上海政界商会里的大佬,又寻到了很富有的姆妈,按理讲是太幸运了,但你勿晓得,这反而很难做人了,烦心的事体也一件接着一件拢到身上来了,让我左右为难。灵芝,我勿骗你,现在我真的想逃走。"

"益文弟,我们一起逃吧,我也勿想在这里做,还是在扶桑村做做农活适意。"

"我勿会跟你一起逃走的。"林益文一笑说,"快回你房哦。"

林益文权衡了一晚上,到天快亮时才睡了一会儿。

栗跃文把车停在门口,张佑荃为林益文打开车门,张佑荃是个很机敏的人,让他当林益文的贴身跟班,他很快就弄清了贴身跟班要做的事,很快就进入了状况。栗跃文说:"少爷,早上好,直接去公司?"

林益文点了一下头,张佑荃坐在副驾驶的位子上。车穿过大马路,转弯到黄浦滩路公司门口,张佑荃为林益文开了车门,林益文上了公司的楼,在楼梯口等在那儿的宋茂昌说:"少爷,老爷在办公室等你,他让我挡住所有的客人。"

林益文知道,这会是一场很艰难的谈话。他已做好思想准备。他昨晚想了一晚的结果是,阿爸,姆妈,他谁都不想放弃,当然这会很难。

乔居正的办公室有几扇很大的窗户,采光很好,办公室也很敞亮。窗户下有一对沙发,乔居正让林益文坐到沙发上,宋茂昌已经泡了一壶茶送了上来,往茶几上的一对茶杯里倒上茶水,茶水溢出一股龙井茶特有的香味。

"益文啊,"乔居正也坐到沙发上说,"《三国演义》你看过哦?"

"看过。"

"刘备对女人与朋友是怎么看的你晓得哦?"

林益文说:"朋友是手足,女人是衣服。"

"朋友是手足,那儿子呢?"

林益文:"这个刘备没有讲。"

乔居正说:"赵子龙救阿斗的故事你也应该知道。"

林益文说:"刘备说为了犬子,差点损了我一员大将。"

乔居正:"那是做给赵云看,说给赵云听的,儿子恐怕比他自己说勿定更重要,不是吗?"

林益文说:"我没有看出来。"

乔居正说:"但我就这么看!而我乔居正也是这么认为的,儿子是我的血脉,所以刘备说女人只是身上的衣服而已。"

林益文当然完全明白乔居正说这些话的意思,就说:"阿爸,现在是民国了,民国是提倡男女平等的,不但有女子中学,而且女人也能上大学。阿爸,我晓得你也参加过革命党,也晓得争人权,争自由,争民主,兴共和。争人权不但是争男人的人权,而且是争所有人的人权,包括女人的人权。"

乔居正说:"这个我懂,但男女永远勿可能平等。"

林益文说:"那阿爸的意思呢?"

乔居正:"放弃陈家的事情,一心一意跟着阿爸做。"

林益文摇摇头说:"阿爸,姆妈那一头我是勿会放弃咯。"

乔居正说:"益文,我明白地告诉你。如果你勿肯放弃陈家那一头,那你就只能放弃你阿爸的这一头了。刚才我把道理都给你讲清爽了,你再好好回味一下阿爸刚才同你讲的话。"

林益文:"阿爸,你这一头从我心里来讲,我也勿想放弃,为啥这世界上的事,一定要非此即彼呢?"

乔居正说:"因为现实就是如此。"

林益文说:"阿爸,我是勿是先去上班了? 这是当前最现实的。你让我过问的那两爿丝厂,我要去看一看。从东洋引进的几台缫丝机今朝就到货了。"

丝绸是中国人发明的,但自从被东洋人引进后,尤其是这些年,无论生丝也好,缫丝的机器也好,丝绸成品也好,勿但质量要比国内的好,成本也比国内的低。你要勿想亏本,勿想破产,保持竞争力,你也只能同东洋人多打交道,学他们的技术。

林益文觉得这也真有点让人想勿通。但就像他阿爸乔居正讲的那样,现实就是如此。

林益文走出办公室，乔居正的心情也很复杂。他发觉林益文的办事能力越来越强，有些知识和业务也能无师自通。在对他和陈碧茵的选择上，林益文又表现出要两者兼得，似乎他乔居正并不是他唯一的选择，也就是说林益文也有弃他而去，投入到陈碧茵、陈嘉禄他们那一边的可能，这让他乔居正很不甘心，他觉得无论如何要堵住林益文到陈家去的路。

乔居正把宋茂昌叫进办公室，把他的这一忧虑告诉给宋茂昌听。宋茂昌对乔居正说："老爷，现在是民国了，你对民国的创建也出过力的。你就更应该知道民国是要讲法律的，要不，上海建立了那么多的律师事务所做啥。"乔居正说："茂昌，你说这话是什么意思？"宋茂昌说："首先，老爷要认定林益文是你的儿子，要把林益文是你的亲生儿子这一点定下来。如果这一点勿定下来，林益文在法律上也就没有了作为你的儿子的权利与义务。"乔居正一下醒悟过来说："茂昌，我明白你的意思了，林益文是我的私生子，我可以认他也可以不认，他可以认我这个父亲，也可以不认我这个父亲。如果在法律上定下来，他是我的亲生儿子，那么他除了享有我亲生儿子的权利，也应该负有他是我儿子的责任来。虽然他仍可以抛开我，但在道义上他就会承担责任。再说名不正言不顺，在法律上定下来，他是我的亲生儿子，那么他也就会一心一意为我们林家，也等于为他自己在做事业。"宋茂昌说："老爷，我就是这个意思。老爷如果喜欢这个儿子，那就应该正式把他认下来，在法律上把他认定了。要不，你口头上认他做了儿子，但在法律上没有定，这事也就没有敲定。如果老爷在法律上把这事定下来，这也等于让益文少爷吃了一颗定心丸，这样子良少爷恐怕也勿会再有别的想法。"乔居正说："都是我的亲生儿子，都应该有那样的权利。要从这两个儿子来说，我当然更喜欢和看重益文，子良是个扶不起的刘阿斗，我们林家的事业应该托付在林益文身上。如果留给子良，那我们林家的事业就全毁了，捉牢林益文，把事业押到他身上，我们林家还有希望。"

宋茂昌知道乔居正把这事告诉他，是乔居正对自己的信任。他说："老爷，我晓得了。"乔居正又关照宋茂昌，说："对益文少爷，你要多关照，他虽有个贴身跟班,但我还是勿太放心。"宋茂昌说:"老爷,我懂你的意思了。"宋茂昌知道,这是乔居正暗示自己要派人随时跟踪林益文。宋茂昌真可以说成了乔居正肚子里的蛔虫。什么叫贴身跟班,这就叫贴身跟班。

宋茂昌派人跟踪林益文的第一天,聪颖的林益文就感觉到了。他晓得,他同乔居正的那次不怎么合拍的谈话,使乔居正对自己产生提防感,他知道乔居正不是对他不放心,而是想知道自己与陈家到底走动得有多近。

乔居正已经明确地表示,不愿意看到林益文与陈家走得太近,太频繁,甚至完全投到陈家的事业中去,知己知彼百战不殆,他要知道自己儿子林益文与陈家之间的走动情况。林益文觉得这也不是不可以的,但自己也得暂时做得神秘些,尽量缓解乔居正的不快与担忧。但陈家他又不得不去,那头毕竟是自己的亲生母亲。

有一天傍晚下班后,他又让张佑荃自己走回常青路56号去。张佑荃很明白,林益文要去陈舒媛那儿,他跟在边上当电灯泡自然不合适,于是说:"少爷,路上你要当心。"林益文坐上一辆黄包车,黄包车刚走几步,就有一辆黄包车跟在了后面,车上坐着个短帮打扮的人,林益文立马知道,那是宋茂昌手下的人。但那跟着的人还是很懂礼数,不是死钉着不放,有时也有意回避得比较远,他跟踪的毕竟是老板的少爷,似乎只想知道一下少爷当天去哪儿了,这是要给宋茂昌回话的,然后再由宋茂昌告知一下老爷。

但今天林益文想约陈舒媛去看望他姆妈陈碧茵,他勿想让乔居正知道。林益文也勿想太刺激乔居正,阿爸总归是阿爸,虽说自己只是他的私生子,从严格意义上讲,只要乔居正勿以法律上来认定这个儿子,或者没有乔居正的正式遗嘱,或者有相关文件,自己叫乔居正是阿爸,乔居正认自己这个儿子,是没有什么意义的,最后也还是勿搭界的两个人。但林益文现在毕竟知道乔居正是自己阿爸,而乔居正也很认真地把他看成自己的儿子,这种血缘上的感应是很明明白白的,有血缘关系的父子与没有血缘关系的相互感应是肯定勿一样的。

陈舒媛已经从学校下班回来了。暮色降临,西边天上只留下一抹淡淡的紫色的光亮。屋顶上映着的光亮也正在渐渐地消失。陈舒媛走进弄堂口时,看到林益文坐着黄包车朝弄堂口奔来,陈舒媛就在弄堂口站住了。林益文让车夫在弄堂口停了车,付了车钱后他就同陈舒媛并肩走进弄堂。

陈舒媛朝林益文甜甜地一笑,林益文说:"我想去看看我姆妈。"

陈舒媛点点头,她明白林益文是想让自己陪他一起去。世上有些爱情,表面上看上去很热烈,两人黏在一起也还不觉得过瘾,但双方泄欲之后,突然之间又成为陌路,这种爱情只是一种肉欲的吸引。而有些爱情却是先从心灵上热烈起来,心中很明白对方爱着自己,自己也爱着对方,只需要用眼神或表情向对方表白就行了,那是一种心灵能相互沟通的真正的爱情,肉欲反而在其次了。两人都明白,在这人世间,他只爱她一个,她也只爱他一个。他相信她不会变,她也相信他不会变,他可以为她去死,她也可以为他去死。这种心灵上的需要与交融,才是爱情的真谛。

到了72号,两人从灶火间上了楼,那位胖娘姨刘嫂又在嘀咕了:"要好就结婚,鸡勿像鸡,嫖客勿像嫖客,算啥名堂。"世上有些人,是永远对这个世界愤愤不平的,因为他们活得勿如意,别人当小姐当少爷,自己只能当娘姨,哼!这样的世道!"我要是当个阔太太,勿当娘姨有多好!"世界是永远勿可能公平的,所以某些人对不公平的愤懑也永远没个完。

上了楼,进了陈舒媛的房间,林益文就说:"舒媛,阿爸派人在跟踪我。"

"做啥?"

"他勿想让我经常到姆妈那儿去,好像我只能是他的儿子,而跟我姆妈没有关系一样。"

陈舒媛说:"他其实是勿想让你同我们陈家挂上钩。可当初他干吗要勾引我姑姑啊?姑姑年轻时肯定是貌如仙女,她现在还这么貌美优雅。"

林益文说:"阿爸年轻时肯定也很英俊,现在依然还是个很儒雅的美男子。我勿想让跟踪的人知道我同你去了姆妈家。"

陈舒媛说:"这好办。"她那双美丽的眼睛眨了眨,眨得可爱极了,说:"换身衣裳再走。"

"换身衣裳?"

"对呀,你勿是有套西装在我这儿吗?你把这长衫马褂脱掉,换上西装戴上礼帽。你先走，然后我再跟上来。"

林益文发觉，脱掉自己平时穿的绸长衫马褂，换上西装，然后再戴上那顶白色的礼帽，就像刚从国外回来的华侨，彻底换了个人。

第三十四章

上海的弄堂留着个后门,有一个前弄堂口,还有个后弄堂口,安上两扇大铁门,在大门的中间,留着一扇平时人可以进出的小门,大门是在有紧要事体时才会让看门人打开的。晚上的时候那扇小门也会关上,防止盗贼从后弄堂的后门溜走。天还没有黑透,换了一身西装的林益文从弄堂的后门出去,要了辆三轮车。天又在下毛毛细雨了,他让车夫把车前面挡雨的帘子拉下来,直奔柳家湾路36号而去。陈舒媛也打着伞,走出弄堂口,要了辆黄包车,去了姑姑家。

每次林益文到陈碧茵那个家,陈碧茵都会有一种兴奋与激动不已,有一种对儿子似乎怎么爱都爱不够的感觉。她总会说:"益文你又来看姆妈啦。"对一个孤独地同几个女人一起生活了二十几年还很少出门的女人来说,林益文的出现,亲儿子的到来,她有这样的感觉是太自然不过了。林益文也感觉到了,他觉得他的姆妈太可怜了。二十几年过的就是那种大门不出的生活,孤单地消逝着自己的青春年华。所以,对乔居正提出的他最好不要再与陈家往来或往来得不要太频繁太亲近的要求,他怎么也接受不了。他告诫自己,她是我亲生姆妈呀,一个为情付出了如此惨痛的代价的女人,真的是很值得同情的。何况自己就是她付出那惨痛代价的产物,是她的儿子。他觉得更应该同情与怜悯姆妈。

林益文前脚到了,陈舒媛后脚也跟进来了。他们的到来,又让陈碧茵家忙碌了起来。刘妈到菜场去买菜,苏月菊去收拾三楼那间林益文过夜的房间——其实林益文一次也没有住过。那房间有近四十平方米,三扇大窗户,下午时阳光泻到房间里,满屋辉煌。透过窗户玻璃,可以一览后花园的全部景色。后花园紧靠着围墙的两栋平房,那是下人住的地方。后来林益文也去看过那两栋平房的房间,布置得很雅致,还挂着画,还有几只古董式的花瓶插着好几卷书画卷。这种雅致是陈家一直在追求的提倡书香气的氛围。

陈碧茵说:"益文,你能来看姆妈,姆妈真的太高兴了,今朝夜里,你能勿能住在姆妈这儿?"

林益文说:"好咯,姆妈,今夜我就住在这儿。"

"月菊。"陈碧茵兴奋而激动地喊,"少爷的房间收拾好了哦?"

"小姐,收拾好了,刘妈新添的小菜也买回来了,还有一条刚从河边买回来的活鲟鱼。"

"好好蒸一蒸。"陈碧茵说,"千万勿要蒸得太老。"

"晓得了,小姐。"苏月菊也很兴奋。

林益文看着陈舒媛,陈舒媛明白林益文的意思,她莞尔一笑说:"姑姑,吃完夜饭我还要回去,明天一早要上学校,这儿离学校太远,我怕起不了早,赶勿上去上课就勿好了。"

陈碧茵很理解地点点头,林益文与陈碧茵还没有结婚,两人都留下来住,传出去恐怕也勿好听。虽然外人勿会晓得,但家里人也可能会有啥看法。她年轻时做过这种不妥的事情,她怎么也勿想让她儿子像他阿爸从前那样。人心的想法不管自己的还是别人的,都是会千变万化的。

林益文说:"姆妈,你跟阿爸有勿有再和好的可能?"

陈碧茵沉默了半天，长叹一口气说："益文啊，你这话说得有点荒唐可笑了。我跟你阿爸又没有吵过架，哪里有什么和好勿和好的事呀？何况我们没有结婚，没有婚约，没有共同生活在一起过，只有那个下午的三个小时。现在想想，这事做得真的既浪漫，又极荒唐，要勿因为有你的出生，有你的存在，才不会又说起这二十几年前的事。姆妈后悔都来勿及呀，你阿爸有这个意思？"

林益文摇摇头。

陈碧茵说："我晓得，他也绝勿会有这个意思的，只是可怜你益文夹在中间，难做人啊！"

林益文点点头。

林益文想想，阿爸与姆妈，这两个因为一时感情的冲动而做下事的人，二十几年过去后，再重新组合在一起，无论从家族的怨仇，还是两位老人的想法等种种的因素，这种可能性似乎都没有了，因为两人都在排斥与对方的再次纠葛。林益文自己的想法又勿能只顾一头，而勿顾另一头，他不愿做那种不孝的人。这就让林益文觉得夹在中间难做人。林益文对自己说，既然老天让他生下来后是这样一种处境，那他就必须承担与接受，两者他不想也不会放弃，只有走一步看一步了。

林益文在他三楼的房间住了一晚。江南的四月天最美，尤其在上海这块城郊接合部的苏州河畔。亲和的风从江面上吹拂过来，夹着一股河面上飘过来的含着浓浓水汽的泥香味。柳家湾路36号，那碧绿的平坦的草坪，那围成一圈圈的花坛，也都散发着一股股花的清香。几棵桃树已开着粉色的鲜花，小鸟在天刚微微亮时，就开始啾啾啾地叫了起来。

林益文起床了，伸了伸腰，拉了拉腿，走到窗口。他看到平房前的草坪上有个人在打拳，那一招一式潇洒有力，他吃了一惊，那人梳着女人的发髻，但动作却像男人一样，她只要轻轻一跳，就有一米多高，手臂挥动得就像闪电一样。林益文突然想起他被乔子良绑架的时候，到屋顶老虎窗来救他的那个人。这个练功的人其实就是苏月秀，她虽然梳着女人的发髻，练武的动作与气势却像个男人。

几分钟后，练功的人证实了林益文的感觉，他就是个男人，因为他脱掉身上的短裤,裸露出汗津津的上身,身上鼓着一块块匀称而坚实的肌肉。可能习惯了这种没有陌生人在这儿的生活,因为这栋花园洋房内的人都知道他是谁,而这里又从不住别的人,他也就不想到设防。

突然他朝林益文住的房子的窗子看了一眼,由于是早晨,从外面看窗内的房子只是黑乎乎的一片,林益文在他看窗户的时候已经走回到屋内。林益文感到很疑惑。林益文虽儒雅,却也是个急性子,他很想知道这是怎么回事,月秀到底是男人还是女人。今后他会经常来,他怎么同这个男扮女装的人交往。

苏月菊上来收拾房间了,林益文一把拉住苏月菊说:"月菊阿姨,月秀阿姨到底是男的还是女的? 他在练功时我还看见了。"

苏月菊一笑,知道瞒不住林益文,况且林益文已是这家的少爷了,她也勿隐瞒他,于是就告诉林益文说,苏月秀是她的弟弟,原名叫苏云龙,当她与陈碧茵决定搬到这儿来时,苏月菊就向陈碧茵提出让她弟弟一起来住。苏云龙练的是童子功,不近女色,非常坚定,而刘妈又是她的阿姨,两个丫鬟也是从乡下带过来的,当她们来到这儿时,都没见过苏云龙。

开始时陈碧茵不同意,说苏云龙是个男人,同她们几个女人一起住在这栋花园洋房里,似乎有点说勿清爽,别人会有闲话。苏月菊说我们这几个女人住这么大一个花园洋房,要是有坏人进来怎么办,怎么也得有个人能保护我们。陈碧茵听了也犹豫了,觉得苏月菊讲得也有道理。苏云龙是男儿身,又有一身好武功。

苏月菊灵机一动,说要不让苏云龙男扮女装如何? 别人也就不会说什么闲话了。陈碧茵说那就男扮女装试试看。想勿到英俊的苏云龙男扮女装后,谁也看不出他是个男人,反而是一个姿色很漂亮的女人。陈碧茵也很满意,就点头同意了。他们搬进这栋洋房子后,二十几年来,除翻进来过两个贼外,一直相安无事。何况陈碧茵外出,为了保护小姐,苏月秀也跟着,人家也并不怀疑什么。

林益文在丝绸行账房里做的那天,苏月菊与苏月秀随着陈碧茵来到丝绸店时,林益文看到的就是他们姐弟俩,但却没有看出月秀是个男人,就是腰板挺了点。为了避免别人的闲话，苏云龙也晓得，自己还是男扮女装的好。

苏月菊对林益文说："少爷，我和月秀商量过了，少爷如果搬过来住，陈嘉禄老爷也会来这儿住，那时候苏云龙会回到乡下去几天，然后再恢复男装进来住。到那时谁也不会怀疑的，以为是老爷从乡下带来的跟班。"苏月菊希望林益文同他的姆妈住到一起。

林益文说："月菊阿姨，这事一步一步来哦，恐怕是急勿得的。月秀阿姨是个男人，我一点儿都没有看出来，不过他的武艺可勿得了啊。"

"从三岁起他就跟我阿爸学武功，阿爸就让他跟我阿爸的师弟学，学的是童子功，我阿爸的师弟对他说，练童子功，这辈子就勿要再想什么艳福了。"

云龙就一口答应了。

让一个男人勿近女色，林益文觉得这可真勿容易，心中由衷地对这位曾救过自己的苏云龙充满敬意。

天刚放点亮，林益文就要了辆黄包车，赶到常青路56号，灵芝为他买了早点，问："益文弟，你昨天夜里哪能没有回来啦，住到啥地方去啦？"梁月琴听到林益文回来了，担心了一夜的她也下了楼，听到灵芝这么问林益文，就说："灵芝，益文弟是你叫的吗？一点规矩都没有。"

"太太，晓得了，以前叫惯了，一时忘了，就这样叫了。"

"少爷去哪里你也勿要问，少爷已经是成年人了，去哪儿过夜要告诉你吗？今后少爷回家的事体，他想告诉你就告诉你，勿想告诉你你也勿要问。当下人的服侍好少爷才是你的本分，晓得了哦？"

梁月琴从林益文来到这儿的那一天就看出灵芝对林益文的那份感情。灵芝还不知道掩饰这份感情，她那双大眼睛，一下子就把她的心里的想法表露了出来。梁月琴是最看勿惯这种好高骛远的人的，何况她当丫鬟的命，还想当少奶奶啊！

林益文匆匆吃了早点，栗跃文已经把车停在了门口，张佑荃已在门口等候他上车。他们赶到公司，林益文一下车，门房就说："林协理，董事长在办公室等你。"

　　林益文走进乔居正办公室,乔居正微笑着说:"昨晚在哪儿过的夜?"

　　"在朋友家。"

　　"男朋友?"

　　"女朋友。"

　　"勿会是院子里的姑娘哦?"

　　"勿是。"

　　"那带到家里来让我们也见上一面。"

　　"好。"

　　"什么时候认识的?"

　　"在杭州我娘舅章立祥油纸店当学徒时就相识了。"

　　"她是杭州人?"

　　"是。"

　　"也来上海了?"

　　"两年前到上海来,找了份小学教师的工作。"

　　"好!"

　　"啊?"

　　"我喜欢有知识的女性,阿爸以前的女人,也就是子良的妈,长得很漂亮,但勿识几个字。她是阿爸在广州参加革命党时朋友介绍的,结婚后不那么融洽。在我们到上海后,我由政界转到商界,因刚到商界,事务繁忙,照顾不了子良和她,她后来又生病,一病不起,不久就死了。所以子良才混成现在这个样子。唉!既然这样,你去忙你的吧,两爿丝绸厂的厂长对你很满意。说你给他们出了不少好主意,谈朋友当然是好事,现在也提倡自由恋爱,就是千万不要学你阿爸,风流过后留下遗憾万千。"林益文发现他阿爸在这一点上很开明,敢于批判自己,承认错误,并不在意别人私下的议论。这让本来有点尴尬和紧张的场面,一下子就变得和谐了。

　　"勿会的。"林益文弯腰退出了乔居正的办公室。他现在不想与乔居正直接谈论和陈家有关的人,目前他选择尽量少给乔居正增加不必要的麻烦和压力。他这个阿爸,人是不错的。他这么想。

第三十五章

那时跑马厅已建在上海泥城桥边上的地盘上了，每年春秋两季这里都有赌赛马的。有一天，乔子良到公司来找林益文，对林益文说："阿哥，你的生活也太死板了，舞厅勿去，烟花柳巷勿去逛，赌场也勿进，麻将也勿搓，跑马厅也勿进，你这样活在世上，有啥意思？阿爸这么有钱，尽你花的，何况这些地方你又能花脱多少。走哦！今朝夜里我陪你去跑马厅，我马票已经买好了，你同我一道去开开眼界，算你阿哥陪陪我这个阿弟哪能？"

在乔子良看来，有钱人家的小开，就应该过有钱人家的生活。不去享受富有的阿爸给他带来的这种生活，那不是悲哀吗？林益文经常看报，也听公司里的人讲过跑马厅很刺激的，赌输赢有时也赌得很大，但林益文对这些真的一点兴趣也没有。平时闲时，他比较喜欢读读报看看书，对这些麻将、妓院、舞厅真的不怎么感兴趣。于是他说："阿弟，你自己去吧，阿爸现在的生意越做越大，我真的忙不过来。"

"阿哥,你这样卖力,阿爸给你多少钱一个月呢?"

林益文的工资是由董事会定的,也勿是乔居正一个人说了算,因为他现在是协理,当然每月的工资在他看来,也很客观,于是做了个手势。

"阿哥。"乔子良不愉快地说,"这也只是比我每月的零用钱多一点。阿哥,勿是我讲你,你真是一个乡下来的阿曲西!"

林益文知道,虽然他是乔子良的亲阿哥,但乔子良还是勿大看得起他这个同父异母的阿哥。乡下人! 这是上海人对外地人最蔑视的说法,但还好,这个同父异母的阿哥是个老实的乡下人,如果换成真正精明的上海人,那次乔子良绑架阿哥的事,说勿定就会吃勿了兜着走。

林益文也发现,在上海虽然有他阿弟这样的纨绔子弟,但毕竟还有更多的像自己这样,包括他阿爸乔居正在内的知书达理的人。在马路上可以看到坐在黄包车上、三轮车上叼着烟卷拿着报纸和书在看的人,他们很懂得,活在世上,活得文雅,活得高尚,活得富有知识,也是一种享受和幸福。

天气有点阴沉沉的,空气中储存了湿气,尤其从江面上吹来的风,夹杂着小小水珠。傍晚,林益文下班,走出公司的门,张佑荃抢先一步,帮他拉开车门,突然乔子良从边上蹿出来,按住车门说:"阿哥,你等一歇走。"林益文看看乔子良说:"有啥事体,到车上说哦。"

乔子良说:"勿,只能同你一个人说。"

"那就去我办公室。"

"勿,找一家咖啡厅去说。"

大马路边上有一条条南北向的小街,那儿到处都有咖啡厅,店面虽然不大,但霓虹灯已经一开一闭地闪着光。那个辰光,咖啡厅里的人是最少的时候,还没有到吃晚饭的时间,人们都匆匆在往回家的路上赶。乔子良在咖啡厅一个偏僻安静的角落的一个横桌坐下说:"BOY,两杯咖啡!"

戴着高白帽的服务生回了一声:"好嘞。"乔子良说:"阿哥,你要救救我。"语气恳切而惶恐。

"哪能啦?"

"赌马输得一塌糊涂,阿爸晓得会敲断我的腿的,欠赌债还勿出,我哪能再在这个江湖上混啊。"

"输多少?"

"数目比较大,勿然我勿来求你。我也晓得,目前来讲,我也只能来求你了。阿爸你是晓得的,每月只给我那一笔零用钱,除此之外,一毛不拔的。"

林益文心里想,你每月的零用钱,比我在丝绸行一年的工钿还要多。当然,现在自己每月挣的要比他的零用钱多,那也只是自己当了公司协理后这几个月的事,只要乔子良不嫖不赌,这些钱也足够他花的了。

乔子良乞求地看着他说:"阿哥,你要知道,拖欠赌债,是要给人家瞧不起的呀,这也太丢面子了。"

林益文说:"输了多少?"乔子良报了个数。林益文说:"我现在的所有积蓄还勿够你输的这个数。"

"多少钱?"

林益文也讲了一个数,乔子良说:"那只差一点点了,我把下个月的零用钱凑上就够。"

林益文说:"那好吧。但只此一次,下不为例。钱明天一早你去张佑荃那儿拿吧。"

"阿哥,谢谢你,你真是个好阿哥,但你千万勿要告诉阿爸。"

"那次你绑架我的事都没有告诉,何况现在呢。"

"对勿起,阿哥,真是很对勿起。我以后一定会好好报答你的,你要勿相信,以后看好了。"

上海人的嘴就是这么甜。

林益文走出咖啡厅,天上已飘着细雨了。天色也已暗了下来。在咖啡馆门口站着的张佑荃,忙跟了上去。林益文感到,人活在这个世上,无论处在何种境遇下,自己处在什么样的地位与职业上,是富还是穷,社会地位是高还是低,都会遇到让自己很烦恼的困境。这个社会所发生的种种变化,都会让你陷入不知不觉中的困境里面。

陈嘉禄真像他说的那样,卖掉了双林庄的房屋、乡下的地产、杭州的公馆,再加上陈碧茵从陈家带出来的几箱细软,重新恢复了他的大祥丝绸贸易有限公司。林益文还提议让詹先生来当公司的协理。他是陈家的老人,也与林益文合作过。陈嘉禄说很好,自己也这么想过。

公司开张的那天,陈嘉禄在新亚饭店二楼设了宴席,宴请政界与商界的人士。林益文提议,给上海商会副会长乔居正也发去帖子。林益文对陈嘉禄说:"发不发是我们的事,来不来是他的事。"林益文一直有个想法,找个机会让陈林两家见见面,只要有见面相逢的机会,就有和解的可能。同行之间,商界内部虽有竞争,但也有相互合作的可能与需要。

陈嘉禄开始有些不愿意地说:"是他们居正贸易行把我们的生意吃掉的,现在我们再去请乔居正,会勿会让别人看来有点'鲜隔隔',像个软骨头虫?"林益文说:"他是我阿爸,你是我娘舅,仇家变亲家了。我已同阿爸讲过,我要当大祥贸易行的总经理,他虽然反对,但我坚持我的立场,他也没有太坚持,只说,这事你要考虑周全了,勿然阿爸可能会对你勿客气。这种威胁的话我勿怕,按我自己的想法做。娘舅,既然你让我当总经理,这个帖子,我认为应该给他发。"

陈嘉禄觉得林益文的话也勿是一点道理都没有,我们给他发帖子是我们的态度,他来勿来是他的姿态,过去的事情都过去了,在生意场上也勿是只有斗勿有和的。在中国人看来应该和为贵,斗来斗去有啥意思,有些相斗,甚至很残酷,你死我活的那又有多大意思?更何况有很大一部分是自己造出来的,最初引起的往往是一件小事,但结果一斗,竟无止无休地延续了几代人。最后再次细想,以前那些你死我活的斗争,其实毫无意义,历尽劫波兄弟在,相逢一笑泯恩仇,讲的就是这样一种状态。

新亚饭店刚开张不久,就在苏州河北四川路桥的下面。大祥公司的开张仪式就在这里举行。新亚饭店的服务生穿着笔挺的制服,穿梭在各张餐桌之间。陈嘉禄没有想到,乔居正居然是穿着挺括的西装,带着宋茂昌来了。为了庄重起见,陈嘉禄穿着长袍马褂,双方作过揖后,还像西洋人那样握了握手。两人都留过洋,知道绅士风度该是怎样的。陈嘉禄说:"乔先生,我们可是双林庄的老乡啊,用陕西西安的话说就是乡党啊,虽在一条街,但却从未谋面,真是遗憾,今日得以相见,实感荣幸!今日鄙公司重新开张,你能屈尊前来,我陈嘉禄真是三生有幸啊!"

乔居正说:"以往不敬之处,还望陈先生见谅。"

"哪里哪里。"

大家寒暄过后入席,大祥公司的协理詹先生陪着坐在主席上。

林益文与陈舒媛也来了。乔居正对林益文还是就任了陈嘉禄的大祥贸易行的总经理,心里很不爽,心想,回去再说,我就不信制伏不了你这个毛头小子!世上哪有老子制伏不了儿子的。林益文把陈舒媛带到乔居正跟前说:"阿爸,这就是我女朋友,叫陈舒媛,我在杭州油纸店当学徒时认识的。"

乔居正看着陈舒媛,见她长得很漂亮,很雅气,那气质那打扮肯定是富家小姐。

但乔居正仍然胸闷得像被堵了一样,喘不过气来,感觉很不爽,心想林益文不但是陈嘉禄的外甥,而且还是女婿,这真是亲上加亲啊。乔居正只是心里这么想,在酒席上,乔居正同詹先生是谈笑风生,他同陈嘉禄敬酒时,也是一连串祝贺的吉利话,但那时他真恨不得一个耳光甩上去,把陈嘉禄打趴在地上。

当他看到林益文也相当潇洒老练地举杯,在各色人等中间周旋,也是一肚子的气。他不想放弃这个儿子,他唯一的想法,就是要把这个能干有头脑的儿子全都夺回到自己身边。他又想到了双林庄那荡漾着碧波的小河,那时候,他站在船头,陈碧茵在岸边洗衣服玩耍,他俩相互对望,心中荡起的那种男女间的激情。乔居正想到了他俩在乔南村的私会,仿佛就在昨天,而那次私会的结果,就是眼前这个英俊有作为的儿子林益文,神奇莫测的人世间,真的有多少意想不到的结果啊!让人既意想不到,同时又会让人陷入一种左右为难的境地。啊,啊——

第三十六章

　　乔居正对林益文担任大祥丝绸贸易行的总经理，虽然开始极力反对，主要是怕亲儿子被陈家争夺了过去，然而现在林益文没有听他这个亲阿爸的劝说，正式当上陈家重新开业的公司的总经理，乔居正心里不免有些恼火。他之所以没有极力地再反对，对林益文发火，是因为他心想，林益文毕竟是自己的儿子，让儿子在陈家贸易公司当总经理，那是个重新收拾起来的摊子，需要整合与发展，对历练林益文来说，是一个不错的，而且也是一个很难得的机会，又有什么不好呢？

　　同时乔居正又感到，林益文这个儿子是他在不经意中发现并到他身边的，陈家也找到了这个儿子，极力想把他争取过去。他对林益文要是太严厉了，那不等于把林益文往陈家那边推吗？那也正是陈家求之不得的呢。自己不能这么愚蠢与无知，也不能这么没有绅士风度，他毕竟是一位进士老爷的儿子，留过洋，参加过革命党的人。

　　但有一件事他必须立马就得办，再也不能有丝毫的怠慢：在法律上把林益文这个私生子定为他乔居正真正的儿子，就像皇帝还有太子，外国贵族的私生子定为正式的世袭爵位的法定儿子一样。在林益文没有同陈舒媛结婚以前，他必须定下来，一旦同陈舒媛结婚，林益文就是陈嘉禄法定的女婿了，而林益文还只是他乔居正的私生子，从法律层面上来说，林益文就没有继承权，也就没有作为儿子应该承担的法律上与道德上的义务。

陈家的丝绸行开业的第二天，乔居正就在宋茂昌的陪同下，去了上海一家颇具盛名的律师事务所。接待他们的是一位矮胖又十分有名的袁律师。袁律师说："要确定林益文确是你的亲生儿子，必须要证明人的口头或者书面证明，最后还要他的签名盖章，否则就口说无凭了。"

乔居正说："好办，我来找证人。"出了律师事务所，乔居正让宋茂昌去找苏月菊，只有苏月菊能证明。

宋茂昌说："苏月菊现在在陈家，怎么把她接出来？"

乔居正说："让林益文去请，一定要把她请出来。至于怎么让林益文去请，这不用我教吧。"

宋茂昌一笑说："老爷，你放心，这样小的事我都办不了，我还怎么吃你乔老爷的这碗饭？"

回到公司后，宋茂昌就到协理办公室去找林益文。林益文一见宋茂昌进来，忙笑迎说："茂昌爷叔，你寻我有事？"

宋茂昌说："益文啊，你是你阿爸这家公司的协理。从昨天开始又成了陈家的公司总经理。这么两个大公司，你怎么忙得过来？"

林益文说："勿得界，我只是阿爸这家公司的协理。大事情阿爸做主，我只是帮帮阿爸做点具体的事。通常每天也只有上半天忙一点，下午基本上都是闲着的。陈家那边我娘舅当董事长，大事他做主，那个詹先生是协理，具体事体他做决定。我只是挂个名的。我只要下半天两三点钟咯辰光过去一趟就可以了。这事我同阿爸那边都讲妥了。谢谢茂昌爷叔对我的关心。"

宋茂昌说："益文啊，你阿爸与你姆妈两边都清楚，我都晓得，你阿爸能这样做，真是很宽宏大量了。"

林益文说:"我很感谢阿爸的这种绅士风度。"

宋茂昌说:"益文,有一件事劳烦做一下。你阿爸想请陈家的苏月菊到乔公馆去一趟,你领来可以吗? 乔老爷有几句话想同苏月菊说说。你看哪能?"

林益文想了想说:"好咯。"

林益文觉得,现在同乔居正的关系有点僵,这件事给了自己与阿爸改善关系的机会。

中午时分,林益文赶到柳家湾36号,对苏月菊说:"月菊阿姨,有个人很想见你。"

苏月菊说:"啥人?"

林益文就说:"你见了就晓得了。"

月菊是个爽快人,说:"啥辰光去?"

林益文说:"最好现在就跟我去。"

苏月菊说:"那跟小姐讲一声。"

两人坐上三轮车,快要到乔公馆时,苏月菊说:"益文少爷,到底啥人想见我啊?"

林益文在苏月菊的耳边说:"林治中,我阿爸。"

苏月菊吃惊地说:"啊! 林家少爷啊! 这些年来,我一直都想见见他呢!"

林益文把苏月菊领到乔公馆,乔居正就让林益文回公司了。乔居正在客厅里等她。苏月菊见到乔居正,就说:"林少爷,这么多年了,你一点儿都没变,还是这么英俊,有风度。"乔居正说:"月菊,我与碧茵的事是你牵的线,而认定林益文是我的儿子,也是你为我认定了的,这次你再去证明一下,你的这份情我乔居正是永远勿会忘记的。"

苏月菊说:"林少爷,你看你说的,我只是做了红娘而已,但却弄得小姐守了一辈子的孤单,差点还丢了性命,现在想想还真有点后悔啊。"

乔居正说:"我也有点后悔。年轻时谁没有做过一些荒唐事,但既然做了,就应该承担责任,林益文这个儿子,我一定得认,也求你月菊姑娘再辛苦一趟,我乔居正勿会亏待你的。"

苏月菊是个热心肠、心里又没有什么城府的女人,她忙说:"好咯,好咯。"苏月菊同乔居正一起到了袁氏律师事务所去做了证词,签了字,按了手印,走出事务所,宋茂昌还为苏月菊要了辆三轮车。在上车时,宋茂昌还给苏月菊一包用红布包的沉甸甸的东西,苏月菊偷偷地打开一看,见是两根黄灿灿的金条,她很是喜欢、激动,但嘴上却说:"茂昌老爷,我勿好收咯。"

宋茂昌说:"老爷的一点意思,你收下哦。"苏月菊想,娘家也要用钱,这两根金条在乡下可以买好几十亩地哩,于是重新用红布包起来,塞进怀里说:"茂昌老爷,替我谢谢老爷。"

回到陈家,苏月菊没跟任何人说这事,包括她弟弟苏云龙。有一天,苏月菊对陈碧茵说,她要请几天的假,回一趟老家,家里父母虽然不在,但亲戚之间再不走动,恐怕都断了线了。陈碧茵点头说:"好哦,是该回老家看看了。为了我,你也孤单了这么几十年。"苏月菊于是买了张船票。在一个烈日炎炎的中午,苏月菊上了回吞南村的船,谁也没有想到,苏月菊突然从船上落水。两天后尸体漂在了苏州河上。一天下午,乔居正吃惊地问宋茂昌:"这是怎么回事?"宋茂昌把事情一说,乔居正顿时大发雷霆说:"怎么能这样!"

宋茂昌说:"老爷,要怪就怪我,是我自作主张的,与别人无关。林益文现在就是老爷的唯一的儿子了,再也没有人能证明他是陈家的儿子了,这就死无对证了。再说,苏月菊的死没有人会怀疑到我们,也毫无证据。"

乔居正虽然生气,但也感到很无奈,沉默了好长一会儿,他指着桌上两根金条说:"那就把这两根金条送到苏月菊的家里人的手里,至于怎么送,你做下来的事,你自己想办法。"

"老爷,晓得了。"

陈嘉禄发觉林益文虽然年轻,但人生阅历却不浅,他从小就在商场上混,慢慢地熟知了商场上的门道。大祥贸易行为了迎合新潮流,改名为大祥贸易有限公司,公司下有两爿丝绸厂,林益文坚持进口了东洋人的缫丝机,并与东洋在上海设立的丝绸行订立了互贸协定。在经营方面詹先生是很有一套的,几年前,他俩在大祥丝绸行的账房里就密切合作过,现在虽然林益文是总经理,詹先生是协理,但林益文却从不专权,决定一件大一点的事,先要经得陈嘉禄的同意,还要同詹先生商量一番,最后才做决定实施,所以不到半年时间,大祥贸易公司生意做得十分兴旺。不久,就在大马路上也盖起了一座大楼,大楼底层的商铺门前又挂起了大祥丝绸行的招牌。当时在大马路上,有好几家丝绸行,而其中大祥与居正丝绸行最大,生意也是最旺的店铺。这两家都与林益文有关。

这局面反而使乔居正更加不安起来。有一天晚上,乔居正把梁总管叫来,同宋茂昌一起商量说:"我现在最担心的一件事是,益文更靠近陈家了,我的这个儿子,很可能会成为陈家的人。如果他再同陈嘉禄的养女陈舒媛结婚的话,那就真的成为陈家的人了。我想,我那进士出身的老爷子在九泉之下,也不会安宁的。都怪我年轻时不懂事,只知道男女间的风流,却没有考虑到这件事的后果。现在虽说在法律上认定他是我儿子了,但他如果真成了陈家的女婿,他就成了一个女婿半个儿,再加上陈碧茵是他的生母,那林益文还能是我乔居正的儿子吗?他与陈舒媛的这个婚是绝不能让他们结的!"乔居正长叹了口气,神色如丧考妣。他接着又说:"我会同益文再谈一次话,你们也替我想想办法,阻止这件事!"

宋茂昌说:"老爷,你放心。这件事就包在我身上好了。"

乔居正说:"可以用点手段,但不能死人,再死个人,你和我都会下地狱的!"

宋茂昌说:"老爷,你是留过洋的人,还信这个?"

梁总管说:"老爷的意思是,勿要给老爷惹不必要的麻烦。"

乔居正说:"在这世上,因果的事是有的,不要什么都无所谓,尤其是人命关天的事,那是会有报应的!茂昌,你对我的忠心,我是晓得的,但不要做得太过,再像苏月菊那样,我就要请你走人。"

宋茂昌说:"老爷,你放心吧,这次勿会了。"

乔居正还是有点勿放心,对梁总管说:"立群,你同茂昌商量商量哦,勿能太出格了。"

因为苏月菊的死，陈嘉禄特地坐船去了趟呑南村，然后又去了双林庄，又回杭州住了两晚天。他回到上海时天已黑了。晚上天气晴朗，深蓝深蓝的天上挂起了一轮圆圆的月亮，他来到柳家湾路36号，先没有讲苏月菊的事，而是对陈碧茵说："碧茵啊，你这个儿子勿得了，短短半年工夫，生意就这么好，我想让他与舒媛赶快完婚，你看呢？"自从与儿子林益文相认以后，陈碧茵最喜欢的就是夸她的儿子。她心中充满了对儿子的深沉而忧郁的爱。她说："阿哥，你看着办哦。订婚以后，益文同舒媛就都可以住到我这儿来，我从此就再也不孤单了。"

陈嘉禄说："那好，这事我让舒媛通知益文，一起过来商量商量。"

陈碧茵说："那好，可月菊的事哪能情况？ 她说她去呑南村住两天，马上就回来的，哪能会从船上落进河里淹死脱的呢？"

陈嘉禄说："我这次去了呑南村，又去了双林庄，再去了杭州，就是去了解苏月菊落水的情况的。我托人派水警上的人去查了，她坐的是小拖轮，拖的是两只木篷船，月菊坐在后面那条船的船尾，同同船的一个男人一直坐在一起说说笑笑，看上去很熟的。据说那个男的也是回呑南村的。后来怎么会落水，船上的人都没有看到，那个男人还跳下水去救，也没救上来。后来停了船，那个男人游上岸，又奔回船上，大家问那男人，那男人摇着头说寻勿到了。两天后苏月菊的尸体才在河面上漂了上来，她的口袋里还塞着一个红包，红包里有两根金条。碧茵，这金条是你给她的吗？"

"我没有给她金条呀。"

"这就奇了。有人说，发现苏月菊的尸体时，周围的人有很多，是两个男人把她尸体给捞上来的，金条也是其中一个人发现的，他说他在抬尸体时，感觉口袋里有硬东西，掏出来一看是金条。"

"那月菊的死同金条有关了。"陈碧茵哭了，说，"我十二岁开始，月菊就一直服侍我，多好的一个人啊！ 我这人啊真没福，儿子刚回来，我的贴心丫鬟却没了。"

"云龙呢？ 我怎么没有看到他？"陈嘉禄说。

"去呑南村了，他说他一定要查出他阿姐到底是被人害死的，还是由于自己的不慎才落水的。"陈碧茵说。

"啥人会害苏月菊呢？是谋财害命？可身上的两根金条不是还在身上吗？"陈嘉禄说，"据人说船上也还有呑南村的人，有一个人也认识苏月菊，不过勿相熟。据这个男人说，同苏月菊坐在船尾的那个男人说是同苏月菊的阿弟苏云龙相熟，而且练武功时还是同一个师父，于是苏月菊就同那个男人说得热络起来，就一起坐在船尾，说得相当投机。谁也没有想到天快黑时，小拖轮还在突突突地在河中开，月菊会突然跌进河里。"

"云龙就是想把咯桩事体弄弄清爽。"陈碧茵说，"月菊是个本本分分、老老实实咯人，勿可能有咯仇人呀，除了谋财害命外，或者她不小心跌入河中，勿大可能是仇杀呀。不过月菊咯个人也有个毛病，心太直，嘴太快，又是个热心肠，勿认生，对啥人都很掏心。说勿定对那个人也说起身上有金条的事。"

陈嘉禄说："勿会是金条的事，因为金条还在她身上呢。可她身上的金条是哪里来的呢？"

"会不会是益文给她的？几个月前，因为益文把她叫出去老半天，回来一副高高兴兴的样子。"

"勿可能。益文身上没有多少钱，哪会给月菊两根金条，月菊外面会勿会也有相好的男人？"

陈碧茵摇摇头说："绝勿可能。"

陈嘉禄长叹了口气说："唉！女人长期单身，一出门，船上遇上了一个心仪的男人，就把自己的什么秘密都倒出来了也说勿定！"

"阿哥，你也真是瞎三话四。"陈碧茵认为陈嘉禄在说她，心里有点勿高兴了。

第三十七章

乔居正目前最焦虑的一件事,就是如何阻止林益文与陈舒媛的婚事,他把这事向乔子良也透露了。乔子良也很理解乔居正为什么一定要阻止林益文与陈舒媛结婚。他也很想帮他阿爸一把,也好为阿爸做件事情,以便证明他乔子良也勿是只会吃喝玩乐的窝囊废。他对乔居正说:"阿爸,你放心,我去同阿哥讲。"

上海的炎炎夏日真的很难熬,尤其在夜里,一点风也没有的时候,就是电扇也扇勿出凉风。乔居正在常青路56号等到晚上十点多钟,才看到林益文回来。

乔居正说:"益文,怎么这么个时候才回来?"

"同陈舒媛一起吃了个饭。"林益文很爽直地说,"阿爸你一直在这儿等我啊。"

乔居正点点头说:"就是等你来,想同你说说你和陈舒媛的事。"

"我们怎么啦?"

乔居正说:"益文,我坦白地告诉你,你同陈舒媛的婚事我作为你的阿爸,是勿能同意的!"

林益文沉默了一会儿,看了灵芝一眼说:"灵芝,给阿爸茶杯里添水,给我也沏上一杯好哦?"乔居正感到林益文那胸有成竹的样子,知道这个儿子已经是个很成熟的人了。林益文对乔居正说:"阿爸,我同你讲过的,我与陈舒媛相识,是我在杭州立祥油纸店当学徒时开始的。如果我与陈舒媛是在与阿爸你相认后才认识的,我一定听阿爸你的,坚决同她分手,但我与她相识相爱是在你找到我这个儿子以前好几年前的事。你再让我与她分手,这我做勿到。我们古时候就有小儿订了婚反悔为不仁不义之事,何况我与舒媛是自由恋爱的呢。"

乔居正说:"益文,你讲得当然在理,但那时你并不知道我们林家与陈家之间的恩怨。我现在告诉你了,你就应该同她分手。你要知道,我们是世代书香之家,怎么能同他们陈家这样的名声不佳的人家结亲呢?"

林益文说:"可阿爸,你同我姆妈是怎么回事体?"

乔居正说:"我与你姆妈没有结婚。"

林益文说:"但却有了我。"

乔居正说:"一时的外遇与婚姻是勿一样的。如果你也只是一时的外遇,我勿反对,但要结婚,我就勿得勿表明态度了。"

林益文说:"阿爸,恐怕我可能勿能照你说的做。我一定会同陈舒媛结婚的。"

乔居正说:"如果这样,你阿爷九泉之下也勿会高兴的,因为他们陈家烧掉了我们林家一半的宅子,你阿爷就是在这场大火中气死的。益文啊,我把话放在这儿,希望你好好地考虑一下。好了,你早点歇息哦,你在忙两家大公司的事,也很累的,我走了。"

林益文躺下后,想着乔居正刚才的那些话,乔居正的话很清楚,你在陈家的公司里做事,我也并没有坚决反对,但与陈舒媛的婚姻,我是坚决反对的。我们林家与陈家是世仇,你同陈家结亲,不但对勿起祖宗,还会被人非议,将会因此成为笑柄的。

林益文突然觉得心情变得很坏,虽然躺在舒适的床上,但一夜未睡。他又想起前两天,他去陈舒媛那儿。陈舒媛说她姑姑的贴身女仆苏月菊在回吞南村时,在船上不慎落水死了,两天后尸体漂在苏州河上。被人捞起来后,听说怀里还揣着红布包着的两根金条,这让林益文感到很吃惊。林益文对月菊阿姨的爽朗热情,又很懂礼仪是非常有好感的。他想到姆妈失去了这么一个陪伴了二十多年的贴身女仆,心里也一定很伤心。要勿是这个月菊阿姨,也就可能没有他林益文的今天,谁能给他证明他的亲生父母亲呢?那他恐怕仍然在杭州的立祥油纸店当伙计。

第二天傍晚,林益文又约陈舒媛去柳家湾路36号。他对陈淑媛说:"我有个重要的决定。"

陈舒媛说:"什么决定?"

林益文说:"去我姆妈那儿你就知道了。"

从苏州河上吹来的秋风阴冷阴冷的。大片的农田里,稻子已经收割过了,稻茬是焦黄焦黄的。小河湾在农田里织成错综的网线,闪出了一片水光。太阳正在下山,鲜红鲜红地从金黄的稻田中往下降落。

到了柳家湾路36号,林益文与陈舒媛一同跳下三轮车。林益文付了车钱后,就同陈舒媛一同走上台阶,摁响了门铃。来开门的勿是苏月菊,已是一个小丫鬟叫香芹的了。林益文很是伤感。在路上,林益文就告诉陈舒媛,他阿爸坚决反对自己与她的婚事,陈舒媛感到很不爽。林益文见了陈碧茵,突然激动地喊了声:"姆妈。"

陈碧茵一把抓住林益文的手哭了。当林益文问起月菊阿姨的事时,陈碧茵就告诉林益文与陈舒媛说,苏云龙到吞南村去想弄清事情还没回来。林益文想了想,然后鼓起勇气:"姆妈,从今朝起,我就住到这儿!陪姆妈你好哦?"他看看陈舒媛,让陈舒媛知道这就是他的重要决定。

陈碧茵说:"你勿往常青路去了?"

"姆妈,阿爸昨天同我讲,他勿同意我与陈舒媛的婚事。"

陈碧茵沉默良久,说:"姆妈早就意料会是这样的。想当年,姆妈心仪你阿爸时,就没有想到过要同他结婚,因为姆妈还有你阿爸都晓得,这是勿可能的事。自我与你阿爸在吞南村见过一面分手后,就知道这件事结束了。

勿可能再有以后的相见了。"

陈舒媛说:"我与益文现在怎么办呢?"

陈碧茵说:"那要看益文了。"

林益文说:"姆妈,我说了,从今天起我就住在这儿了。"

陈碧茵说:"常青路你真的勿去了?"

林益文很坚决地说:"勿去了。我要同舒媛结婚。"这时,陈舒媛一下扑在林益文的肩头上哭起来说:"益文哥,我们算了,你勿能因为我而不认你这个有钱有势的阿爸呀。"

林益文说:"舒媛,前些时候我读过一个匈牙利诗人的诗,翻译成英文是说,生命诚可贵,爱情价更高,你是比我生命还可贵的人。舒媛,走,我们离开上海,回杭州去,到杭州去结婚。"

陈舒媛抹去眼泪说:"好!"

陈碧茵冷静地摇摇头说:"唉,那都是年轻人的热昏话,当时姆妈十七岁时,那种热昏了头的感觉,辰光一过,就感到很荒唐也很可笑。人活在世上不仅仅只有男女间的那么一点爱情,人要活在这世上,还有许多事情要做呢。"

陈舒媛说:"姑姑,那我们怎么办?"

林益文说:"姆妈,非舒媛我是不娶的,虽然姆妈讲,人活在世上勿是只有点爱情,但一生的伴侣那也很重要!"

陈碧茵顿时泪流满面了,她的心也很痛,说:"等你娘舅回来再讲哦。"

那晚陈舒媛还是坚持要回永宁里72号去住,林益文就在门口把陈舒媛送上了三轮车。他则住在陈碧茵那儿了。可是到第二天一早,他还是去居正公司上班去了——要想突破生活已经编织成的藩篱,毕竟不是件容易的事。

到了公司,上楼时,刚好碰见乔居正,他忙微笑着亲切地叫了声:"阿爸。"乔居正也高兴地点点头,似乎这件事已经过去,生活还是回到了原来的样子。林益文心里很清楚这么件大事,是怎么也过不去的。当天傍晚,林益文与陈舒媛去了兴盛里15号施惠雯那儿,想同这位见多识广的阿姐商量商量。

施惠雯很少去舞厅了,因为她在报社的用稿量越来越多了,润笔费也提高了,经济状况比以前大有好转。她见了林益文与陈舒媛后说:"今朝《时事报》上我写的《越剧十姐妹》的稿子你们看到了哦? 好大一个版面呢。以前都是你俩请我吃,今朝夜里我请你们吃哦,上杏花楼,听说杜老板杜月笙也去吃的。我们也去领领味道。"陈舒媛说:"还是让益文哥请哦,现在他是双份工作,拿的双份酬金,勿吃他的还要吃你这个可怜巴巴挣点稿酬的小记者啊。"

施惠雯说:"舒媛阿妹,你也太小看我了,请你们在杏花楼吃顿饭,我还是请得起的。"

林益文说:"那就惠雯姐请客,我埋单。"

施惠雯一笑说:"还是益文弟会说话。"

还是老样子,施惠雯与陈舒媛坐辆三轮车在前面走,林益文坐辆黄包车在后面跟着。在三轮车上,陈舒媛把她与林益文来找施惠雯商量的事同她讲了。当他们三个在饭店的小包间里坐定,服务生挂上牌关了门,施惠雯就用坚定的口气说:"你们就学学梁山伯与祝英台呀。"

"哪能啦?"林益文说。

"至死不渝啊,"施惠雯说,"就是死也绝不分开!"

"我已经同舒媛说了,"林益文说,"除了她我谁也不娶。"

"那就索性私奔!"施惠雯说,"离开上海,随便找个地方去结了婚再说。"

陈舒媛看看林益文,意思是只要林益文有这决心就行,她是死心塌地地跟定他了。

林益文沉默了一会儿说:"惠雯姐,闲话好讲,事情难做呀。决心好下,但真要行动起来,也勿是那么容易的。现在就把这一切都丢了,不但可惜,要重新再捡回来,可能就捡勿回来了。再说,今后的日子怎么过? 如果再生孩子,那孩子不要跟着我们一起吃苦吗? 真私奔了,阿爸勿认我了,姆妈恐怕也勿高兴,还有陈家的大祥公司和我阿爸的居正公司,怎么办? 我现在是大祥公司的总经理,公司的大小事情都要我拍板;我还是居正公司的协理,我阿爸安排的具体事,都要我去协办,有些事我不做主,但需要我具体去办。只顾我与舒媛之间的私事,而把公司丢下不管,我林益文勿可能这样做的。"

施惠雯点头说:"益文弟,你真的成熟了,我没有看出来。"

林益文说:"我们再等等看,想想办法,尽量能让我阿爸同意这门婚事。但如果实在不行,再走私奔这条路也不迟。为了舒媛,我可以牺牲一切,但现在还勿是辰光。"

陈舒媛哭了,施惠雯同情地搂着她的肩膀,安慰她。

林益文举起杯子说:"来,喝口酒哦。这儿的菜肴味道真的很勿错。"

第三十八章

陈舒媛没有想到的是，林益文的阿弟乔子良会带着两个人到冠圆小学来找她，那正是中午放学的时候。

陈舒媛还在自己的教师办公室。

乔子良说："请问你阿是陈舒媛小姐？"

陈舒媛说："是咯，你有啥事体？"

其他教师都已下班离开办公室了，他们要赶着吃中午饭。

乔子良说："陈小姐，你勿要紧张。我只有一句话，很简单，就是你离开我阿哥林益文，勿然后果自负。我们两家勿可能结亲，要是结亲，老祖宗也勿愿意！听懂我的话了哦？走！"

乔子良说完，领着那两个跟班模样的人走了。

陈舒媛想起了那个细雨霏霏的春雨天，在杭州的西湖边上，她从车上下来，后面跟着家丁阿福，他为她撑伞。他们穿过马路，她看到立祥油纸店柜台后站着的那个英俊清秀、带着书生气的学徒林益文。她看了他一眼，心里就再也没有放下他。她想到这里,泪不由自主地滑落了下来。可白云苍狗,人世间的变化无穷,她已不是那时的千金小姐,虽然这千金小姐她也还有条件做下去,但她自己不愿意,她想做个自食其力的人。

那晚,林益文回到常青路56号时,发觉宋茂昌在家里等着他。梁月琴说:"茂昌,好好同少爷讲,勿要吓着少爷了。"吴灵芝在梁姨太的身边,笑眯眯的,也勿晓得她有什么高兴事。宋茂昌说:"太太,那我和少爷就到小客厅去谈。"

林益文发觉宋茂昌的面孔很严肃,勿晓得发生了什么事。在小客厅坐下后,宋茂昌关上门说:"少爷,最近我到呑南村、双林庄、扶桑村去了几天。我要告诉你的是,你是乔居正,也就是林治中的亲生儿子,但勿是陈家陈碧茵小姐的儿子,想勿到你跟灵芝还是奶兄妹,你是吃灵芝姆妈巧娣的奶长大的。"

林益文蒙了,说:"那我姆妈是啥人?"

宋茂昌说:"也姓陈,是呑南村的一家也姓陈的财主的小姐,叫陈妙香。我虽然是老爷的贴身跟班,吃的是老爷的饭,但我也勿得勿讲,老爷在年轻时,也太过风流太好女色了。那次同陈碧茵小姐约会后,他在呑南村又遇上这位陈妙香小姐,两人也一见钟情,尤其是陈妙香小姐,约老爷一定要见面,老爷也觉得陈妙香小姐跟陈碧茵小姐长得一样漂亮,两人约会了好几次。这个事在双林庄进士府的船老大顾阿毛可以作证。陈碧茵小姐生了个儿子,而陈妙香小姐也生了个儿子。陈妙香儿子生下只有几天,就送到扶桑村的吴德全的儿媳妇巧娣那儿喂养,那时吴德全的儿媳巧娣也刚生下咯女儿,叫吴灵芝,就是我们府上的灵芝姑娘,所以你和灵芝姑娘是奶兄妹。你的生母勿是陈碧茵而是陈妙香。她已经同溪泉村的一个商人结婚,去了广东,听说后来去了南洋。可能就因为有这么一段不太体面的事情,怕村里的闲话,就走得远远的了。"

林益文说:"那我的名字是谁起的?"

宋茂昌说:"苏月菊起的。"

林益文说:"可我姆妈陈碧茵说,是她给我起的,她生下我后就给我起的这个名字。"

宋茂昌说："勿是,绝对是苏月菊起的。少爷,我告诉你,吴德全儿媳妇巧娣,与陈家的佃户陈风林是有怨仇的。巧娣因为偷摘了陈家的一点桑叶,被陈家的大儿媳妇打了,为了出这口气,巧娣的男人,也就是灵芝她阿爸吴六苗,把陈风林的大儿媳妇打死了,结果坐了二十年的牢,现在刚从牢里放出来。陈家与老爷家有世仇,老爷家的佃户吴德全同陈家的佃户陈风林也有冤仇。苏月菊怎么可能把陈家小姐的私生子抱到吴家,让吴家的儿媳去喂奶呢? 勿要说苏月菊勿会这样做,吴家知道了,吴家的儿媳也勿肯给他当奶娘的呀。虽说苏月菊与吴家的儿媳巧娣是从小一起长大的姐妹,但林家的佃户却同陈家和陈家的佃户有这么大的怨恨。你是陈家小姐的私生子,他们吴家怎么肯收呢? 而且她一直奶到你断奶,他们这样以德报怨,可能吗? 那时灵芝的阿爸吴六苗还被关在牢里呢。少爷,你好好想一想,我只能告诉你,你勿是陈家小姐陈碧茵的儿子。她的儿子在哪里,那只有她知道。你是老爷的儿子,这绝没有错,但勿是陈家小姐也就是你叫姆妈的这个女人的儿子。"

林益文听到这些,有些天转地旋,原来一切都明白无误的事,怎么一下子又冒出这么一档子事? 但他心里非常清楚的一点是,苏月菊勿在了,也就无人再可以作证了。

林益文感到这似乎是个阴谋,他睡下后想了一夜。

第二天,林益文很沉着,像什么事也没发生的那样,照常坐车去上班,灵芝对他又特别的关切与殷勤,说："少爷,我们是真正的奶兄妹,勿是吗?"

"是,灵芝姐。"林益文笑着点头说。但他心里已做了决定,自己去灵芝的老家探问一下,还要考察一下呑南村,看有没有宋茂昌说的那个陈家,那个叫陈妙香的女人。于是他说："灵芝姐,啥辰光你能勿能陪我去看看你的姆妈,也就是我的奶妈好哦?"

"可以啊!"灵芝高兴地说,"只要太太同意,我啥辰光都可以陪你去,我也好想回去看看我的阿爸姆妈。我听讲阿爸从牢里出来了,我在我姆妈的肚子里,阿爸就被关进牢里了,我还没见过我阿爸呢。"

林益文已经感到宋茂昌昨天同他说的这件事,会继续发展下去,果然,他走进公司大楼,宋茂昌就对林益文说:"少爷,老爷让你到他那儿去一趟。"

林益文直接去乔居正的办公室,乔居正说:"益文,昨晚茂昌同你谈过了哦?"

林益文说:"阿爸,谈过了,我晓得了。"

乔居正说:"以后你就勿要到那个叫陈碧茵的女人那儿去了,她同你啥关系也没有。"

林益文说:"阿爸,我想很冒昧地问一下,你同我现在叫姆妈的那个女人有没有过那种亲近的关系?"

乔居正说:"我不否认,有。"

林益文说:"阿爸,我住的常青路56号,那里住的是我阿爷的三姨太,你不是也叫她三妈,也很孝敬她吗?"

乔居正说:"那不一样。梁月琴是你阿爷明媒正娶的,我同陈碧茵只有一时的情,就像跟个妓女睡过的一样。你勿可能叫跟我睡过的妓女都叫姆妈哦?"

林益文说:"可我叫姆妈的那个人勿是妓女。"

乔居正板起了脸,说:"你勿相信宋茂昌同你讲的?"

林益文说:"我没讲我勿相信,我只觉得我叫姆妈的那个人待我就像姆妈待儿子那样好。而且阿爸同她有过那种事体,她还给你养过儿子。就因为这点,她差点丧命,东躲西藏,孤单了一生。勿管她是不是我的亲姆妈,但她为你生过孩子,为你牺牲了她的一生,我作为你的儿子,就得认这个姆妈,让她在人世间有她该有的人生的乐趣和温暖。阿爸,你是我阿爸,这点勿会再有什么变化,我会孝敬你一辈子,但我孝敬你,勿等于我什么都得听你的。我想,我应该有我的人生。阿爸,你讲呢?"

乔居正突然觉得这个儿子真的很不简单哪!心里更是爱恨交加,想了想,气恼地一挥手说:"做你的事去吧。"

在上海,再繁华的地段,也总有很冷僻的小街与弄堂。有些窄窄的用小石头铺的小街道,那儿路灯既稀疏,灯光又幽暗,一到晚上,基本上就没有什么人走动了。到晚上,大马路依然灯光通明,行人如织。所谓夜上海,是因为只有在夜里,上海人才开始了真正的能称得上人的生活。尤其是礼拜六的晚上,那些上班族也都出来享受属于上海人的夜生活了,那时似乎勿享受上海的夜生活,就枉为上海人了,包括那些生活在底层的苦力们,也更勿要讲像施惠雯、陈舒媛这样层次的人了。

那天晚上,施惠雯约陈舒媛到大马路上逛夜市,逛街是女人的天性,没有一个女人是勿爱逛马路的。施惠雯已经成为陈舒媛很知心的朋友了,两人在谈到林益文时,陈舒媛说:"那个辰光,他只是一个油纸店站柜台的学徒工,但我一见到他时,就觉得他的气质很勿一样,绝对是个大家出身的人,一脸的英气勿讲,那双黑亮黑亮的眼睛也显得既文气又智慧,我一下子就被他吸引住了。"

施惠雯捂着嘴一笑说:"这就叫一见钟情。舒媛,勿瞒你讲,我见他也喜欢过他。当时在兴盛里15号时,他住在楼道间,我住在亭子间。我和他认识后,还帮他在报上发表诗和散文,他这个人文笔相当勿错的,唉,可惜,他应该去当个诗人或者作家,结果现在成了生意人了。"

陈舒媛说:"做文人没有多大意思,还是做生意实在。我平时也舞文弄墨,想当个女诗人,自从做了小学教师,觉得做小学教师也相当勿错。女人活在世上勿靠男人养活,靠自己养活自己,我觉得活得就很自在。"

施惠雯说:"是呀,这就叫自尊。在中国,历来是男尊女卑,女人能真正自尊自立起来勿容易,自尊自立意义相当重大。唉,可惜当今社会有这样认识的女性太少了。有些女人勿能自尊自立,心甘情愿地做男人的二姨太三姨太,真的很让人看勿起。"

陈舒媛说:"惠雯姐,你讲得真对。我现在要过衣来伸手,饭来张口的千金小姐的生活,照样可以,但我勿想过。人活在世上,勿管男人还是女人,都应该为社会做点事,做出点贡献。勿要白白地在世上转一圈,啥事体也没做,那真是白活了。"

施惠雯说:"勿错,不过舒媛,我要老实向你坦白。"

陈舒媛说:"向我坦白?坦白什么?"

施惠雯一本正经地说："我勾引过林益文,但他没有上钩。"

两个人勾着肩膀,哈哈哈地笑弯了腰。

施惠雯又说:"林益文这个人还是蛮有修养的啊,找了个让你不觉得尴尬的理由就滑脱了。"

两个人又笑在了一起,陈舒媛不但没有吃醋,反而觉得施惠雯格外可爱。

陈舒媛说:"恐怕这就叫修养,一个人的修养与学问是勿一样的,修养是人品,学问只是你读书的多少而已。"

她俩说笑的时候,一条小弄堂里突然闪出几个人,然后紧紧地跟在她俩的后面。见多识广的施惠雯忙对陈舒媛说:"舒媛,我们被几个流氓盯上了。"

陈舒媛有点慌张,施惠雯说:"你勿要紧张,我们找个机会脱身,在大马路上,人那么多,又有巡捕房的人,他们不敢动手的。"

在北四川路与大马路的拐弯角上,是三轮车与黄包车聚集的地方,施惠雯拉着陈舒媛跳上一辆三轮车说:"开家桥路兴盛里15号。"

三轮车刚过北四川路桥,后面也有两辆三轮车跟了上来,北四川路是一条很热闹的马路,三轮车夫知道可能发生什么事了,拐了个弯,抄近路就拐进兴盛里的弄堂里。车在15号门口停了车,施惠雯抓了把零钱给车夫说:"谢谢!"然后对陈舒媛说:"先到我的亭子间躲一躲哦。"陈舒媛点点头。

施惠雯与陈舒媛上了亭子间,从窗口往下看,看到几个穿短褂的男人在弄堂里遛转了好长时间,陈舒媛想起了乔子良同她说过的话,说:"惠雯姐,他们是冲着我来的。"

第三十九章

秋高气爽,天气勿冷也勿热,正是出门的好辰光。有一天,林益文对乔居正说:"阿爸,我想同灵芝去一趟扶桑村,去看看我的奶妈。"乔居正很通融也很爽快答应了,说:"应该的,应该的,替我好好地问灵芝姆妈好。"

那天下午,林益文同吴灵芝从码头上了去扶桑村的小火轮。小火轮开了大半天,也觉得没开出多远的距离,上海的高楼大厦还可以看得很清楚。小火轮叫得很欢,突突突地使足劲地往前开,但行走的速度却很慢。从上海到扶桑村,从中午开出,要到第二天的中午才能到。

小火轮拖着一只有篷的载人的客船,那时,江南一带四通八达的是水路而不是公路。船开出黄浦江开阔的水面,江面上漂浮着潮气,水蒙蒙的一片,让人感到心旷神怡。暮色降临后,船就在小河浜中穿梭,浓重的塘泥浆的味道就溢了出来,这种味道让林益文想起了自己七八岁时,在小河边扎水猛子时闻到的味道。养父林祖文虽然只是个有十几亩地的小地主,但却是个读书人,曾经到城里考过秀生,只是考了两次都未中。后来科举一废,他也没有机会再考了,但读书习文的习惯却一直没有改变。他把林益文送到私塾里去读了几年书,识了一些字后,就自己教林益文读唐诗汉赋,还讲些做人的道理,讲人在世上要立德、立功、立言的重要性,尤其是立德,做一个有德性的人比什么都重要。

可惜在林益文十岁的那年,这位善良体弱的养父便去世了,没有活过四十岁。他相信"轮回",相信"因果",还相信同姓之人必有一定的血缘关系,当然改了姓的除外。这也是他坚决要收养林益文的缘故,当然苏月菊没有讲是哪个林家的私生子,但孩子姓林绝勿会错!"我可以用性命来担保!"苏月菊说。林祖文满意,把林益文就像亲生儿子一样来抚养,他认为自己不会生,抚养一个林家血脉的人,也等于为自己续了香火。

黄昏时分,田野上那一片翠绿,在夕阳的映照下显得格外的美丽,大地变换着色彩,庄稼浓郁的香气弥漫在四周,让人有一种十分舒心的感觉。从船码头上船时,林益文看到有一个男人从他身边走过,还看着他和灵芝,林益文觉得这个人的脸非常熟,他穿着丝绸的短褂长裤,走起路来刚劲有力。但那人一闪而过。上船时人又十分拥挤,灵芝一直在扶着他,他也拉着灵芝,此时也不知是灵芝在照顾他,还是他在照顾灵芝。进入了船舱,灵芝把老爷给灵芝妈买的礼品与灵芝给她家里买的东西堆成了一堆,一时忙乱,林益文再也没有想起那个人。

林益文坐的舱位刚好在窗口边,当太阳西下时,一个人就从窗口一闪,然后那人钻进舱来,对林益文说:"少爷,你出来一下,我有话对你讲。"林益文这才想起,他就是男扮女装的苏月秀,也就是苏云龙,他脱去女装,完全变成一个英气袭人的男人了。林益文不知怎么叫好了,只得跟他钻出船舱,甲板上风有点大,吹得他们的衣服哗哗响。

"少爷,不碍事吧?"他说。

"没事的,可是,我该怎么叫你?"

"我阿姐叫苏月菊,我叫苏云龙。因为阿姐让我同她一起照顾服侍你姆妈,为了避人耳目,少传闲话,才非要我男扮女装不可的。我出外办事,一直是男装出来的。我从勿从前门进出，后院有一角小门，我只走这个小门。一般我勿外出，只有有要紧事才外出的。但从现在起，我再也不用男扮女装了。"

"为啥？"

"林少爷和陈舒媛小姐要搬进来住了，老爷还把他的贴身跟班阿福也带过来了。"

林益文想起来了，陈舒媛小姐第一次在细雨霏霏中来看自己时，后面跟的就是阿福。

"噢。"林益文点点头，心想我的跟班张佑荃也可能要进来住了。

苏云龙说："家里有这么些男人，我何必还要男扮女装呢？"

林益文说："云龙爷叔，这样叫你可以哦？"

苏云龙说："你叫我阿姐叫月菊阿姨，叫我爷叔也没错。"

林益文说："云龙爷叔，我也是第一次看到你这么一身男装，刚才我就没认出你。"

苏云龙说："少爷也是早出晚归，我也是很少见。再说换装后，我基本上都在外面，很少回去。"林益文想，姆妈活在这世上，真的不必顾忌那么多。人又不是为别人活着的，有些人似乎不这么想，很顾忌别人的看法与闲言碎语，姆妈就是这样。

林益文说："云龙爷叔，你这次出来办啥事体啊？"

苏云龙说："我阿姐死得不明不白，很是蹊跷，我正在查。"林益文说："有啥线索哦？"

苏云龙说："她是被人害死的。"林益文吃惊地说："啊？被人害死的？做啥要害她？"苏云龙说："我也勿晓得，但谁想害她，做啥要害她，我正在查。少爷你到哪儿去？"

林益文讲了自己与灵芝一同去扶桑村去的缘由。苏云龙点头说："灵芝姆妈同我阿姐是从小在吞南村的好姐妹，你既然吃她的奶长大的，是你奶妈，你该去看看她。不过下一个船码头我就要下船了，少爷你自己当心点。"

"云龙爷叔，你准备怎么办？"

"报仇呀！还能哪能，我阿姐勿能白死呀。"

苏云龙站起来，拍拍林益文的肩头，走到船头，一个箭步就跨到前面的小火轮上去了，那段距离起码有好几米，他真是个有一身好武功的人。

船第二天中午才到扶桑村，灵芝的父亲吴六苗和姆妈巧娣都在码头上接。前些日子灵芝已经写信给他们了。灵芝的阿爷吴德全前几年已经去世了。与他们家地交叉着地的仇家陈风林老家伙也死了。为了几片桑叶，陈家的大儿媳扇了巧娣的耳光，吴六苗为老婆出气，用扁担打死了陈家的大儿媳，结果坐了二十年的牢。现在吴六苗依然长得结结实实，他从牢里出来了，快奔五十的巧娣又鼓起肚子，生下一个小子，也快两岁了，长得结结实实的，气得陈家整天隔着篱笆骂骂咧咧。吴六苗想去还战，被巧娣拉住说："让他们骂去，我们再生一个气死他们！"但后来竟再也没有生，因为巧娣不知在什么时候闭经了。

吴家虽然女儿与儿子差了二十几岁，但毕竟是儿女双全，大富大贵的。吴六苗特别感激林家，因为在坐牢期间，林家总是时不时派人到牢里打点，吴六苗不但没吃什么苦，吃得也不错。牢里有时派罪犯去干点活，吴六苗干得也很卖力，所以出狱后，身体依然很壮实。生下儿子后，吴六苗在吴德全的坟前烧香磕头，告诉九泉之下的老父亲吴家已有了儿子，估计吴德全在九泉之下也笑得合勿拢嘴巴了，巧娣就是这么说的。

吴家杀鸡宰鹅，在屋门前的场地上摆开了过年才用的大圆桌，三个男人加上他们的媳妇小人，十几个人围了一大桌子。吴六苗说："进士老爷的儿子林治中是我吴六苗的恩人，林少爷你要多喝几杯，谢谢你阿爸还记得我们。"巧娣忙接上说："月菊姐抱着刚出生几天的少爷让我喂奶，我二话没说就接下了，一直喂到掐了奶才抱走。"

林益文趁机说："奶妈，我姆妈是啥人，当时月菊阿姨告诉你了哦？"巧娣说："告诉了呀，是他们吞南村一个陈家的，她看上少爷了，跟少爷有那么几次不明不白的关系。林少爷，你勿要见怪我这么说你阿爸，天底下有钱人的少爷，哪里有不花心的？你阿爸当时长得多英俊啊！女人见了，个个都会心晃晃的。"林益文说："那个姓陈的小姐叫啥？"巧娣说："好像叫陈妙香，你想去找她啊,找勿到嘞,跟一个呑南村出去的生意人结婚后,到南洋去了。你是林治中少爷的儿子,这勿会错。要勿我勿会接下你的,我接你的时候,灵芝她还没断奶呢。所以灵芝要比你大,你要叫灵芝阿姐。"巧娣那张嘴真能吧吧,话一说出口就一连串的勿打顿,你想接话都接勿上。

听了这些话,林益文的心有点沉。虽然灵芝的家人都这么热情也把他当恩人似的,但第二天一早,林益文还是急着要回上海,说上海的生意勿能耽搁。灵芝说:"还是我同益文弟一起回上海吧。"两人于是带了村里的一些新鲜蔬菜,两只鸡两只鹅,又坐上了开往上海的小火轮。

小火轮突突突地叫着,从竹筐里伸出脖子的鹅也跟着叫了一路。水波荡漾,两岸一片翠绿,但林益文一路上却陷入了深深的思虑之中。林益文突然感到,这些事都发生得很蹊跷,都是在乔居正正式认定他林益文是他的亲儿子,要由苏月菊作证并突然死亡以后发生的。以前怎么没有?他有了些许的怀疑,包括他对陈碧茵是不是真的是自己的生母的怀疑。他又感到,这件事为什么以前不说,而要到苏月菊死后才提出来呢?而且还是在苏月菊证明他林益文是乔居正的亲生儿子以后呢?苏云龙说要为阿姐报仇,难道苏月菊是被人谋害而死的?这使他想起了宋茂昌,宋茂昌手下可有几个心狠手辣的人。这件事一直由宋茂昌在帮乔居正周旋的,他想到这里,心也感到发寒。他想,乔居正让宋茂昌这样做,只是为了抓牢他林益文这个儿子。因为乔子良实在是勿争气。现在有了林益文,他的又一个亲儿子,为了能让林益文继承他的事业,只要能把这个儿子抓牢,他已有些不择手段了。但是不是这样呢?当然作为一个父亲,他这样做,也勿能讲全是错。现在的一切,都需要他林益文来好好地权衡一番,好好地思考一番。

又是一夜难熬的水上旅程,潺潺的水声,点点滴滴的渔火。灵芝依然十分殷勤,一会儿为他去茶房沏茶,一会儿为他端来夜宵粉丝油豆腐汤,为了他,她一点也不知道疲劳似的,益文弟益文弟地叫个不停,还说:"现在可以随便叫呀,到了家里,叫一声益文弟,管家老爷就会瞪着眼睛喊:没有规矩!"

回到上海已是中午,林益文虽然一路疲惫,但也没有回家休息,他在杨三生煎馒头店吃了几只生煎馒头,说直接去居正公司上班了。他先去乔居正的办公室,乔居正与宋茂昌都不在,说是去湖州了,林益文就回到自己的办公室,询问了一下两个厂的生产情况。到了下班后,他就直接回到常青路56号去了。灵芝正有声有色地讲着,他爸他妈以及大伯大妈对少爷的款待,那些鸡和鹅则还在后院的笼子里咕咕地叫着。

灵芝的话证实了宋茂昌讲的话都是事实,梁月琴就说:"既这样,益文你就勿要去陈家的大祥公司做了,省得惹得阿爸心里勿自在。"

林益文说:"阿奶,阿爸让我在那儿做,也是为了历练历练我。再说,阿爸跟陈家的陈碧茵还是有那么一段情的,我来上海是陈家出的力,要勿哪能有我的今天呢?阿爸也勿一定能寻得到我了。以前的仇是以前的仇,现在的情毕竟也还是现在的情。我要勿去大祥公司,不就成了一个无情无义、忘恩负义的人了吗?"

梁月琴听了这话,说:"唉,益文啊,难得你有这样的想法,你是个有情有义的人啊。"

乔居正带着宋茂昌去湖州双林庄,一是去看望一下年迈的母亲,二是要告诉母亲有关林益文的一些事。他母亲听后,很高兴地说,过去我们林家几代单传,现在到你这辈,有了两个儿子了,我们林家又会有人丁兴旺的时候。母亲说:"啥时候让益文来看看我,认认我这个阿奶。"

乔居正说:"好咯,姆妈,过些时候我带他来见你,益文要比子良强多了。"

像往常一样,林益文两家公司都去。他在商界也混得越来越熟了,生意自然也就越做越精。

乔居正知道林益文去扶桑村的意图,但却没有问,只问:"你奶妈好忿。"林益文也只说到灵芝阿爸吴六苗感恩阿爸的事。吴六苗家又添了丁,生了一个小弟弟。乔居正点点头,笑着说:"好啊!好啊!"宋茂昌手下的人告诉宋茂昌,林益文上次跟灵芝一起去了扶桑村后,半个多月来,再也没去过柳家湾路36号。乔居正听了心里很高兴,对宋茂昌说,对岙南村的苏月菊家,暗地里要多关照,但也勿能露马脚,他无奈地叹气道:"死人总勿是桩好事情啊!"宋茂昌说:"老爷你放心好了。"

那天是梁月琴的小生日,叶妈多做了几样菜,乔居正与乔子良也来常青路这边吃饭,用上海的话来说就是过生日。林益文也早早地回来了。

在花园里,林益文看到乔子良,就对乔子良讲:"阿弟,我听讲你派人在跟踪陈小姐。"乔子良说:"对咯,我勿但派人跟踪她,我还要让人去做掉她。我已经警告过她了,让她离开你,勿然后果自负!因为阿爸勿同意你俩的婚事,她是我们仇人家的女儿。现在你在陈家帮陈家做生意,阿爸勿反对,因为这样对我们家有利,用不着担心陈家来抢我们家的生意,因为你勿可能用我们家的钱去帮陈家,陈家也用勿着再提防我们生意上的事,这对两家对你都有好处。阿爸既然这么看,那也就算了。但你与陈小姐的婚姻,这事体就勿一样了,天平就勿平衡了。"

林益文说:"为啥?"

乔子良说:"为啥?因为天下听老婆的男人太多了,连皇帝都有坏在女人手里的。阿哥,我告诉你,坏在女人手里的男人有的是,所以我绝勿会让你阿哥娶仇人家的女人当老婆。听着,我坦白告诉你,你要么放弃她,勿然,我绝对要找机会要做掉她。"

林益文说:"你就是做掉她,我同样会娶她,那你就会有一个被人做掉过的女人当阿嫂,勿信你就走着看。"

乔子良轻蔑地一耸肩,冷笑着说:"阿哥你的档次也太低点了,只有乡下人阿曲西才会这样做。"

林益文说:"我是乡下阿曲西,但你勿是也想娶露珠当老婆吗?"

乔子良说:"这勿一样,风流公子娶妓女当老婆的事,天下有的是,但我只会让她当小老婆,勿会让她当太太的。还有,那边陈家那个与阿爸有关系的女人也勿是你姆妈。阿哥,你同陈家根本没有必要黏得那么紧,何苦呢?"

林益文说:"那是我的事,与你无关。"

乔子良说:"那是我们全家的事,关系到阿爸,同样也关系到我,当然与我有关啰!"

林益文说:"子良,我警告你,勿许你伤害陈舒媛,勿然,我就勿认你这个阿弟。"

乔子良说:"那是你的事,我得维护我们家的利益。"

这时吴灵芝在喊:"少爷,快回来吃饭。"

林益文与乔子良的这场争吵才算结束,两个人进餐厅时,脸色都是气咻咻的不自在。乔居正问:"你们两兄弟怎么啦?"

两个人都不再说话,林益文说:"阿爸,没什么事,阿奶的生日,我们勿会吵架,让阿奶勿高兴的。"

大家在餐桌上祝了梁月琴的生日快乐后,乔居正说:"你们兄弟俩是勿是又吵相骂了?"

林益文忙说:"阿爸,你放心,我勿会同阿弟吵相骂的。"

乔居正说:"那就好。"

第四十章

　　黄昏时分,下了一场雷暴雨后,天又晴了。天边出现一条巨大的彩虹,四边飘浮着一朵朵青紫色的云。施惠雯与陈舒媛在大祥公司的楼下等着林益文。自从陈舒媛觉得自己被跟踪后,就决定要住到柳家湾路36号去,自己一个人住在永宁里72号真有些不安全。

　　施惠雯也感到乔子良既然说了那样的话,那些人真的是来跟踪陈舒媛的话,舒媛真的还是住到她姑姑家去的好。哪怕辞掉小学教师的工作,人总是先保命要紧。但陈舒媛说:"小学教师的工作我是勿能辞的,我下班早点回去就可以了。他们要行动,也只能在夜里行动,白天毕竟有那么多人,还有巡捕房的巡警巡逻,他们怎么敢在青天白日里伤害我?我勿能因为怕他们伤害我,连我喜欢做的事体都勿做了,那活在这世上还有啥意思?"

　　好在陈舒媛搬到柳家湾路36号去时,陈嘉禄带着贴身跟班阿福也住了进来。大祥公司的生意在林益文的经营下,做得越来越顺。两家丝厂的生产也在不断地扩大,那时政府对自己民族工业的支持力度也是蛮给力的,大祥公司和居正公司的丝绸业都已做到了国外。

陈碧茵已经习惯了上海的生活,再也勿肯回到双林庄或者回到杭州,那两个地方都勿如上海繁华。虽然她那些年是过着孤独的生活,但她依然能时时感受到上海的繁华与丰富的文化生活。每个月苏月菊都会陪着她看电影,或前去离柳家湾路不远的国泰路的泰山戏院看戏。在杭州,虽然也有戏剧,但哪有上海的戏文又多又好看呀。

陈嘉禄勿在杭州住了,而是住在上海,一是想助林益文一臂之力,他毕竟是大祥公司的董事长。另一方面,陈嘉禄觉得自己以前在上海经营上的失败很大一个原因就是自己勿在上海,生意经又还是过去旧的那一套,自然信息量既小又落后,哪能跟一直住在上海又有政界背景的乔居正比啊,失意亏本是很自然的事。

林益文小小年纪,在上海商场上不很长时间,再加上聪明肯学,头脑活络,生意很快就做成精了。原先大祥公司的那两个丝厂,设备老旧,用的又是土蚕茧织出的丝绸料,市面上越来越勿吃香,哪能可以跟乔居正进的东洋货的丝厂竞争呢?现在林益文一经手,从东洋引进新设备,用便宜的东洋蚕茧,成本降低了,产品质量提高了,就有了同乔居正竞争的能力。林益文在这两大公司里担要职,他也很会做平衡,结果两家公司都有钞票赚。而其他同行又拼勿过这两家公司,虽然还勿到倒闭的地步,却也只能做点边角生意,倒勿了,但赚头却勿哪能,吃点剩菜残饭而已,饿勿死罢了。

陈嘉禄在柳家湾路36号定居了下来,带来了贴身跟班阿福,又从乡下雇了两个丫头。苏月菊死后,陈碧茵手边缺少一个年纪大一点的娘姨。她要求找一个识点字、有点文化、人又要忠厚老实的贴身女佣,找了好些日子,才从双林庄上找到了一位穷困潦倒的老秀才的三十几岁了还没嫁出去的女儿,名叫吕秀文。老秀才还有个儿子,吕秀文的弟弟,因为穷,还没能娶上媳妇。吕秀文长得还算端庄,人也机敏,能读些诗文,陈碧茵感到还满意。

为了让吕秀文安心,陈碧茵让陈嘉禄多给老秀才些钱,让老秀才儿子好去娶媳妇。这样，吕秀文也可以安心服侍陈碧茵了。人心都是肉长的，吕秀文看到陈家这么大方地接济自家，她弟弟也真的拿陈家给的钱娶上了咯蛮能干漂亮的弟媳妇，感激得不得了，于是也全心全意地服侍陈碧茵。陈碧茵感到吕秀文服侍得比苏月菊还要周到体贴，知书达礼，对苏月菊的思念也渐渐地变淡了。

陈嘉禄每天早上坐车，带着阿福到大祥公司去上班。他坐在办公室里看报喝茶，有时带着阿福到书场听听书，到戏院看电影、看看戏或者逛逛街，很少到林益文那儿去，怕影响他的工作，他觉得林益文比自己干得好。当然有时也会叫林益文到自己办公室问问行情，出点主意，但决定权仍由林益文敲定，不怎么干涉林益文的决策，他以为这样做也是一种无为而治。

林益文对陈嘉禄的这种做法也很欣赏，既不干涉自己的工作，但又坐在那儿为自己坐镇，让他既能放手处事又有个定心丸在那儿镇着。林益文一般在中午后二点钟来大祥公司。每次有什么事陈嘉禄都会说："到下午二点钟，这事归林总经理来定，好哦？"林益文从扶桑村回来有八九天后，陈嘉禄去了林益文办公室，看到林益文刚忙完了工作，就说："益文，有空哦？来我办公室一趟好哦？"

林益文走进陈嘉禄的办公室说："娘舅，寻我有事？"

"坐。"陈嘉禄和气地说，"益文，勿是公司业务上面的事，是屋里厢的事。你好像有十几天没有回去看你姆妈了哦？"

"哦，好像是。"林益文假装思考吃惊地说，"不过娘舅，有桩事体我勿晓得当问勿当问？"

"尽管问，我是你娘舅，有啥事体勿可以问的呢？"

林益文犹豫了一下说："我是勿是真是我姆妈生咯？"

陈嘉禄吃惊地问："你是怀疑这个，这十几天才勿回去看你姆妈的？"

林益文说："勿是，我就勿是姆妈生咯，我也会同样把姆妈看成我自己的姆妈。但我听到一些闲言碎语，心里有些勿哪能踏实，我就想问一问。"

陈嘉禄说："益文，你听到啥谣言了？"

林益文说:"娘舅,我勿是讲了吗,听到的是闲言碎语,咯个姆妈我是认定了的。"

陈嘉禄说:"肯定是! 因为当时苏月菊同我讲得清清爽爽的! 可是……"陈嘉禄突然心里咯噔了一下,说:"是勿是苏月菊死了以后你听到的?"

林益文说:"是。"陈嘉禄用力拍一下桌子说:"肯定是林家的阴谋! 说勿定苏月菊就是他们林家派人害死的。"

林益文说:"娘舅,月菊阿姨怎么死的,还没有什么证据证明同我阿爸家有关,但那闲言碎语也是说得有鼻子有眼的。"

陈嘉禄说:"他们怎么说?"

林益文说:"娘舅,我还是勿讲了吧,只要我把姆妈看成我的姆妈就可以了,至于他们怎么说,随他们说去,只要我认定这个姆妈就行了。"

陈嘉禄沉默了好一会儿,心想,既然林益文认定自己的妹妹是姆妈了,而那边的林治中又是他亲阿爸,他再要刨根到底,既勿会有结果,也会惹得这个外甥勿自在,于是说:"那这几天你就抽空去看看你姆妈,好哦? 她一直惦记着你。"

林益文说:"我一定回去看姆妈! 这点娘舅尽可以放心。"

陈嘉禄点着头说:"前些日脚舒媛也已经搬到你姆妈家住了。"于是陈嘉禄把陈舒媛搬过去住的缘由讲了。林益文说:"没有出啥事体哦?"陈嘉禄就说,现在每天都有阿福陪着舒媛坐车去学校上班,下班后阿福又用车接回来。

林益文就想,眼前所发生的这一系列事情,都似乎与自己有关。陈碧茵是否是自己的姆妈,成了谜,而陈舒媛也因同自己的婚姻,遇到了危险,苏月菊的死难道也与自己有关?

陈嘉禄与他说话的那天下午,林益文的心感到很沉痛。陈舒媛由施惠雯陪着,坐三轮车到大祥公司楼门口等着林益文。其实林益文从扶桑村回到上海后的第二天,就去了永宁里72号,那住在一楼的肥得像一堆肉,永远是浑身油汗的胖娘姨刘嫂说:"搬走了呀! 你勿晓得啊? 你们勿是经常往来的吗？我现在才晓得那个陈小姐是个千金大小姐，屋里厢相当有钞票咯，为了能自食其力，想为社会出力，才住到我们这个破石库房来，就近当个小学教师咯。毕竟是个千金大小姐，吃勿起那个苦，又搬回自己的花园洋房去住了。本来是个百万富翁家的小姐啊。怪勿得长得这么有气质，这么漂亮。她搬走没有告诉你啊，可能人家根本就看勿上你，偷偷地搬走咯。识相一点哦，看看你咯只面孔，配得上人家哦？还好意思再来找她。她勿肯告诉你，就是让你勿要再寻她麻烦了。要是我啊，我就识相点自己滚开哦！"在上海人里面，就有像胖娘姨这样唯恐天下不乱的人，最喜欢看到的事，就是看别人家倒霉，好像世界上的人全都倒霉，只有她勿会倒霉，那是她最舒心最惬意的事。

林益文说："刘嫂，我讲给你听，是陈小姐追的我，勿是我追的她。我阿爸屋里比她屋里还要有钞票，她怎么可能摒脱我呢？真是闭着眼睛说瞎话！"林益文对刘嫂这样的人也很是看勿惯，说两句让她心里挖煞的话，也让她难受难受。

林益文从陈嘉禄那儿回到自己的办公室，张佑荃就跑上来，告诉林益文说："少爷，陈小姐和施小姐在公司门口等着你呢。"

林益文说："那赶快叫她们上来。"

"我是叫她们上来，但施小姐说勿想耽误少爷办公。"张佑荃说。林益文知道那意思是让自己下去。林益文想，让两位小姐穿着高跟鞋，穿着玻璃丝袜，笃笃笃上楼进他办公室来，似乎是有点不着调。这里毕竟是办公的地方，又勿是饭店舞厅或者大世界之类的娱乐场所。那时，在上海有修养的女士往往知道，勿该招摇的地方绝勿进去招摇。

林益文急匆匆地下了楼，陈舒媛委屈地看了他一眼，好像马上要哭。林益文忙一笑，说："前几天我到永宁里去了，但你已经搬到姆妈那儿去住了，刚才娘舅已经告诉我了。"

陈舒媛说："那你今朝夜里回去哦？"

林益文说："一时还回勿去，刚才我已经跟娘舅讲过了，过几天一定回去。惠雯姐,你陪陪舒媛逛逛大马路哦,五点半后我下班,我们一起到乍浦路去吃夜饭。那里有家苏式饭店,菜肴相当勿错,前些日子我陪客户去吃过。"

陈舒媛说:"还是到原来我们吃过的那家饭店去吃哦,那家饭店的菜肴对我的胃口。"

林益文知道,这次是陈舒媛有意想做一回主,于是忙顺水推舟地说:"那好,听你的。"

第四十一章

乍浦路上的霓虹灯似乎比大马路上的霓虹灯密集耀眼,大马路宽,乍浦路的路面窄,各饭店的灯勿见得比大马路上的灯多,但感觉上却似乎更多更耀眼。没想到刚走进乍浦路,张佑荃突然领着拉着黄包车的张佑福出现在林益文的跟前,张佑福凄苦地朝林益文一笑说:"益文哥,你好。好长时间没见你了。"

林益文说:"佑福,你怎么啦?"

张佑福说:"露珠跑了,她跟着我,吃勿起那份无聊和清苦,又去做那种生意去了。听说又跟子良少爷混在一起了。我去找过她,她说佑福哥,我勿是勿喜欢你,但我真咯吃勿起你的那个苦,开胭脂店,做这么一点小生意,我想买的东西买勿起,我想吃咯东西吃勿到,我想去白相的地方白相勿了,山珍海味吃勿上,金银钻石买勿成。整天坐在胭脂店的柜台后面,被那些地痞流氓调戏,面孔上摸一把,屁股上拧一把,我勿可能天天向你告状,同别人打架。佑福哥,对勿起,趁我现在还年轻还有姿色,我得再过上几年惬意的生活,吃点山珍海味,喝点好的老酒,打扮得时髦点,舞厅里去跳跳舞,酒席上坐坐台。那些人虽然也动手动脚,但比小街上的地痞流氓文明多了,穷流氓就是穷流氓,有钞票家的小开就是有钞票家的小开,真的是勿一样的,我是个烟花女子,就只能是个烟花女子。她哭着说,佑福哥,真咯对勿起。临走时她还说,只要你想我,你仍然可以来寻我,我勿会拒绝你咯。她都这么说了,"张佑福伤心地流下两滴泪说,"我又有啥办法呢?"

林益文叹了口气,宽慰他说:"佑福,人的缘分就是这样的,缘分尽了,也就尽了。好好挣点钞票,将来在乡下寻个像样点的女人,勿一定要像露珠那样漂亮,只要端庄老实就可以了。过日脚还是要实实在在的女人好,佑荃,你请佑福也到乍浦路的山野饭庄,代我请佑福吃顿饭,账由我去结。"说罢又对张佑福说:"佑福,你拉了一天车,也够辛苦的了,喝口老酒,歇一歇,露珠走就走了,勿要太难过。"

佑福点头说:"那就谢谢益文哥。"

乍浦路上的霓虹灯闪得人眼花缭乱,小汽车、三轮车、黄包车把整条马路挤得十分拥堵,汽车喇叭滴滴叭叭地灌满了人的耳朵。那些陪人来吃花酒的女人,穿得也是花枝招展,香艳撩人,嗲溜溜的说话声飘来飘去。

林益文看着张佑荃与张佑福进了一家小馆子,就同陈舒媛、施惠雯上了银河饭店的二楼。林益文已经是一副派头十足的样子了。地位与金钱是会改变人的,那是在自然而然中改变的,有些人不是刻意想改变自己,而是被自身所处在的地位改变了。

虽然只有三个人,林益文还是要了间比较大的包厢,他觉得自己的身份还是需要有点排场,这只是一种自然地流露,而勿是刻意所为。坐下后,他就说:"惠雯姐、舒媛,你们想吃啥就点哦。"她们俩也勿客气,各点了两个自己想吃的菜,陈舒媛还为林益文点了每次吃饭必点的一个菜,松子鳜鱼。她自己也喜欢吃,这道菜是杭州人的口味。

陈舒媛点完菜,就说:"益文哥,你勿要生气,我想问你,我觉得你有啥事体在瞒着我。这些日脚你不但没有主动来看我,连我姑姑那边也没有去。她是你姆妈呀,害得姑姑这些天夜里都睡勿着,说益文出啥事体了哦?益文哥,有啥事体你先告诉我好哦?勿要让我满心的勿安。你已经是我的未婚夫了,你要晓得我是真正地吃煞你了,我都想为你去死。"说着,那双美丽的眼睛里蓄满了泪花。

施惠雯说:"这事舒媛告诉我后,我也觉得奇怪。我宽慰舒媛妹说,你放心,益文勿是那种人,他读过那么多书,为人也很正经,这我是深有体会的,勿是那种花三花四的人,是个一本正经响当当的人,他勿抽勿嫖勿赌,是知道应该怎么做人的人。这些天如果有什么勿正常,肯定有他的原因。"

陈舒媛说:"但他起码得告诉我呀。"

林益文深深地叹了口气说:"舒媛,对勿起,让你烦心了。可我要告诉你,有时想想做人真的很难,尤其是现在。有时我都想当初做个学徒,以后自己开爿小店,或者就做个一般员工,再找个女人成家,赚点钞票,能养活自己和家人,平平凡凡地生活也很好,没想到我现在会是这样一个局面。"

施惠雯说:"益文弟,你现在是两个上海滩上有名的绸缎公司的协理和总经理了,啥人看了勿眼红啊,舒媛要勿是看到你这方面的才华,能像现在这样死心塌地地爱你啊,我都懊悔当初没有吃牢你!"

林益文说:"惠雯姐,勿开玩笑了,管这两家公司,我倒没有感到太吃力,做好公司的业务,无非是赶上当前科学上的步子,生意上讲诚信,有生意大家做,有铜钿大家赚。但你们勿晓得最难相处的反而是最亲近的人的关系。"

陈舒媛说:"哪能啦,阿是跟你阿弟乔子良的关系?乔子良警告过我,也派人追踪我,那以后我注意点勿就是了。"

林益文摇摇头说:"勿全是,舒媛,有些事我真的勿大好跟你讲,勿晓得我的心有多苦。有许多事体,表面上看上去是好事体,但好事体里面往往潜藏着坏事体,或者是勿哪能好的事体,顺流中会有逆流,顺境中也会含着逆境。我现在就处在这样的境地。"

陈舒媛说:"益文哥,你讲出来,也好让我为你分担分担呀。"

林益文摇摇头说:"你分担勿了,也勿可能分担,因为这纯属于我个人的事情。"

施惠雯叹口气说:"每家都有一本难念的经,每个人自身都有一本难念的经。人活在世上,基本上是来受苦的,而勿是来享福咯。我是越来越体味到生活的滋味了。唉!来,喝酒,吃菜,何必自寻烦恼呢。舒媛,益文勿想讲就勿要讲了,何必为难他呢。"

林益文说:"舒媛,你回去同我姆妈讲,过几天我一定回去看姆妈,叫她勿要担心,我蛮好。舒媛,你也勿要担心,天塌下来,我也要娶你。"

陈舒媛含着泪说:"益文哥,我能亲你一下哦?"

林益文看着施惠雯,施惠雯别过脸去说:"你们亲,我勿看。"然后别过脸,笑着说:"亲几下就可以了,亲的辰光长我会吃醋的。"

陈舒媛在林益文凑过来的脸上亲了一下,三个人都笑了起来。

陈舒媛勿想坐林益文的汽车,让林益文把她送回柳家湾路,而愿意坐张佑福的黄包车回去。林益文很体谅陈舒媛的想法,有人高马大的张佑福把她送回去,她也真的勿会有多大的事。施惠雯也由张佑福要了辆黄包车一起走,那个黄包车夫与张佑福也相识,再说,从乍浦路只要穿过一条小弄堂,就到北四川路大马路上了,那儿人多,巡捕又不时地在巡逻,那些戴着布缠帽的忠于职守的红头阿三们很认真地在巡视马路。

张佑荃陪着林益文坐上小汽车走了。张佑福拉着陈舒媛,他的同行阿牛拉着施惠雯,从银河饭店边上的那条小路横穿过去,就可以上北四川路了。不过那条小路很暗,有几盏相隔很远的路灯。那时在上海就有这种黑黝黝的小马路,夜里走在这样的小马路上,阴森森的真有些恐怖。这样的小马路像张佑福这样的黄包车夫是经常走的,也从未遇到过什么阴森恐怖的事体。但他们勿晓得,乔子良一直安排一些人,在宋茂昌的授意下,在设法做掉陈舒媛。宋茂昌讲,这是乔老爷的意思,他绝勿能让林益文娶陈家小姐当儿媳妇,因为这是件辱没自己祖宗的事。乔子良虽然从没有亲自听乔居正说过,但绝对相信宋茂昌的主意,其实就是乔居正的主意。乔子良一直说,茂昌爷叔是阿拉阿爸肚皮里的蛔虫,阿拉阿爸想做的事体,都会让宋茂昌去实施。要做掉陈舒媛肯定是乔居正的意思,只是勿放在桌面上罢了,这么多年来,那些勿上台面的事体,其实大多都是乔居正想要做的,不过他只是不出面去做罢了。

后来陈嘉禄对林益文说:"乔居正这个人是个熟读过《二十四史》《资治通鉴》的人,又留过洋,在政界混过,又到商界混得如鱼得水,能让谁也弄勿清他心里的想法。但表面上却一脸的微笑,文质彬彬,很懂礼数,作揖时双手一合,动作真诚而潇洒,谦谦君子的形象。说话也很有分寸,在友人之间从不说过头话,凡是答应别人的事情从不食言,在商会中很受大家的尊敬。且在政界中名气也极好,凡政界朋友想找他帮忙,他也一定尽力而为,所以他求政界的人帮忙,也往往是有求必应。他是个话语不多,办事牢靠,在政界商界很周得转的人。"林益文也感到自己在办事上比阿爸差得远了。但阿爸却放手让他办,这正是他阿爸十分老到的地方。

张佑福与阿牛各拉着陈舒媛与施惠雯,拐进了一条马路。在铺着石子的小马路上,他们只走了大约三分之一的路口时,阴暗的路面上,三个人从前后各合了过来,都是短帮打扮。张佑福知道遇到黑道上的人了,忙回头喊了一声:"阿牛,当心!"没有想到胆小的阿牛撂下黄包车,转身就逃。黄包车与命比起来,当然命更重要。想办这事的人知道,这个黄包车夫不是他们的目标,反而放了他一马,让他逃走。张佑福知道他勿能逃的,因为林益文把陈舒媛托付给自己了,张佑福与施惠雯都知道,这些人是冲着陈舒媛来的,那边有一个拉了拉袖子,指了指张佑福说:"你,"又指了指施惠雯说,"还有你,这事跟你们两个无关,走你们的人。"但张佑福与施惠雯都没有听,反而是一个护在陈舒媛的前面,一个护在后面,不让他们靠近陈舒媛。其中一个一把拉开施惠雯说:"出呐娘逼,你勿想活啦。"在被拉时,施惠雯就大声喊了起来:"快来人啊! 救命啊!"拉施惠雯的那个人,上去给了施惠雯两记耳光,施惠雯一面喊一面扑上去,咬着了那个人的耳朵,那个被咬着耳朵的人痛得尖叫起来,陈舒媛也跟着大声地喊起救命来。施惠雯突然惨叫了两声,接着倒在地上了。巡捕房的哨声从小马路与北四川路的路口吹响了,临街的房门也纷纷开了,巡捕冲了过来。那几个人一看苗头勿对,撒腿就逃,其中一个还挨了巡捕一棍子。为了保护陈舒媛,张佑福的脸也被打肿了。陈舒媛去扶倒在地上的施惠雯,发现施惠雯的肚子在涌着血。陈舒媛喊:"张佑福,快送施小姐去医院,她被捅刀子了。"

张佑福把施惠雯抱上黄包车,这时阿牛也回来拉他丢在路上的黄包车,张佑福上去就给了他一耳光,说:"出呐,勿够朋友,我看你这样,以后哪能再在车行里混饭吃。"说着,拉着施惠雯就往北四川路走,从江吴路拐个弯就到仁济医院了。陈舒媛把高跟鞋扔了,光着脚,跟着张佑福狂奔进了仁济医院。那是个美国人开的医院,医院不大,但医道很好。

医院迅速组织人员抢救,可惜由于失血过多,第二天凌晨,施惠雯死了。那年她刚二十五岁。

天刚刚有点亮,张佑福躺在病床上。陈舒媛光着脚,走出医院,要了辆黄包车,去了常青路56号。陈舒媛按响了门铃,来开门的是张佑荃。张佑荃看到样子很狼狈的陈舒媛,很惊奇地问:"陈小姐,怎么啦?"陈舒媛流下泪来,拉住张佑荃的衣袖,告诉了他昨晚发生的事。张佑荃立即回身进屋,告诉林益文。林益文已经醒了,他刚才听到有人按门铃,张佑荃出去开的门。张佑荃告诉林益文:"少爷,出事体了,陈小姐在门口等你。"

林益文边穿衣服边往外面走,灵芝也接着跟了出来,刘妈也起来了,灵芝说:"刘妈,有我呢,勿要惊动太太。"

林益文来到门口,陈舒媛把事情又讲了一遍,林益文立马让张佑荃叫上司机栗跃文。灵芝也跟着上了车,她也认识施惠雯,到底怎么样了,担心的灵芝也想去看看。

他们来到仁济医院。

施惠雯已没了呼吸,张佑福还躺在病床上。陈舒媛告诉林益文,张佑福是带着浑身的伤,飞快地把施惠雯拉进医院,到医院门口他自己也昏倒了。

看到已经停止呼吸的施惠雯,林益文感到一股钻心的痛,一头扑在施惠雯的尸体上,大声地哭起来,陈舒媛还从来没有见到林益文这样伤心过。陈舒媛知道,林益文与施惠雯可能没有那种私情,但男女间的那种姐弟之情肯定是有的,说勿定还很深。

张佑福已经醒来了,医生告诉林益文,伤得不轻,但没有生命危险,只是行动起来有点困难,最好身边有个人照顾照顾,因为医院小,人手有点紧。

林益文看看张佑荃,意思让他留下来。机敏的灵芝说:"我来照顾这位阿哥哦,少爷身边没有人哪能可以啦,反正太太有刘妈照顾呀,只要少爷同太太讲一声就可以了。"

林益文心里很清楚,只要自己搭上的事,灵芝就会毫不保留地帮着去做。

"那好吧,我回去同阿奶讲一声。"

张佑福说:"益文哥,勿用了,我自己可以的。"

林益文心想,露珠刚离开他,他心里正受着煎熬呢,又遇到这档子事,就说:"让灵芝照顾你两天吧。"

陈舒媛说:"这样吧,让灵芝白天来照顾你,下班后我来,是你和惠雯姐救了我。"

"陈小姐那你就太吃力了,又上课又要照顾病人。"

张佑荃说:"灵芝白天来,晚上我来,少爷回家后,我这个跟班就闲下来了。"

林益文说:"那就这样! 佑福你就好好养病,我和舒媛还要办施小姐的后事。"然后咬牙切齿地说,"这恐怕又是乔子良指使人干的事!"

谁也勿会想到,灵芝在照顾张佑福的几天里,两人都对对方产生了感情。本来林益文是想把灵芝与张佑荃撮合的,但人合不如天合,这当然是后话了。

第四十二章

　　按陈嘉禄的想法,施惠雯是为救陈舒媛才死的,她的后事应该由他来料理。陈嘉禄问施惠雯的家里情况时,陈舒媛告诉他,施惠雯的家在苏州乡下,母亲早亡,她女中毕业那一年父亲也死了,家里没有什么亲人。陈嘉禄说那就我们作为她的亲人好好安葬她,她是你的救命恩人。林益文却告诉陈舒媛,安葬施惠雯的事,由他林益文来安排,因为这件事可能与乔子良有关。那个被咬掉耳朵、朝施惠雯捅刀子的人已经送巡捕房了。乔子良说,他安排时就没有让他捅别人的刀子,吓唬吓唬就行了。他只是想让陈舒媛这个女人离开他阿哥,想勿到事情变成这样。林益文狠狠地甩了乔子良一个耳光说:"从此以后,别再叫我阿哥,我提醒过你,决不允许你伤害陈舒媛。"

　　乔子良说:"可另一个女人死了,而且她咬住阿林的耳朵就是勿松口,阿林痛得吃勿消了,才捅她刀子咯。"

　　林益文说:"但人被你们捅死了。"

乔子良说："阿林勿是送巡捕房了吗?"

林益文说："我与陈舒媛的事情勿是勿要你们管吗?"

乔子良说："茂昌爷叔让我管的。"

林益文说："这跟他更没有关系了。"

乔子良说："他是阿爸的贴身跟班,贴身跟班同自己屋里厢的人没什么两样!"

乔居正知道这件事后,也狠狠地训了乔子良与宋茂昌一顿,然后对宋茂昌说："赔人家钱,好安葬!"林益文知道乔居正会是这样的态度的,他当然勿想死人,也许他是真心这么想的,但造成这样一种后果,起因却恰恰在他身上,好像这就是他应酬这个世道的态度。

林益文在万国公墓买了块墓地。安葬施惠雯时,她在时事报社的同事朋友都来了,还有她在舞厅相识的几位舞伴,其中包括那个搂着她腰掐她肉的那个姓潘的男人。那男人满脸骚疙瘩,他那双邪恶而很有神采的眼睛却显得蛮俊气。在把施惠雯的棺材往坑里吊下去时,他竟哭了,转过脸去说:"勿敢看,勿敢看,前几天活灵活现的一个女人,竟会这样就死了。施小姐是个很仗义的人,了勿起!"墓碑上有一张施惠雯含笑的照片,林益文让人在墓碑上刻上"施惠雯小姐之墓",边上还刻着"弟益文敬"的字样。陈舒媛要求把她的名字也刻上,林益文说:"你就算了,毕竟勿吉利。"

林益文觉得,自己再也没有理由不去看他姆妈了。施惠雯的葬礼,陈嘉禄也来了。按理讲,陈嘉禄的祖上是"强盗"出身,但这样的恶名传到陈嘉禄这一代,身上的强盗味一点儿也没有了。大约是陈家从陈嘉禄的曾祖父起,向往林家的书香门第,让自己的儿孙也学文习字,传了那么几代,人也渐渐地变得文气起来,人情味也越来越足,待人接物似乎比乔居正更有人情味。人只要从过政,身上的人情味会变得淡薄。葬了施惠雯以后,陈嘉禄对林益文说:"益文,你这两天一定要回柳家湾路一趟,你姆妈很想见你,而且有话要对你讲。"

淅淅沥沥的雨下得绵绵长长的,花园里的下水道不知是堵了还是流通不畅,草坪上竟积起了一汪汪的积水,像一方方小湖泊一样。来开门的是吕秀文。她没有见过林益文,因为是陈舒媛带着来的,而且陈舒媛待他这么亲热的样子,知道这就是陈碧茵这些天来日日挂记着的少爷了。她觉得少爷长得这么英俊,兴奋地奔进楼里,喊:"太太,少爷回来了!"

陈碧茵立马从客厅里走到门厅里,见到林益文,她一把抱住林益文,哭着说:"我的儿啊,你总算来看姆妈了!"林益文把陈碧茵扶进客厅,让陈碧茵坐下,陈碧茵说:"益文啊! 你娘舅跟我讲了,你怀疑我勿是你亲姆妈,但你要晓得,你大腿根边上有一块紫色的胎记,勿是姆妈我能看到,除了服侍你,替换尿布的苏月菊以外,还有啥人能看到?"林益文一听这话,扑地跪在了陈碧茵跟前,流泪了,说:"姆妈,我错了。姆妈生我勿容易,我勿该怀疑姆妈。"陈碧茵摸着林益文的头说:"益文,起来哦,过去了,姆妈勿会计较略。你勿是同娘舅讲,勿管你是勿是我亲生的,你都叫我姆妈。就这一句话,我心里也很满足。但你就是姆妈生咯! 这绝勿会假,是哦?"

"是。"林益文肯定地点头答。

花园很大,林益文发觉,离开柳家湾路36号,只有不到二十天的辰光,但这里的变化却很大,一是人多了,陈嘉禄带着阿福住了进来,陈舒媛也住了进来,还有陈嘉禄的司机阿泉;苏月秀又变为苏云龙了,一身男装短帮打扮,显得英气十足,那张女人脸,却透着一股浩然的阳刚气。大家都进到客厅来见过林益文,知道这位英俊的少爷,勿但是大祥公司的总经理,而且也是陈家家业的唯一继承人。所有的人都改口叫陈碧茵太太了,她是个有儿子的人啊。

吃晚饭时,他们又谈到苏月菊的死,陈碧茵告诉林益文说:"益文啊,现在可以肯定,你月菊阿姨是被人害死的,云龙已经查清爽了。但啥人害死的,云龙勿肯告诉我,也勿肯告诉你娘舅,只说你们以后就会晓得的。前些日脚舒媛也差点遭到伤害,勿是施小姐和那个叫张佑福的黄包车夫相救,那真勿晓得会是个啥结果了。今后你们俩都要当心点,好在现在舒媛上下班都坐阿泉开的车,有云龙护着,勿然我们真的太勿放心了。"

陈嘉禄看看陈舒媛说:"舒媛,你这个小学教师能勿能勿去做了? 索性到公司里去做,同益文一起上下班多好。"

陈舒媛说:"阿爸,传授给别人知识,在我看来是人世间最神圣的职业,这是让每个人的灵魂从幼稚走向成熟的职业,我喜欢这个职业,我可以为这而献身的。"

陈碧茵说:"益文,你们早点结婚哦。"

陈舒媛看着林益文,林益文说:"姆妈,我正在考虑,到一定的时候,我会同舒媛结婚的!"林益文有一种感觉,如果现在贸然就同陈舒媛结婚,阿爸那头恐怕很难善罢甘休,还是缓一缓,等一等看看再说,做事不宜莽撞。林益文是这么想的,但陈舒媛却不这么想,她说:"益文哥,我们就早点结婚吧,我勿想再拖了。"林益文说:"吃了饭我们再商量哦。"陈嘉禄也在一边说:"吃好饭你们好好商量一下,我和你姆妈是希望你们早点结婚,碧茵你看呢?"陈碧茵说:"我也是这么个意思,益文你好好考虑一下。"林益文说:"好咯,姆妈。"然后举起酒杯说,"姆妈,你勿要生儿子的气,你绝对是我的亲生姆妈!"

雨也不知在什么时候停下来的,深蓝色的空中闪烁着星星,月亮也慢慢地从一朵云的边上露出了笑脸。草坪上的小水潭闪着星星与月亮的光影。林益文与陈舒媛来到花坛边上的亭子里,亭子的中间有一张石桌与四墩石凳,两人坐下后,服侍陈舒媛的丫鬟小芸端上茶来,舒媛对小芸说:"你歇着去吧,我跟少爷有话说。"

陈舒媛说:"益文哥,你是不是觉得我配不上你了,你想找一个更适合你的?"

林益文说:"怎么可能?你也知道我阿爸坚决反对我们的婚姻,抗争到现在,你也差点受到伤害,惠雯姐为这事把命都丢了。"

陈舒媛说:"我俩的事你向你阿爸挑明了吗?"

林益文肯定地说:"挑明了。"

陈舒媛说:"他坚决反对?"

林益文说:"对,说我与你结婚,老祖宗在九泉之下都会不自在的。"

陈舒媛说:"伪君子,当初他勾引我姑姑时,他怎么没有想到这一层。益文哥,我俩的事我不想再拖了,因为我怕越往后拖越糟糕,说勿定我会失去你的。"陈舒媛哭了。

　　林益文的心里也很烦乱,说:"舒媛,要不今晚我们就同居,生米煮成熟饭,这样你就勿会失去我了。"

　　陈舒媛生气地一瞪眼说:"你说什么呀,我还没那么下贱。"

　　林益文说:"那你说怎么办?"

　　陈舒媛说:"你想不想同我结婚?"

　　林益文说:"这还用说吗?"

　　陈舒媛一笑:"那咱们来个浪漫的?"

　　林益文说:"怎么浪漫?"

　　陈舒媛说:"明天学校就放暑假了,我去杭州,你到杭州找我。我们就在杭州旅行结婚,酒席回上海再办,这不比与你今晚就同居强多了?"

　　林益文说:"好吧,那就这么定!"林益文是把话说出口了,但他知道,他将面临的是同父亲乔居正的一场对决,这是免不了的。他得做出选择。另外,他也知陈舒媛哪是同他玩浪漫啊,她实际上是在考验他,有诚意你就去杭州找我结婚,你不去杭州找我,说明你林益文没诚意,那就可能与陈舒媛有分手的危险。而在这时,林益文就想起那霏霏的细雨中,在飘曳着柳条的西湖边朝他走来的陈舒媛……

　　天气变得越来越热了,学校放暑假了,上海真正的夏天也到了,那种闷热真的是让人很难熬的啊!

　　林益文感到更难熬的勿是天气,而是他的心结。知了藏在茂密的树叶中,一声长一声短地嘶叫着。马路上冒着热气,尤其是大马路,人流,车流,在本已很炎热的天气中更增加不少的热度。林益文来到居正商贸公司的大楼下。宋茂昌敞着怀,汗水浸湿了他的汗衫,透出了肉色,他摇着折扇子,看到林益文下了车,忙说:"少爷,老爷在办公室等你。这个鬼天气,一清早就这么热,真吃勿消。"

　　林益文上了楼,乔居正在办公室敞着门在等他,林益文探进脑袋说:"阿爸,有几笔业务要马上处理,处理好了,我就过来,我也真有事体同阿爸商量。"及时处理好要办的业务,直接关系到一个公司的信誉问题,有什么样的体制就有什么样的工作态度,这是勿会变的。林益文心想,事到如今,只有同乔居正摊牌了，拖是拖勿过去的。陈舒媛已去了杭州，说是在杭州柳苑巷5号等他。那原先是陈家府第的一个附宅，也有个小花园，里面有几间连体的房间。陈嘉禄把府第处理了，就留下这一座小花园房，是为了回杭州也可以有个落脚的地方。有人也想买，但陈嘉禄说："狡兔都有三窟，何况人呢，后路总要留的。"

　　林益文也感觉到，人生是丰富而复杂的，人生中有许多路都在等待你的选择，而选择也往往只能有一次，有时也是非此即彼的。眼前，他面临的是一次婚姻的选择，也许也只有这么一次。婚姻也是一种缘，这种缘绝对是老天安排的。那个细雨霏霏的那一天，他在立祥油纸店的柜台前，看到一个十七八岁的亭亭玉立的女子，穿着旗袍款款地向他走来时，老天就把这个姻缘给牵上了。从此，他俩不断地相见，那情感就这么牢牢地结合在一起了。那时林益文告诉自己，除了她，自己还会娶谁呢？自己不可能找到比陈舒媛更好的女人来做妻子了。世界上的许多男人，在与一个女人的婚姻前，都是这么想的，有的男人真的可以为这个女人去死，因为他认为，他在这世界上再也找不到比那个女人更好的女人了。老天是有心来折磨男人的，所以男人的负心才会被天下人指责。林益文觉得陈舒媛是他唯一要选择的女人，这绝不会假！

　　处理完业务，林益文走进乔居正的办公室。

第四十三章

乔居正的第一句话就是:"益文,你又去柳家湾路36号了?"

林益文说:"是咯,阿爸。"

乔居正说:"那个陈碧茵勿是你姆妈,我觉得你没有必要再去了。我同意你在大祥做,就是因为想到与陈碧茵还有那段情,但她勿是你姆妈,这点你一定要想清爽。"

林益文说:"阿爸,她是我姆妈,勿会错。"

乔居正说:"你还是勿相信我告诉你的。"

林益文说:"我相信,阿爸,你讲的,与茂昌爷叔讲的都是事实,没有错。"

乔居正说:"那陈碧茵怎么是会你姆妈呢?"

林益文说:"苏月菊阿姨可以作证,但她却莫名其妙地死了,死无对证。但世上留下的证明,勿一定只有在这么一个人的身上。"

乔居正说:"那还有谁能证明?"

林益文说:"阿爸,我本人就能证明。人为什么会有胎记? 胎记就是来证明这个人是谁生的。阿爸，你听我讲，我去见我奶妈，也就是灵芝的姆妈，她说的同你和茂昌爷叔说的是一样的。但我晓得吴家同陈家的佃户也有仇，陈家佃户死了人，吴灵芝的阿爸坐了二十年的牢，要勿是你从中周旋，灵芝阿爸说勿定命都保勿牢。为了报答你，月菊阿姨一讲我是你的儿子，灵芝姆妈二话没讲就成了我的奶妈。但月菊阿姨勿敢讲我是陈家小姐生的，因为一说，灵芝姆妈就勿会收下我，月菊阿姨就改说是岙南村的陈家妙香小姐的，因为据说你同那位陈小姐也有关系。"

乔居正的脸有些黄。

"阿爸，"林益文继续说，这时他想一吐为快，"我晓得你对我的父子情深，只想让我一心一意地做你的儿子，勿想让别人分我的心。我理解阿爸的想法，也谢谢阿爸对我的父爱之心。但我勿能勿要姆妈，姆妈可以说为你尤其是为我，失去的太多了，我要勿认姆妈，她会伤心绝望的，我的良心也永远勿能安宁。"

乔居正的脸由黄变青了。

"还有，"林益文继续滔滔不绝地说，"我一定要娶陈舒媛小姐，勿管你是同意还是勿同意。我再说一遍，我们相识相爱，是在我知道你是我父亲之前，而勿是之后，这跟我们两家以前的恩怨没有关系，就是有，我也勿会放弃陈舒媛。我俩是我俩，与祖宗的事不能扯在一起，古时候互战的敌国都有和亲一说，何况同一块地盘上的两家人呢。再有仇，还有交战的国家之间的仇恨深吗？我们为什么就不能和亲呢？"

乔居正发怒了，他看着眼前的儿子说："既然这样，你就勿要做我的儿子了！滚！"

林益文站起来，平静地说："阿爸，我知道我的这些话会惹怒你，但我想了许久，不得不说！这些话迟早有一天要说的，与其拖到后面，不如早点说，勿然，可能会搞得更僵。阿爸，那我走了，谢谢阿爸这些日子对儿子的厚爱与栽培。"

林益文向乔居正恭恭敬敬地鞠了一躬，转身大踏步地出了门，离开了居正商贸综合有限公司的大楼。

乔居正从窗口往下看，只看到林益文走出大楼，也没有坐车，而是招了一辆三轮车，同跟在后面的张佑荃一起坐上三轮车，往北四川路的方向驰去后，他立马感到自己做得很失策，他这不是把林益文这个他很欣赏很看重的儿子往陈家推吗？他以前所做的一切都白费了。这个亲儿子就这样离他而去，成为陈家的人，他的家业撂给乔子良，是怎么也靠不住的。虽然乔子良总的来说对他这个父亲还是忠诚的，一般也听他的话，但在做事这方面，却实在是靠勿实的。他一下跌坐在椅子上，有了一种沉重而巨大的失落感。一时感情冲动下决策的事，大多都是错误的，可是作为父亲的自尊感，又使他没有勇气立马由他自己或者让宋茂昌去把林益文叫回来。如果这样做，他又觉得自己会很尴尬。他让宋茂昌沏一壶新茶，宋茂昌问："老爷，少爷怎么啦？"

乔居正说："他还是认为陈碧茵是他的生母。"

宋茂昌说："那怎么办？"

乔居正说："苏月菊白死了。"

宋茂昌说："我再去劝劝少爷？"

乔居正说："不必了，人在做，天在看。凡事要顺其自然，强求不得的。再说，只要缘分放在那儿，你再造假，那也是没有用的，人家就是母子俩嘛。我年轻时也没有那么风流荒唐。今晚你去一趟常青路那边，看看少爷是不是真的自己走掉了。"

"是，不过少爷不会这么无情无义吧？"

"这小子跟我一样，身上出呐有一股子倔脾气。"

从常青路56号出来，林益文与张佑荃上了三轮车，林益文对张佑荃说："佑荃，我今天下午就会去杭州，我要先到大祥商贸公司去一趟。你是留在上海还是跟我走？"

"益文哥，你还回勿回上海？"

"回上海，但我勿一定回常青路56号去。"

"那我跟你一起去杭州，你一个人出远门，我也勿放心。"

"我倒勿怕，不过你愿意跟我在一起，也可以。"

"少爷,我服侍你服侍惯了。"

"瞎三话四,我也是个学徒出身、服侍过别人的人,我还勿会照顾自己啊。"

"咯倒也是,不过我还是跟着益文哥的好。"

平时一般下午二点以后,林益文才到大祥公司去上班,林益文提早到了大祥公司,协理詹先生倒有点吃惊,说:"林经理,阿是有重要事体啦?"

林益文说:"我要找董事长,可能我要外出一段辰光。"

"噢,董事长在他办公室。"

陈嘉禄看到林益文提早来大祥公司,也有点吃惊,说:"益文,怎么这么早就过来了?"

林益文说:"娘舅,我今天就要去杭州,舒媛在杭州等着我。"

陈嘉禄说:"这我晓得,她走时就同我说了。"

林益文说:"我决定在杭州就同舒媛完婚。"

陈嘉禄说:"你阿爸同意了?"

林益文说:"坚决勿同意,说我同陈舒媛结婚,他就勿认我这个儿子。我说,你勿认,我也要同陈舒媛结婚。就这样我离开了我阿爸的公司,就赶到这里来了,想告一段辰光的假,等我同舒媛完了婚再回来。"

陈嘉禄说:"婚礼在杭州办?那我也得回杭州。"

林益文说:"勿,婚礼还在上海办,在杭州完婚就可以了。"

陈嘉禄说:"为啥?"

林益文说:"回来再讲哦。"

陈嘉禄说:"那也好,这里有我和詹协理撑上些日脚,你就轻轻松松地去同舒媛完婚。就这样一来,你勿但是我外甥,还是我女婿了。"陈嘉禄显得轻松与兴奋。

林益文赶回常青路56号,让张佑荃到火车站买票,自己在家里整理一些东西,然后同梁月琴、梁总管、灵芝等人告了个别,说到杭州去办件急事,过些日脚就回来。

灵芝把他送到门口,在他耳边说:"益文弟,我想告诉你一桩事体。"

林益文说:"啥事体?"

灵芝亮出手指上的金戒指说:"我同张佑福好上了,他买给我的。"

林益文说:"佑荃也看上你了呀。"

灵芝说:"可我觉得佑福比佑荃好。"

林益文说:"为啥?"

灵芝说:"佑福老实,佑荃有些滑头。"

林益文说:"我要去车站,回来再讲。"

他能勿能再回到常青路来住还勿晓得呢,但话就得这么说。

谁知灵芝突然一笑说:"益文弟,你等一等。"

林益文说:"做啥?"

灵芝往路那边一指说:"你看。"

张佑福拉着黄包车正朝这边奔过来,林益文看看灵芝,有些弄勿懂,灵芝忙解释说:"每天这个时候,他都要到这儿来看看我,见上一面,他才去做他的生意。"

张佑福朝林益文一鞠躬说:"益文哥好。"然后深情地看着灵芝说:"你好哦?"

灵芝说:"蛮好,佑福哥,你送少爷去火车站哦。"

张佑荃说:"佑福哥,伤都好了哦?"

张佑福说:"全好了,全都靠灵芝照顾得好呀。"

灵芝说:"瞎讲,医生说你体质好,所以恢复得快。"

林益文、张佑荃坐上车,张佑福一路朝火车站的方向奔去,炎热的风扑面而来。林益文说:"佑福,你真同灵芝好上了?"

张佑福说:"好上了,灵芝要比露珠好,露珠长得漂亮,但吃勿起苦,勿实惠;灵芝也长得漂亮,但吃得起苦,实惠。"

林益文笑笑,觉得张佑福把这事当成像做生意一样,但话粗理不粗,找女人是要讲实惠的。张佑福说:"益文哥,你要到杭州做啥?"

林益文说:"去结婚。"

张佑福说:"同陈小姐?"

张佑荃说:"益文哥肯定同陈小姐结婚,还能同啥人啊?"

张佑福说:"就是啊!陈小姐人好,勿但长得漂亮,人也蛮实惠咯,勿像有些千金小姐那么娇气。"

又是"实惠",林益文笑了笑。

从上海坐火车去杭州,要坐六七个小时,中午坐到天抹黑。车厢里有人胸前撑着块板子,上面摆满了豆腐干、糕点、茴香豆、瓜子之类的东西穿梭在各个车厢间卖。林益文要了包瓜子与茴香豆,与张佑荃一起慢慢地吃着,看着窗外的风景一路朝后退去,想到了张佑福与灵芝的事,原先他真的是想把灵芝介绍给张佑荃的,但灵芝却看上了张佑福,这也是缘。那天他去医院看张佑福,灵芝偏偏非要跟着去,看来月下老人就是这么无形之中把线给搭上的。但如果自己是个女人,自己也会选择张佑福的,勿但身板高大结实,脸也长得英俊,一笑起来,那憨憨的样子显得特别可爱。这时,林益文感觉到有个人坐在了他的对面,朝自己一笑,林益文把视线从窗外转到那个人的身上:苏云龙。

"少爷,你好。"苏云龙说。

"你怎么来了?"林益文说。

"老爷让我来的。"苏云龙说,"佑荃,你好。"

两人相互捏了一下手指,算是见面礼了。

苏云龙说:"你到杭州去寻舒媛结婚,老爷在杭州还有许多朋友,但这些朋友少爷又勿熟悉,虽然舒媛小姐知道些,但往来也勿多,所以老爷还是让我来一下,太太也是这么个意思。另外,为我阿姐的事,我也总要做个了结才好。"

林益文知道,自己同乔居正切断父子关系后,陈嘉禄与陈碧茵对他的安全就更不放心了。虽然有张佑荃跟着,但张佑荃毕竟只是个贴身跟班,身上没有武功,又年轻,远远比勿上江湖上走动、又有武功的苏云龙那么保险了。

林益文说:"云龙爷叔,月菊阿姨真是被人害死的?"

"肯定是,"苏云龙点了一下头说,"那天在那船上也有几个去呑南村的人,其中一个从小就同我在一起玩的。据他说,那个人自称是阿姐的同乡,同阿姐一起坐到船尾,两个人谈得很投机。我阿姐就是咯个毛病,同啥人都是见面熟,待人也太过热情了。那个人同阿姐闲话一阵后,就请阿姐吃双林庄的特色糕点,叫姑嫂饼,阿姐在陈家当丫鬟时,就喜欢吃双林庄上的咯只糕点。那个人也就给了她一只,那个人自己也吃了一只。结果我阿姐吃过后,那个人倒没有啥,阿姐却突然一头栽到河里面去了,那个人喊了几声就跳下去救,在他喊几声以后,阿姐已经被河水冲得没有影子了。小火轮后来也停了,那个人又游了回来,大家又一起找,哪能也找勿到影踪,船又耽搁勿起,满船的乘客呢,所以又开了。两天后,阿姐的尸体漂在河上了,有人发现后,就有几个人下河去捞。那天,我那个发小办完了事体又返回上海,恰巧碰到几个人在捞阿姐的尸体。你说巧吧,在捞我阿姐的尸体的人中,就有那个请她吃姑嫂饼的人。也是他发现我阿姐身上有两根金条。"

林益文说:"那个人你找到了?"

苏云龙说:"后面的事我就勿能再同少爷讲了。"

林益文说:"为啥?"

苏云龙说:"勿能讲就是勿能讲,我连老爷、太太都没有讲,这是我与我阿姐的事体,同别人无关。"

第四十四章

　　林益文他们到杭州时，夜色已经很浓了。为了不打扰可能已经睡下的陈舒媛，他们三个在街上吃了顿夜宵后，就在旅馆里住下了。第二天早晨，三个人吃了早点，就坐着一辆三轮车上柳苑巷5号找陈舒媛。柳苑巷在凤凰山那一带，离火车站有点远，他们到柳苑巷5号时，已快到中午了。

　　这是一套小花园房，有几间平房，白墙青瓦。园内蔷薇花开得正艳，一棵粗大的垂柳飘曳在清静的住房前。林益文等人敲开门，一位五十几岁的老人开了门，他是在陈家几十年的老仆，现在的看房人启平阿爷。林益文说："我是林益文。"启平阿爷已经知道林益文是何人了，忙点头说："少爷，快进，小姐出去看朋友去了，马上就会回来咯。"张佑荃和苏云龙也跟着走进了小院子。

　　启平阿爷把他们三人让进客厅，为他们沏了茶。果然，不久陈舒媛就回来了，客厅的门敞开着的，陈舒媛一进门就见到了林益文他们。陈舒媛一见到林益文，知道自己的幸福跑不了了，明亮的眼睛顿时闪出了泪花。世界上有些爱是刻骨铭心的,一见钟情的爱恐怕也是这样。有人说一见钟情的爱是靠不住的,因为没有基础可言,但一见钟情的爱虽说缺乏基础的铺垫,却有缘分的因子,在这世上,因一见钟情结合而白头偕老的人有的是。

张佑荃与苏云龙坐到园子里的石凳上面喝茶了,林益文与陈舒媛走进里间,两人不约而同地紧紧拥抱在一起,然后是一个长长的吻。

陈舒媛说:"你真是来同我结婚的?"

林益文说:"你不是说了吗,让我到杭州来同你结婚。"

陈舒媛说:"你爸同意了?"

林益文说:"没同意,是我坚决要来同你结婚的,所以他不认我这个儿子了。"

陈舒媛说:"是我破坏了你们父子的关系,你找到他,他找到你,都不容易。"

林益文说:"我很珍惜我同阿爸的关系,我十二岁在娘舅的油纸店当学徒,从来不知道,也从来没想到我会遇见自己的生父生母,也没想到养父养母会这么早早地离我而去。我只感到娘舅把我领到杭州来,在他的油纸店当个学徒,有碗饭吃就很幸运了。让我感到更幸运的是,想勿到立祥娘舅不但给我碗饭吃,还给我讲做人的道理,让我认字看书,让我研究学问。他说无论什么学问,对人都是有用的,人要过好生活,光靠运气是不够的,还得有聪明的才智打底子。后来,通过你和你阿爸,也就是我的亲娘舅陈嘉禄,我才到了上海,才又遇见了现在的生父,这一切都像做梦一样。我有今天,第一当然是我的立祥娘舅,第二应当就是你陈舒媛,我和你的缘就是这样结上的。阿爸不认我,我不怕,他再不认,我也是他儿子,总还会有可以去认的一天,但失去了你,那就可能是一辈子的事。舒媛,你能嫁给我,这是我一辈子的幸福。我一定要来同你结婚,就是杀了我,我也要同你结婚。"

陈舒媛笑着说:"杀了你,我还同谁结婚呀。"

两人又拥吻了很长时间。

他们一起去了花园巷58号的立祥油纸店。马路对面就是西湖,柳树在随风飘曳,水雾像云烟般的萦绕。在细雨霏霏中的那一天,陈舒媛朝油纸店走来……林益文发觉店面还是老样子,只是更陈旧一点了。账房张先生苍老了许多,那副眼镜还是挂在鼻尖上。林益文与陈舒媛,后面还跟着跟班与保镖。张先生也从章立祥口中得知林益文现在的状况,陈小姐他是知道的,过去那么高贵的一位千金,现在却小鸟依人地贴身勾着林益文的胳膊。人生的变化、地位的转换就这么大。张先生忙走下柜台,迎到店门口说:"少爷,小姐,你们好。"

林益文忙说:"张先生你好!我娘舅呢?"

林益文知道,立祥娘舅对生意上的事并不怎么关心,只要能赚点银子,喂饱全家就行了。他热衷书画界里的交往,自己也写得一手好字,对书画的鉴定又是个内行,甚至是个权威。所以油纸店的生意基本上就交给了张先生,油纸坊里的生活都由舅妈在张罗,他大多数时间就混在杭州的书画界。西泠印社那时已很活跃了,他为能进去参加活动而感到自豪。

张先生说:"等会儿吧,你娘舅中午肯定要回来吃饭的。"林益文告诉张先生说,自己和陈小姐是来杭州结婚的。张先生作揖说:"祝贺祝贺,少爷真是好福气啊!"

林益文与陈舒媛又进到内院作坊,见了舅妈,舅妈长得有点矮胖,但脸庞却长得很美很端庄,她也是高兴地祝贺了他们一番。

中午时分,章立祥腋下夹着几卷书画回来了,他很高兴地先把两幅书画打开给林益文看,说一幅是石鲁有名的山水画,一幅是唐寅的仕女图。"全是真品!"章立祥说,脸上洋溢着掩饰不住的兴奋与得意。

"娘舅买下了?"林益文说。

"请回家了。"章立祥说。

中饭是在娘舅家吃的。

章立祥说:"虽说你们是来旅行结婚,酒席要回上海办,但既然到杭州来结婚了,这毕竟是人生中的一件大事,娘舅是老派的人,勿像你们年轻人新派,男女要好,勿讲啥婚礼勿婚礼这种虚套的东西,同居就可以了。我看现在这种新派的人在杭州也有的,但我觉得还是办上几桌酒的好,由娘舅来办。一是算娘舅的一点心意;二是结婚这件大事也勿要太随意了;三呢,我也想让我书画界的朋友,还有商界的朋友,也来热闹热闹,你们也认识认识阿好?认识杭嘉湖地区的商界朋友,尤其是做丝绸业的,对你生意上也会有帮助的,认识书画界的朋友也是人生的一种涵养,人生短短几十年,连书画这种人类社会最高境界的东西都勿搭,那也枉在人生走一趟了。"

陈舒媛说:"那就听娘舅的,益文你讲呢?"

林益文说:"那就谢谢娘舅了。"

杭州有座叫楼外楼的酒楼,离西湖边上勿远,风景十分优美,虽说是盛夏,但是在水边,到晚上时也是凉风习习,很是惬意。楼外楼的菜肴酒水也相当有特色,尤其是西湖的糖醋鲤鱼,味道特别鲜美。章立祥摆了好几桌,林益文没有想到,章立祥娘舅书画界的朋友,比商界的朋友还要多。商界的朋友听说林益文是上海居正丝绸商贸公司的协理,又是大祥丝绸商贸公司的总经理,而那时杭嘉湖地区的丝绸业又特别兴旺,所以,大家都来捧场,帖子与礼金装了满满一箩筐。书画界的朋友有送书画的,也有送礼金的,书画的轴卷绑成了一大捆。

酒席举行得很是热火,有人一听说林益文在立祥当学徒时就在《钱塘时报》上发表过诗与文章,于是大加赞扬。林益文是个敏感的人,觉得娘舅在人生场上毕竟老到,名义上是为林益文与陈舒媛结婚,表示祝贺摆的酒席,实际上是借了林益文目前的身份,抬升了自己在杭嘉湖地区商界与书画界的地位。那次酒席以后,书画界送的书画轴子,凡是章立祥喜欢的,林益文都留给他了,章立祥后来收获的书画比以前翻了好几番,生意上也比以前好了许多。在人生中,要善于利用人际关系,那也是一门学问。林益文事后这样想。

酒席进行得正热闹时,张佑荃进来,在林益文耳边说了几句话,林益文吃了一惊,说:"你看清了?"

"看清了,是子良少爷和茂昌爷叔,他们好像也带了几个人。"

"他们来做啥?"

"勿晓得,肯定跟你与陈小姐有关。"

"我去看看。"

林益文走出酒楼,四周看了看,柳枝在沙沙作响,几个局外人在游荡,却没有见到乔子良、宋茂昌的人影。

苏云龙说:"那个宋茂昌我见过,他刚才是带着几个人在这儿,不过少爷,你用勿着怕,有我呢。"

章立祥与陈舒媛也出来了,林益文忙说:"没什么事,我们回去吧,别冷落了客人们。"

酒席间,商界的朋友们为了在书画界的朋友前装斯文,规规矩矩的没有大声喧哗,而书画界的那些文人学士们却在黄酒与高粱酒的冲击下,哼五喊六地喧闹起来,大家的兴致都高涨起来,商界的朋友也就有不少跟着一起猜起拳来。酒席到深夜才散,章立祥感到很满意,这次酒席,他的收获大大高于他的支出了,这样的生意勿是随时都会有的。

由于酒楼外发现有乔子良与宋茂昌带的人,林益文、陈舒媛、张佑荃、苏云龙都提高了警觉度,他们要了两辆三轮车,在月光下,在西湖水的波浪声中,驰向了柳苑巷5号。

回到家,启平阿爷还在院门前等,他是个忠于职守的老人,长期养成的习惯已经改不了了。家里没有人时,他也要在院门前坐到深夜,生怕主人会突然回来。有人说,奴才就是个奴才命,真要当好个奴才也不易,有些人想去坐奴才的位置还坐不上呢,还要拼着命想去坐呢,借主人的威风来跟着晒晒作为这个主人的奴才的威风。

林益文拉着陈舒媛的手走进里屋,张佑荃与苏云龙前两天已很妥帖地安排在厢房里住下了。林益文借着酒兴,对陈舒媛说:"今晚咱俩圆房吧。"

陈舒媛羞涩地微笑着一点头说:"好。"

两人脱光睡下后,陈舒媛非要看看林益文大腿根的那块胎记,陈舒媛看了那胎记,说:"益文,你肯定是我姑姑的儿子。这种地方,除了我,还有你生下时你的姆妈外,谁还能看得到!"

林益文说:"是呀,所以我就给姆妈跪下认错了。不过月菊阿姨给我换尿布的时候看到过,可惜她死了。"然后长长地叹了一口气,接着,他把陈舒媛压在身下,紧紧地抱住了她那洁白而润滑的身体做了起来。完事后,陈舒媛笑着说:"益文,看着你这么斯文的样子,想勿到你会这么有劲……"

第四十五章

大清早就听到有人在摁门铃,启平阿爷去开的门。他看到的是乔子良、宋茂昌还有两个穿着黑衣短裤的汉子,启平阿爷不认识他们,警惕地问:"你们找谁?"

乔子良说:"我们找林益文,请问他是住在这儿吗?"

启平阿爷说:"你是他什么人?"

乔子良说:"他是我阿哥,请你帮我叫叫他好哦?我有急事体要找他。"

苏云龙在院子里练功,他是一清早就习惯起床练功的。他一看院门外的人,就慢慢收回练功时发的气,走了上去,看了宋茂昌一眼,又看看宋茂昌后面的那两个穿黑衣短裤的汉子,就转回身走到正房门口,轻喊了一声:"益文少爷,子良少爷来找你了。"

林益文一听,立马松开还搂在怀里的陈舒媛,穿了衣服走了出来。

乔子良忙作了个揖说:"阿哥好,打扰阿哥的喜庆日脚了。"

林益文说："子良，有啥事体，也到杭州来了？"

乔子良说："阿爸特地让我和茂昌爷叔来请你回去。"

这时陈舒媛也穿好衣服出来了。

林益文看看陈舒媛说："那陈小姐，你嫂子呢？"

乔子良说："也请一起回去。阿爸讲，他认陈小姐这个儿媳妇了。"

林益文有点吃惊地说："真的？"

乔子良说："当然是真的，你可以问茂昌爷叔。"

宋茂昌说："益文少爷，是真的，就因为老爷怕你勿相信，特地叫我跟着一起来的。"

乔子良说："阿爸讲了，我要是请勿回阿哥，那我也勿要回来，啥辰光阿哥回上海，我才能跟着一起回上海。"

宋茂昌说："益文少爷，老爷是真心咯，你就和陈小姐，勿，是勿是应该叫少奶奶了，同我们一起回上海哦。"

林益文看看陈舒媛，陈舒媛也摸不着头脑，但还是点了点头，林益文说："那好，我们回。但现在还不能马上回去，舒媛在杭州还有许多朋友和亲戚，她都想同他们见一见。这些年来，我被公司里的事压得喘勿过气来，我也想在杭州放松几天。要不你们先回，告诉老爷一声，过几天我们一定回上海。"

乔子良说："阿爸讲了，你啥时候回上海，我才能回上海，一点打折的余地都没有的。阿哥，阿爸真的是诚心诚意的，你要体谅阿爸的这份苦心才好。你走了以后，他都没有睡过一个好觉。"

宋茂昌在一边说："这样吧，少奶奶要在杭州会会以前的朋友，还有一些亲戚，这也是人之常情。子良少爷，我就留下小豹与杜豆陪你，你在这儿等着，与益文少爷和少奶奶一起回去，我先回去禀报老爷。"

乔子良说："阿哥，你看哪能？"

林益文又看看陈舒媛，陈舒媛点点头，林益文说："那就这样吧，那子良，你们住在什么地方？"

乔子良说："阿哥，这你就勿用操心了，阿爸在杭州也有房子咯，那是阿爷当进士时置下的房产。你有空,我陪你跟阿嫂也去看看,比你住的这套小院子宽敞多了。"

林益文没有想到的是,乔居正竟同意认这个他一直坚决反对的陈舒媛当儿媳妇了,看来这件事似乎就这么摆平了。

乔子良说:"阿哥,你和阿嫂啥辰光回上海,告诉我一声,我们一起走。这是我们在杭州的地址,那是我们家的房子,我们就住在那儿,你去了顺便也可以看看我们自家的房子。要不,你和阿嫂一起搬过去住算了,我们家的房子宽敞多了。"

林益文说:"我就在这儿住几天就可以了,回上海时,我会去找你的,到时我也顺便去看看我们家的房子好了。"

宋茂昌说:"那益文少爷,我先走一步了,坐晚上那班船,我还有桩事体要办,到苏州去一趟。你可能勿晓得,老爷对施惠雯小姐的事一直很内疚,勿该发生的事都发生了,他打听到施小姐在苏州家中还有一位姑姑,虽然听说施小姐同那位姑姑很少往来,但老爷还是让我送些钱去,表示我们对施小姐不幸的歉意。"

乔子良说:"阿哥,你也勿要太难过,捅施小姐刀子的阿林虽然耳朵被施小姐咬掉了一只,但阿爸还是坚决把他送到局子里去了,让法律来制裁他。何况你和陈小姐已经完婚了,这件事过去了,也就了了吧。你晓得,人死了是活勿过来的。"

陈舒媛突然哭起来,自己现在很幸福,而施小姐为救自己却死了。陈舒媛一哭,林益文心里顿时也感到很沉重,说:"那阿弟,你们先回吧。"

乔子良他们走后,林益文他们在西湖上荡了一会儿船,在湖边饭店吃中午饭时,苏云龙就说:"少爷,少奶奶,老爷打发我过来,是怕这边又会发生什么事,现在那边也不再反对少奶奶与少爷的婚事了,我是勿是也可以回上海了?"

陈舒媛说:"云龙爷叔,你也在杭州玩几天呀。"

林益文点头说:"是呀,陪陪我们呀。"

苏云龙说:"有佑荃陪着你们了,我还有点事体要去办。"然后笑了笑说,

"那边不反对你们婚事的事,我也想尽快去告诉老爷、太太,也可以让他们放心。就这样,少爷、少奶奶,那我就告辞了。"说着,作了个揖,大步出了酒楼,一会儿就消失在烟柳丛中了。

苏云龙一走,陈舒媛突然也没有了再游玩的兴致了,说:"明天我再玩一天,后天就回吧。"

林益文说:"那也好。"其实,既然乔居正不再反对自己与陈舒媛的婚姻,自己也应该尽快回去同阿爸和解,没有必要再别气了,父亲看来还是有涵养的通情达理的人。

有人讲,上海的海派文化已经逐渐形成了自己的特点,上海这个地方,德、法、英等西洋人都各有自己的租界,把他们的绅士文化与生活情趣带了进来,大批宁波、杭嘉湖地区、苏州、无锡以及山东等外地省市的乡绅们也涌了进来,他们带来了有中国特色的乡绅文化,两者的结合,也就有了上海海派文化特有的色彩,有握手的,有女人行屈膝礼的,有作揖的,也有见面拥抱贴脸的,五花八门,千奇百怪而丰富多彩。乔居正是中国末代进士的儿子,又留过几年洋,也是个中西合璧式的人物,既有乡绅的清高傲气,又有绅士的礼貌与宽容,也学会一点对人的尊重,他也知道儿子的自由恋爱没有错,虽然女方是祖上仇家的人。英国莎士比亚的《罗密欧与朱丽叶》这个戏他是看过的。爱情至上,他这做父亲的反对,又有什么用呢,所以儿子一走,他立刻就后悔了。基于有这样的认识与感受,他才派乔子良与宋茂昌来找林益文,同意林益文与陈舒媛的婚事。

晚上,林益文与陈舒媛缠缠绵绵后想睡觉时,突然有人敲门,而且敲得很急,似乎有什么大事发生了,启平阿爷去开的门,然后听到了喊声:"少爷,子良少爷找你——"

林益文与陈舒媛已经睡下了,林益文想,又会有什么事?人生总是这样,该你幸福的时候就有人来搅局,太扫兴了!

林益文穿好衣服出来,看到子良领着小豹与杜豆站在了院门口,小豹脸上贴了块膏药,右眼与脸都是肿的,右手臂还挂着条绷带,林益文说:"怎么了?"

乔子良说:"阿哥,小豹被人暗算了,小豹也是有一身武功的人,却被那个人打得连招架都没有,可见那个人的武功太厉害了。"

林益文说:"是什么人?"

乔子良说:"我哪能晓得啦?我想会勿会是阿哥这边的人。"

林益文想起了苏云龙,但没说,只说:"我这儿怎么可能有这种人,就是有,也勿会去打小豹的呀。我和舒媛都结婚了,阿爸也同意这个婚事了,还有啥必要再开杀戒呢?"

乔子良说:"勿,我觉得这件事同一个叫苏月菊的女人有关。"

林益文说:"可惜她几个月前就死了。"

乔子良说:"就因为同她的死有关。"

林益文说:"这事同小豹有啥关系?"

小豹说:"当然同我没啥关系,不过茂昌爷叔在她回乡下时,是让我送她上的船,那个打我的人就是要认定一下这桩事体的。"

林益文心头一惊说:"你告诉他了?"

小豹说:"没有,我只是送那女人上了船,后面的事啥也勿晓得了。出呐娘逼,那个人的功夫实在太结棍了呀。我在我们武术界也算一把好手,但在他跟前,就像豆腐遇到了切菜刀,一点招架的机会都没有,我觉得这个大概是陈少奶奶那边的人。"

"我们家没有这种有武功的人。"陈舒媛也穿着衣服出来了,说。

乔子良看看陈舒媛,叹了口气说:"那就打扰阿哥阿嫂了。"

林益文说:"子良,我和你阿嫂后天早上回上海,你们愿意的话,就一起走哦。"

乔子良说:"那我回去就可以跟阿爸交差了,谢谢阿哥给我这个面子。"

林益文与陈舒媛已经没有一点游玩的兴致了,第三天一早,就同张佑荃一起坐上火车回上海了。乔子良也跟着到了上海。到上海刚好是下午两点多钟,林益文就带着张佑荃直奔公司,来到乔居正的办公室。乔居正正在办公室里踱方步,一见林益文,原先焦急的脸上马上就露出了笑容。

林益文说:"阿爸,我回来了。"

乔居正说："回来好,回来好。公司里的这么多事体还是要你来办,别人办我还勿放心呢,同陈小姐完婚啦?"

林益文说："完婚了,立祥娘舅还为我们办了几桌酒。"

乔居正说："那上海呢,勿办了?"

林益文说："那要看阿爸的意思了。"

乔居正说："肯定要办! 既然我认了这个儿媳妇,那就要大大地操办一下。你看在哪个酒店办好?"

林益文说："阿爸来做主,那陈家的人请勿请?"

乔居正说："请呀! 陈家的公司开张时都请了我,你和陈家的小姐结婚,娶了陈家的小姐,那就是亲家了,当然要请!"

林益文说："那就谢谢阿爸了,我也代表舒媛谢谢阿爸。"

乔居正说："怪阿爸一时糊涂,既有今日,何必当初啊。我跟茂昌讲过,益文一走,我的家业让谁继承啊? 子良是绝对靠不牢咯,我所做的一切都还勿是为了这个家啊。娶个陈家的小姐重要,还是我们家的家业重要? 何况那个陈舒媛只是陈家过继来的女儿,听说也没有什么血缘关系,这跟娶别人家的女儿有什么两样呢? 陈家也仅仅是挂个名分而已,益文,你勿要怪阿爸,阿爸勿是个认个错比登天还难的老式的士人,把你这样赶走,那是阿爸的错。"

林益文说："这也是我这个当儿子的错,没有好好地跟阿爸沟通。"

乔居正说："子良去哪儿了?"

林益文说："我们出火车站后,他说让我先去见阿爸哦,他自己还有事。"

乔居正恼火地说："肯定又去见那个叫露珠的女人了,唉,孽障啊,盯上一个女人就勿要命了,也勿看看咯个女人是个啥样的货!"

林益文没有吭声,他感到有些吃惊,原先他以为露珠是跟定张佑福了,但现在看来勿是,女人的心事,男人是没法摸透的,尤其在这方面。

乔居正说："在杭州你见到宋茂昌了哦?"

林益文说："不是你让他跟子良去杭州找我的吗? 前两天他又说你让他去苏州办一件事。"

乔居正说:"我让他到苏州办好事就立即回来,可已经三天了,怎么还没回来呢?这几天我老是有些心神不宁的,怕你会出什么事,你回来,我就放心了,但心里老觉得有啥事体,让我感到不安。"

林益文说:"阿爸,茂昌爷叔是经常在江湖上行走的,身上又有武功,勿会有啥事体的,恐怕有啥事耽搁了。"

乔居正说:"益文,公司里有些事是你在走前处理的,现在还由你继续处理哦。"意思是让林益文回办公室再待一会儿。

这时,乔子良突然冲了进来,对乔居正说:"阿爸,勿好了,茂昌爷叔出事体了。"

乔居正说:"出啥事体了?"

林益文也感到浑身一阵发冷。

第四十六章

宋茂昌真的出事了。据乔子良说,宋茂昌明明可以坐火车回上海来的,那要快得多,但他偏偏要坐火轮回来,说是他喜欢坐船,喜欢看河面上的夜景。结果,他夜里走到船甲板上去抽雪茄,就再也没回到船舱里。第二天一早,在苏州河上漂着一个死人,有人认出是居正丝绸综合有限公司老板乔居正的贴身跟班,叫宋茂昌。有一个跟宋茂昌坐船回上海的人看到后说。

乔子良说:"这人就给我来报了这个信,详细情况还勿清爽,我让小豹去打听了。"

林益文说:"阿爸,我也去看看哦。"

乔居正说:"你勿要去,有子良去哦,你还是办你的业务,有人已经等你好几天了。"

林益文本能地朝自己的办公室走去,他感到自己的心一阵阵抽搐。从苏月菊的死,到施惠雯的死,再到现在宋茂昌的死,几乎这一切都同自己有关联,这太可怕了,这种关系不仅仅只因为他林益文,而又关联到其他人的许多利益,甚至关联到以前包括他还没有出生的很长一段时间的事。林益文感到,人类社会是一个很怪的怪胎,生与死,顺与逆,利与害,总之一个人的命运,同许多别的人别的事,包括这个社会的形态,甚至还牵连到以往历史,每一个人都会与这条河中掀起的大大小小的波浪有关,怎么会是这样呢? 你能回答吗? 林益文感到这是回答不了的。

天色渐渐地暗了下来,林益文毕竟是个很精明的人,他把走时留下的几笔业务很快地处理完了,无非是东洋人供生丝的合同要过目,新进的丝绸设备的运作情况的报表,还有几笔数目比较大的账目往来要过过目,然后签字。昏黄的夕阳从窗口渐渐地退去了光亮,张佑荃推开门,探着脑袋说:"少爷,宋茂昌真的死脱了。老爷在下面,他让你跟他一起去。"

小汽车从大马路拐进北四川路,然后直直地赶往大场,然后再拐几个弯路,四周就是闪烁着水光的小河了,汽车后来又开到苏州河的河岸,再沿河岸线往前走,在河边的一个小村落前,一群人正拥挤在村公所的房子里。乔居正下了车,林益文也跟着下了车,小豹引他们走进一间屋子里,宋茂昌浮肿的尸体躺在一块木板上。乔居正看到宋茂昌的尸体,流泪了,这是个十分忠诚的跟班。

林益文也流泪了,乔子良也哭了。乔居正哭,是因为二十几年来,这个贴身跟班真是尽心尽力。维护主子的利益,帮主子说话,甚至为主子去杀人。他是乔居正最信任的人,现在却死于非命,乔居正能不伤心吗? 林益文流泪,是因为宋茂昌之死,与他和陈舒媛的事有关,他也感到内疚与伤心。而乔子良流泪,是因为宋茂昌是他从小的护佑者,一直到现在,宋茂昌手下的人也就是他乔子良手下的人,他乔子良能对那些人一呼百应,就因为有宋茂昌在,现在宋茂昌走了,他感到了从未有过的失落。他跟露珠同居,房子就是宋茂昌帮找的。虽然宋茂昌由于乔居正的干预,也差点把露珠弄死,赶出上海,但发现乔子良与露珠到如此程度,乔居正也睁一眼闭一眼时,他也就帮了乔子良一把,偷偷帮他寻了套房。人生有些事情是不能只按常理出牌的,而是要按照特例来分辨的。江湖上有些事就是这样,宋茂昌这个老江湖是很懂这一点的。现在胀肿得像鬼一样的宋茂昌横尸在这块木板上了。

乔子良哭得很伤心，宋茂昌是个识水性的人，而且武功也很好，失足落河里绝不会死，肯定有人让他送了命，而且这个人肯定有了不得的功夫，那会是谁……

厚葬宋茂昌的事，乔居正安排给梁总管了。由于忠于乔居正，宋茂昌一直没有结婚成家，宋茂昌不是禁欲的人，女人他也是要玩的，有时他同江湖上的兄弟也喝花酒逛窑子，乔居正是知道的，但从不干涉。他觉得自己在这方面也不是什么正人君子，食色，性也，自己何苦要干涉他人呢，只要不过分就行了，何况宋茂昌很有节制，不要太乱太滥就行了。

乔居正问林益文，结婚后住哪儿？另买房子也可以。林益文说："我们就住在常青路56号哦，那儿房子多，随便弄两间住就可以了。"

乔居正故意说："不住柳家湾路了？"

林益文说："我是娶媳妇又勿是招女婿，当然住自己家的房子。"

乔居正很高兴地说："那好，我让梁总管好好帮你收拾出几间房来，做你们的婚房。"

宋茂昌的死，对乔家的人来说都是个打击，乔居正把这事报了巡捕房，希望能缉拿凶手，但巡捕房的人说这事不好办，因为事情是在上海以外的地区发生的，巡捕房没法管，要让淞沪警备区去查。

林益文晚上回到柳家湾路36号，把乔居正同意他与陈舒媛的婚事说给陈嘉禄与陈碧茵听，陈嘉禄说生米都煮成熟饭了，他不同意也勿行啊。除非他勿要你这个儿子。在陈嘉禄看来，乔居正如果不要林益文是绝对勿可能的。陈碧茵说林治中是个通情达理的人，这样的道理他应该懂，瓜熟蒂落，熟透落蒂的瓜，你硬扭也扭勿上的，还不如顺其自然，这才是懂事体识大体的乡绅应该有的做派。

林益文还告诉陈嘉禄与陈碧茵，他与陈舒媛在上海的婚礼，乔居正也认为陈嘉禄应该参加，但却没有提到陈碧茵。他是刻意勿提还是没有想到才勿提的，倒也不知。但陈碧茵却有些激动，说："我是益文姆妈，儿子结婚，哪有我当姆妈的勿参加儿子婚礼的道理呢。"

林益文想到了什么，也用坚决的语气说："我与舒媛的婚礼姆妈肯定应该参加。"

陈碧茵说："你阿爸勿会嫌弃我哦?"

林益文说："我希望姆妈一定要参加。"

陈嘉禄问："婚礼酒席订在哪家饭店?"

林益文说："阿爸还没定,正在打听档次高一点的饭店。"林益文突然想起什么,问,"姆妈,云龙爷叔回来了哦?"

陈碧茵长长地叹了口气,惋惜地说："勿回来了。他托人带了个口信说,原来他阿姐,就是你月菊阿姨,那时候我们处境勿好,这么大一栋房子里住的都是女流,在他阿姐的强烈要求下,他才勿得勿男扮女装在我们家做用人,他可以保护我们。但现在老爷、少爷都回家住了,又有阿福、佑荃两个男丁。尤其是他阿姐死后,他更没有必要再在我们家住下了。你与舒媛结了婚,乔家也认舒媛这个儿媳了,他也用勿着再做舒媛的保镖了,所以就勿再回来了。勿回来也好,这些年让他男扮女装,真难为他了。他跟他阿姐一样,对我们家也是个忠心耿耿的,我就托那个带口信的人给他捎去一笔款子,但第二天他就让带口信的人送了回来。"

陈嘉禄感慨地说："江湖上有些人,就是这样一种品位,活在这世上,只想活出一个清白来!"

林益文则想到了宋茂昌的死。

晚上时,林益文把这事告诉陈舒媛。陈舒媛说："又是一条人命啊。这个世界太可怕了。俗话说,鸟为食亡,人为财死。人都在为自己的利益拼命争斗,甚至去杀人。益文你现在也是混在人们拼命争夺利益的圈子里,我真为你担心。"

林益文说："我说过,我很想再回到那个当学徒的岁月,可人是没有回头路可走的。"

陈舒媛说："难道我们就不能过一种我们想过的生活吗? 你忙忙碌碌甚至担惊受怕,不就是为别人也为自己争取几个钱吗? 人活在这世上,需要那么多钱做啥? 人只要能养活自己就行了。"

林益文说："人的欲望是无止境的。"

陈舒媛说："可我只需要能平平淡淡清清静静地生活就行了,我希望有更多时间去看看书,听听音乐,还可以像章立祥娘舅那样欣赏欣赏画,享受精神上的东西,我觉得人应该更多地去享受精神的生活。"

林益文说："我也希望能这样,但我知道我做勿到。我在想,月菊阿姨、茂昌爷叔,说勿定都是因我而死的,还有施小姐。"

陈舒媛说："她勿是为你,而是为我死的,我俩身上都牵着人命啊,可我们没有想过要去杀人。"

林益文说："这个世界所发生的那些邪恶的东西,不是你我可以左右的。"陈舒媛沉思良久,然后说："睡吧,益文,今晚咱俩来个别样的行吗?"林益文搂着陈舒媛说："你还有这兴致?"

陈舒媛说："有,做啥没有? 益文,我俩的婚宴让你阿爸办得隆隆重重的,可以哦?"

林益文说："当然可以,但我俩现在得把我俩的事先做了……"

第四十七章

上海炎热的夏天经常会有雷阵雨,天空一瞬间乌云沉沉,继而一连串的闪电与滚雷,然后是瓢泼大雨。不过,这种雨只下一阵子,云层破裂,一束阳光射向大地,湿漉漉的地面冒着袅袅的水汽。不一会儿乌云又压了上来,接着又是一阵雷一阵雨。在这种天气里,上海人就必带雨伞。因为那阵雨一瞬间就会把你全身淋得透湿。那天就是这样,一会儿下雨一会儿晴天的天气,一直到傍晚,西边天空的晚霞一片火红。张佑荃进到林益文的办公室,说:"少爷,有个人说到你下班时他想见你一下,要是可以,我去给他回个话。"

林益文说:"啥人?我现在没事体了,请他来我办公室,也可以到公司小会客室里。"

张佑荃一笑说:"他要能来,还用得着我这样传话?"

林益文一笑说:"晓得了。"

二马路没大马路那么宽,那么长,那么热闹,但却有几家茶室。张佑荃领着林益文进了一家茶室,茶室用屏风隔成一个个小间。张佑荃领林益文到房子深处的一个小间，林益文一进去，那个人立马站起来作个揖说："少爷好。"林益文见了那个人，心中还是一惊，也忙作个揖说："云龙爷叔好。"

苏云龙一身短帮打扮，依然是神采奕奕。苏云龙为林益文倒上茶说："少爷，勿会想到是我哦？"

林益文忙说："真是没有想到，我一直很想念爷叔，我和舒媛都很想让你回去。"

苏云龙笑道："回勿去了，再说我也勿想再回去了，闲游在外，神仙过的日脚。憋屈在那四方小院中过一辈子，虽然吃穿勿愁，但一个人过这样的日脚，实在没有什么意思。今天我来找少爷，实在是有几句话想跟少爷讲，本来是勿该再来打扰少爷的。"

林益文说："云龙爷叔，有什么想让我做的，尽管吩咐。"

云龙说："勿是想让少爷帮什么忙，有句在心里的话实在是想跟少爷讲，不吐不快。"

林益文说："云龙爷叔，请讲。"

苏云龙轻声地说："少爷，宋茂昌是我杀的，因为他派人杀了我阿姐，这仇我非报不可，如果想把我送给巡捕房，我现在就可以跟少爷走。"

林益文想了想说："此事与我无关，我干吗要送你去巡捕房？"

苏云龙说："但此事真是因少爷而起。"

林益文说："我感觉到了，我也很内疚很不安，但我阻止不了，他们的目的没有达到，却丢了三条人命。"

苏云龙说："这正是我要同少爷说的。我一直没有弄清楚他们为什么要杀死我阿姐。宋茂昌让人下的手，这事同乔居正老爷自然有关系，我勿晓得，勿管是什么原因下的手，但既然做下了恶，既然弄死了人，那就要受到惩罚。杀人偿命，天下没有作恶而不受惩罚的人，人勿报，天也会报，再大的官也勿行，就是做了皇帝老爷也勿行。"

林益文说："但可惜了茂昌爷叔了，他是个很有点本事的人。"

"聪明反被聪明误，聪明勿能在做坏事上动脑筋，动得再好再巧再隐蔽，也总有露马脚的时候,也总有遭报应的时候。天下自古以来都是这个理。我今天来见少爷,只想同你说一句话,我看少爷是个正派人,心肠也好,为人勿错,我希望少爷好好做生意,好好做人。政界与商界搏杀最厉害的地方,也是最龌龊最危险的地方,我做了该做的事,但我不想再卷进去。闲游世间,这是我苏云龙一直就想要的生活。少爷正是在这么样一个位置上,万不可朝旁门左道上走,别人勿道德,你勿可勿道德。我不为别的,只为看重少爷的为人,特地再来提醒少爷一句,好了,告辞了。"

苏云龙作了个揖,起身闪出了隔间,林益文一回头,还了个揖,但苏云龙已不见踪影了。

该过去的似乎都已经过去,乔居正觉得,既然已经认了陈舒媛这个儿媳妇,自己不能因为拒绝一个女人进家门,而把儿子也踢了出去,这实在是一桩极不合算的买卖。不能因为要把脏水泼走,而把孩子也一起扔掉。林家虽说与陈家是仇家,但也不能永远这样记仇下去。你这一代记住了,不可能一代接一代地都记住。说勿定在哪一代会成为亲家。现在做夫妻的两个人,你能知道以前祖上就没有仇杀过?自己是个读书人,又留过洋,在政界商界都混过,肚量也勿能太小了。并且陈舒媛这姑娘,既长得漂亮,又知书达礼,是个很理想的儿媳妇。林益文又那么痴,这个儿子真是他需要的儿子,自己真不能那样同儿子闹,差点把儿子也闹走了。他又想起自己在那河水荡漾、小船悠悠而行的河上,看到河埠头的陈碧茵时的情景,不是也不能自己吗?所以,他一定要把儿子与陈舒媛的婚礼大大操办一下,以表示他反省后的诚意。

帖子像雪片一样地发了出去,婚宴就在戈登路上的大华饭店,听说蒋介石与宋美龄的婚礼就在那儿举行的。他同老板说:"大厅、雅座,所有能设桌的地方都摆上桌,该请的我都要请。"乔居正在大华饭店设婚宴,自然没有想同那些个大名人别苗头的意思,他只是想让林益文知道,他这个当阿爸的有多么重视儿子与陈舒媛的婚宴,另外,还有点向儿子表示歉意的意思。

为了和缓以前的不快,陈舒媛也同意住在常青路56号,并且参与梁总管为他俩的新房的布置。所以林益文回到常青路56号的家中时,已在家中的陈舒媛告诉他,卧室已在重新装修,并把隔壁的一间房子也打通做成一间,变成他俩的小客厅。一般的人来,大堂厅里坐坐就可以了,而有些林益文或陈舒媛特别要好的朋友,尤其是陈舒媛的小姐妹,或是他俩自己就可以在小客厅坐坐。其实那个厅堂是特为陈舒媛设置的,这都是乔居正吩咐梁总管办的。梁总管又特地来征求林益文的意见,林益文说:"既然我阿爸这样安排了,就按阿爸说的做。"第二天林益文去了公司,还特地到乔居正的办公室对乔居正说:"谢谢阿爸。"

　　天色又暗了下来。天气虽然炎热,但一股从黄浦江上灌到大马路来的风却是凉凉的潮潮的,让人感到十分惬意。宋茂昌是不在了,乔居正让梁总管安排婚宴的事。梁总管时时来征求林益文的想法。离婚宴的时间越来越近,而林益文对这次婚宴并不怎么积极,每次梁总管来问他,他就说阿爸讲哪能办就哪能办哦,因为来参加的都是阿爸圈子的人,我现在还没有圈子,按阿爸的意思办就可以了。乔居正听了梁总管的话后,感叹一声说:"这个儿子就是懂事体啊,比子良强多了。"傍晚,林益文正准备下班回家,乔子良突然闯了进来。乔子良右脸上有五条往外鼓起来的手指印,林益文忙说:"子良,怎么啦?"

　　乔子良指指脸说:"阿爸打的,我从小到现在,阿爸从来没有这样打过我。"

　　林益文说:"哪能啦?"

　　乔子良说:"是我讲了我要娶露珠的事。"

　　林益文说:"阿爸勿是勿管你这件事了吗?"

　　乔子良说:"阿哥,你也勿想想,这可能吗,你的事情开始时勿也管了吗?"

　　林益文说:"我同你勿一样。"

　　乔子良说:"有啥勿一样? 同样是讨老婆,你的女人他可以同意,我的女人他为啥死活勿答应。"

　　林益文说:"这恐怕勿一样哦?"

　　乔子良说:"就是因为露珠做过那种生意? 这世世代代,公子哥儿娶青楼女子的事情有的是,《玉堂春》的戏文里,讲的勿就是这样的事吗?还有杜十娘怒沉百宝箱,不也是吗?只要我想要她,她也愿意嫁给我,有啥勿可以的。"

林益文说:"那你就好好地同阿爸讲清这个道理,也能让阿爸同意。"

乔子良说:"我说了,阿哥为啥可以,我为啥勿可以?阿哥说他要娶他的女人,还同你断绝父子关系,你反而接受了。我也要娶我要的女人,为啥勿可以?阿爸就狠狠地甩了我一巴掌。阿爸还讲,等过两天,你阿哥的婚宴后,要是那个小婊子勿离开上海勿离开你,看她的命还要勿要!阿哥,你晓得,阿爸是说到做到的,他手下的人这么多,又同帮会上有关系,虽然宋茂昌勿在了,但他有的是人。"

乔子良还说:"阿爸还查过露珠姑娘,他说:'以前她勿但做过那种生意,还同一个拉黄包车的人同居过一段辰光,还开了爿胭脂店,这样一个水性杨花的女人,你还要娶她?我乔居正就是把你打死,也勿许娶这样的女人到我们家!'阿哥,你帮我同阿爸去讲一讲,求求阿爸好哦?我真的很喜欢这个女人。"

林益文叹口气说:"子良,我实在无能为力,我勿晓得如何同阿爸讲好。"

乔子良说:"那我和露珠一道去跳黄浦江。我说到做到!"

乔居正又从双林庄老家找来个贴身跟班,叫林瑞祥,这是个远房亲戚,此人长得人高马大,方脸,有点鹰钩鼻,很晓得当贴身跟班的规矩,嘴也特别甜,没几天就让乔居正感觉很满意了。

天气越是闷热,法国梧桐树上的知了越是叫得响:"叶斯泰……叶斯泰……"而当天色黄昏时,知了依然还在叫。店面都插板打烊了,它们反而叫得更响,那叫声似乎成了"打烊了……打烊了……"这些在地底下埋藏了十几年的虫子也出来给人凑热闹。

林益文下班坐上车子,司机阿泉回过头来看看林益文,林益文说:"去柳家湾路36号哦,我好几天没有去了,舒媛说我姆妈要见我,舒媛已经在柳家湾路了。"

张佑荃往副驾驶的位子上一坐,车就开了,过了北四川路桥,张佑荃从后视镜上看到了什么,就对林益文说:"少爷,后面有人在追我们的车,好像是佑福,黄包车上还坐着一个人,是个女人。"

林益文说:"阿泉,把车停在路边。"

车一停,拉着黄包车的张佑福就奔到小车跟前了,从黄包车上跳下来的竟是露珠,林益文吃了一惊,看着张佑福。

张佑福忙说:"益文哥,你勿要误会。我和灵芝好着的,你可以问佑荃。"

张佑荃在边上说:"前天,佑福哥让我引着去拜见了太太,说是要娶灵芝姑娘,想求太太的同意。"

林益文说:"太太怎么说?"

张佑福说:"太太说,只要灵芝答应,我又有啥好讲咯。现在是民国了,就是做丫鬟的也有人身自由,她又没有卖身为奴。男大当婚,女大当嫁。我看你张佑福长得也蛮结实蛮登样的一个人,你拉黄包车,她当丫鬟,也是门当户对了,太太说着就笑了。灵芝在边上说:'太太你也真会开玩笑。'梁太太又说:'不过你阿爸姆妈那儿也要见过,我同意也没用,要阿爸姆妈同意才可以。'我就说:'过两天我就同灵芝回扶桑村,去见见灵芝的爸爸妈妈。'"

林益文说:"你们什么时候结婚?"

张佑福说:"等益文哥与舒媛办完婚宴,我们就回扶桑村去完婚。"

林益文说:"那今天你带露珠姑娘来找我是什么意思?"

露珠姑娘突然跪在了林益文跟前,说:"益文哥,救我。"

林益文说:"又怎么了?"

露珠说:"都怪我自己心太大,吃勿起苦。子良少爷又一再来找我,求我同他一起过,我就又心动了。水往低处流人往高处走,人都想过好日脚,这也是人之常情。何况子良少爷又这么痴情。我又经勿起过好日脚的诱惑,就又跟了子良少爷。子良少爷答应一定要娶我,我只恐怕乔老爷那一边通勿过。子良少爷说,只要我们结婚,乔老爷迟早有一天要认我这个儿媳妇。他说,我阿哥要娶陈小姐,开始阿爸气得不认他这个儿子,让他滚,现在勿是认了吗?还要在大华饭店给阿哥热热闹闹地办婚礼。可是,昨天,新来的乔老爷的贴身跟班林先生派人告诉我,要我滚出上海,离开乔子良少爷,勿然我就会死无葬身之地。今天早上,我就发现有人跟踪我,益文哥,你救救我吧。"林益文想到苏月菊,想到施惠雯,想到宋茂昌,这死人的事都是实实在在会发生的事,有句常理说,不怕一万就怕万一。

林益文说:"子良呢?"

露珠说:"子良少爷被乔老爷打后就没有回来,我的房子周围已经布满了林先生的人,就是有家也回不去了。"

张佑福说:"我说找益文哥想想办法。"

露珠说:"益文哥,只要你叫我离开子良,我就一定离开。"

张佑福说:"益文哥,我觉得这次乔老爷是来真的了,勿是吓吓她,赶她走。可她要跑又跑到哪儿去呢?子良少爷说,露珠到哪儿,他就跟到哪儿,他就要露珠!乔老爷说,那就是勿是你死,就是这个贱女人去死。"

张佑荃在一边说:"益文哥,我就是看出来了,乔老爷是个说到做到的人。"

林益文想了想,然后果断地说:"这样吧,你上车,上柳家湾路去躲上两天,等我和舒媛把婚宴办完后,我们再想办法。"

张佑福点头哈腰地说:"我说益文哥肯定会帮这个忙的。"

原来,下班前乔居正让林瑞祥找到乔子良,领到自己的办公室,乔居正对乔子良说:"子良,阿爸也是个男人,男人的那点事,阿爸也是这么过来的,你同那个贱女人吃吃花酒困困觉,阿爸勿管,管也管不过来。但你要同这个贱女人结婚,娶她为妻,这也太辱没我这个家了,我会派人杀了这个贱女人,也杀了你!你让她赶快滚出上海,要是再让我看到她在上海滩上,我就派人灭了她。除非你离她远远的,只要我再看到你们两个在一起,你们两个小命就难保了。"乔居正说完用力拍了一下桌子,展示了他坚定的决心。

乔子良知道这是乔居正真发火了。前两天他回家,露珠就告诉他,房子四周有人在转悠。乔子良知道,乔居正已经让林瑞祥派人想法要弄走露珠了。

乔居正对乔子良说:"宋茂昌偷偷地瞒着我,为你们置了一套房子,让你们同居,我知道后也就放你们一马,开一眼闭一眼。现在倒好,你提出要同那个女人结婚,那个女人同多少男人困觉过啊!我乔居正哪能可以接受这样一个女人当儿媳妇啊。你这个当儿子的也勿给你老子考虑考虑,我这张老脸还要勿要啊?我再说一遍,三天后,等你阿哥的婚宴办完,如果再让我看到她,那她就死定了!"乔居正又狠狠地拍了下桌子,这下他的手也拍痛了,用另一只手搓了两下。

乔子良发觉乔居正这次是同他来真的了,他以为他阿爸也会像对林益文一样待他,认露珠这个儿媳妇的。他从乔居正的办公室出来,想去找林益文,发现林益文的办公室里挤满了人。他想这事不能拖,林瑞祥已开始对露珠下手了,于是,他就去找张佑荃,让张佑荃帮忙想办法。张佑荃是个聪明人,就对乔子良说,让乔子良去找张佑福,把露珠拉上,在公司对面的马路上等。

"等我和益文哥坐上车,让张佑福就跟上我们的车,等过了北四川路桥后,就追上我们的车。我再告诉益文哥,让益文哥再想办法,益文哥是个好心人,会帮你们忙的。"

就这样,露珠跟着林益文、陈舒媛,进了柳家湾路36号。

第四十八章 尾声

这些天,陈碧茵天天在打扮自己,床上堆满了各式各样的时髦衣裳,她一清早起来就在梳妆台前收拾自己本来就很漂亮的脸。由于长期注意保养,她的脸稍稍收拾一下后,快四十岁的人了,还像二十几岁的姑娘,高挑的身材依然苗条婀娜。她每天都要把自己装饰一番,脸修饰后穿什么样的衣服才更漂亮,她让吕秀文帮她参谋。衣服一套一套地换,总是不怎么觉得满意,总觉得这儿的衣服没有一套是自己最满意,最能衬托出自己的美丽。

陈嘉禄回来,看到她这样说:"碧茵,你咯是做啥? 相亲去啊?"

陈碧茵说:"儿子的婚礼,我这生只能有这一次了。我勿好好打扮打扮,对勿起儿子,可现在偏偏找勿出一件像样的衣服。"

陈嘉禄说:"要勿要让阿泉开上车,你到大马路、北四川路的服装商店去挑两件。要定做也可以,南京路上的特洛蒙做的服装,就相当时髦。"

陈碧茵说:"怕是来勿及。"

陈嘉禄说："让他们连夜做，不就是多给几个钱吗。"

这时，门外传进声音来："太太，少爷少奶奶回来了。"

陈碧茵忙走到门前，一见林益文就说："益文，我勿想去参加婚宴了。"

林益文说："姆妈，咯哪能可以啦？我已经告诉阿爸，你也要去。阿爸开始还犹犹豫豫的，可现在再三关照要你也去参加。姆妈你肯定要去婚宴的。姆妈，掼开就是你儿子不讲，就说林、陈两家为一些鸡毛蒜皮的事结下了仇怨，后来是事情越闹越大，怨是越结越深，一直延续到了我们这一代，你想想这是何苦呢？现在我们林、陈两家结亲了，你要勿去，一是勿给我这个儿子的面子，二是让我阿爸他们又会有什么想法。"

陈碧茵一笑说："我只是这么说说呀。我儿子的婚宴，当姆妈哪能可以勿去呀！我就是走勿动，爬也要爬过去。姆妈是寻不到一件像样的衣服。"

林益文一笑说："姆妈，我明白你的意思了。来，姆妈，我给你请来了一位在穿着方面很懂行的姑娘。"说着，就把跟在自己和陈舒媛后面的露珠拉了上来。

露珠吓得摆着手说："勿敢勿敢。"

在青楼里，有些女子勿但要知书识字，能吹会弹，更要学会打扮自己，尤其是那些档次较高的妓女，在打扮上已经可以算得上是化妆师了，两三个小时就可以把自己收拾得风姿绰约，仪态万方，极能吸引男人的眼球，盯在她身上就收不回去。露珠就属于那个档次的妓女，她本身就是天生丽质，再加上善于打扮，让乔子良竟然勿能自拔。当然，让她开胭脂店，跟着天天一身臭汗的张佑福过日脚，这反差也太大了。那时她死心塌地跟了张佑福一段时间，发现越来越不能适应，于是又勾上了乔子良，觉得乔子良更适合她。乔子良是个痴心男，两个人就又黏在了一起。

没有想到的是，露珠年纪轻轻，却在化妆打扮上已经相当熟练而又有眼光了，不到两三个小时，她就把陈碧茵打扮得光彩照人，惊艳四座。陈碧茵自己也非常满意，露珠还建议去参加婚宴时，多带上两套衣裳，婚宴中随时替换，会给人一种勿一样的感觉。陈碧茵满意得甚至想把露珠留下来，林益文在耳边对陈碧茵说："姆妈，这是阿爸的儿子乔子良的女人。"陈碧茵这才打消了这个念头。

吃过晚饭,乔子良也到了柳家湾路36号,但他没进楼,只在门前同露珠见了面,说:"露珠,我乔子良是不离不弃了,你放心,我是非你勿娶,你先在这里躲两天哦。"

露珠说:"既然少爷么说,我也勿再会同别的男人来往了,我这一生,只同你乔子良厮守终生。"

乔子良领着露珠走出来,跟林益文说:"阿哥,你看呢?"

林益文说:"露珠在这儿也留勿久,这儿毕竟还是上海,我的意思是,我和舒媛婚宴后要去乌林村去住几天,我想让露珠跟我们一起去,让她在那儿住上些日脚,这是舒媛的主意,露珠也同意了。阿弟,你看呢?"

乔子良说:"那也好,露珠,那你就先在乌林村住上些日脚哦,我会找你去的。"

立祥娘舅也被请来参加益文的婚宴。章立祥与陈嘉禄相熟,就住进了柳家湾路。立祥娘舅告诉林益文,他的养父母在乌林村有十几亩水田与一套宅院,水田与宅院由一个老保姆管理着。这套宅院和十几亩水田,都该由他林益文继承,这些继承手续都由他立祥娘舅保存着。立祥娘舅对林益文说,一办完婚宴后,你和舒媛是勿是也到乌林村去一下,在你养父养母坟前磕个头,告知一下你养父养母,你结婚了,让他俩在九泉之下也高兴高兴。林益文说:"娘舅,我和舒媛一定去,他们虽不是我的亲生父母,但他们把我从一岁养到十二岁,也不容易,五岁时还送我上了私塾,让我能读书识字。没有那时打下的一点文化基础,哪会有我的今天,他们的养育之恩我是勿会忘记的。"

立祥娘舅说:"那就好,我也只有你养母这么个阿妹,可惜啊,她和你养父看勿到你今天的辉煌了。"

天气变得越来越炎热了。儿子的婚宴也是一次最好的社交场所,当父亲的比儿子还要繁忙。乔居正又是上海滩上在场面上显山露水的人物,政界商界都有朋友,帮会里也有很多的结交,那些头面人物一一都得请,如果一时疏忽漏掉哪个重要人物,没有送上帖子,就会让那个人感到出呐乔居正眼里就没有自己,儿子结婚这么大的事情,请别人都勿请自己,哪能?是跟自己过勿起还是自己哪里得罪了他?那是会结怨的。人活在这世上,最难处理的就是这种人与人之间的交际关系,那是一门很深很广的学问,人人都会碰到的。梁总管与林瑞祥还算得力,把大华饭店布置得充满了喜庆的气氛,送帖的名单一再滤过,看看有没有漏掉该请却还没有送帖的人。

婚宴那天,陈嘉禄是同陈舒媛坐着一辆车去的,林益文陪着陈碧茵坐着小轿车去。大华饭店那天热闹非凡,横披着彩带,竖垂着条幅,四周飘扬着五彩的小旗,台阶上摆满鲜花,用上海人的话来说:"好织台影啊!"

林益文扶着母亲下了车,有人说:"新郎官来了!"而陈碧茵那光彩夺目的美丽,却一下子就吸引住了在场所有人的眼球。林益文扶着母亲慢慢走上台阶,走进大厅,在大厅门口迎接客人的乔居正一下愣住了,二十几年没见的陈碧茵依然这样美丽动人。

在乔居正眼前突然闪出那条清澈的小河,顾阿毛划着那条被桐油抹得金黄色的撑篷小船,悠悠地从陈家大宅的后院划过,十七岁的陈碧茵借洗衣服在玩着水,然后站了起来看着他,两人的目光相聚在了一起,心也像电流一样交织在了一起。那河面上荡着的水波,那船行驰过划出的圈圈涟漪,那阳光下闪出的粼粼的光亮,那几次在船上与河埠头的相遇相见,在呑南村苏月菊家小屋的几个小时的永远难以忘怀的相依相偎……

陈碧茵这时也看到了乔居正,他还是那么儒雅英俊,两人此时似乎突然又回到了二十几年前那一段时光。现在这团强烈的火花又在他俩的心中迸发了,又燃烧起来了。陈碧茵冲向了乔居正,乔居正一把抱住了陈碧茵。

陈碧茵说:"治中,你害得我好苦啊!"她哭了。

乔居正说:"对勿起,碧茵,你在我心中从来就没有消失过,我们可以重新开始……"他又一次紧紧地抱住她。

周围的人都看傻了看呆了,陈嘉禄走上来说:"没有林益文,你们就没有今天的相见啊。"

乔居正说:"益文,舒媛,你们这个婚结得好啊!"

林益文却感到人生无常,谁又能说得清这人世间那变幻莫测的人生呢……

　　那场婚宴乔居正不是为林益文与陈舒媛办的,而是为自己与陈碧茵办的,因为三天后,陈碧茵就带着贴身女仆与两个丫鬟,住进西霞路19号的乔公馆去了。

　　就在陈碧茵搬进乔公馆的那一天,林益文与陈舒媛带着露珠去了乌林村。小火轮开不到乌林村,要到南塘码头换上摇橹桨的小船才可以到。在南塘码头换船时,天却下起了霏霏细雨。船橹在吱嘎吱嘎地摇着,船头卷起了一片细细的浪花,河水划向两边,雨雾蒙蒙,两岸的庄稼在雨水中显得一片苍翠。

　　林益文想起十二岁时,章立祥娘舅把他从村子里领出来,去立祥油纸店去当学徒时,也是这样坐的船,但他绝没有想到会有今天,会有现在这样的生活。

　　生活就是这样,你在什么样的位置上,在什么样的生存状态下,你就会有什么样的生活压力,就会有什么样的担当。当学徒时,双肩上没有什么压力,而现在呢?生活的压力比什么时候都大。他曾经想放弃,想过一种平淡而娴雅的生活,但上船容易下船难,在这世上,权与钱都存在,都是无法摆脱的。

　　细雨在飘洒,滋润着炎热的大地,在夏天,遇到这样的下雨天,既让人惬意,又让人心中充满了诗意。舒媛与露珠并肩坐在一起,看着雨景,看着那两岸长满庄稼的碧绿的田野。

　　舒媛对露珠说:"过腻了大上海的生活,到乡下去避避暑,勿也很好吗?"

　　露珠说:"舒媛姐……"

　　陈舒媛说:"啊?"

　　露珠说:"你有福气,找到了个好老公。"

　　陈舒媛说:"怕是月下老人安排的,我看上他时,他还在油纸店当学徒呢。不过,我俩过不了多久就会成妯娌了。"

　　露珠一笑说:"但愿如此。"

　　"会的!"

　　摇船的船婆娘披着蓑衣,头上还戴着个竹斗笠,看着那缥缈的河面,她突然亮开了嗓子,唱起了情歌:

　　　　亮月亮哎开纱窗
　　　　纱窗里厢美娘藏
　　　　樱桃小嘴柳叶眉
　　　　两只眼睛水汪汪
　　　　青丝细发蝴蝶飞
　　　　罗纱衣裳鸳鸯绣
　　　　手托香腮依窗台
　　　　对着柳月思情郎……

　　林益文感到,一代一代的情歌是永远唱不完的,一代代人的人生故事也永远演绎不完。蒙蒙的雨幕挂在他眼前,河水荡起了涟漪,既让人感到迷惘,又充满了诗意般的憧憬,人生是不是就是这样的呢?啥人能告诉我啊!……

　　　　　　　　　　　　　　　　2015年9月16日定稿
　　　　　　　　　　　　　　　　改于绿莹里家中,毕
　　　　　　　　　　　　　　　　2015年9月18日再改